영웅기(英雄記)

초판 1쇄 : 2016년 3월 20일

지은이 : 이원호
펴낸이 : 박경미

펴낸곳 : 도서출판 황금물고기
등록일자 : 2003년 12월 5일
등록번호 : 제2013-000213호
주소 : 서울시 마포구 모래내로 83 (성산동, 한올빌딩 6층)
전화 : 02 • 326 • 3336
팩스 : 02 • 325 • 3339
e-mail : raindropis@hanmail.net

ISBN 978-89-94154-51-0 (04810)
ISBN 978-89-94154-49-7 (세트)

英雄記

영웅기 2권

격동의 한반도

이원호 기업소설

황금물고기

목 차

장관의 사랑

일본산업의 후미코 회장이 칭다오에 온 것은 다음 날 오전이다. 칭다오의 동성 본사 회장실로 들어선 후미코의 뒤를 남녀 둘이 따르고 있다. 일본 중의원 의원 요시무라와 보좌관 나오미다. 비서실장 유병선이 안내를 했고 신의주에서 날아온 안보특보 안종관까지 대기하고 있었으므로 회장실 소파에는 여섯이 둘러앉았다. 요시무라의 요청에 의해 약속장소를 칭다오 동성 회장실로 정한 것이다. 주위 시선을 고려해서 신의주에 투자한 후미코를 앞세워 방문한 것인데 요시무라는 일본 총리 아베의 특사 역할이다. 인사를 마쳤을 때 요시무라가 유창한 영어로 말했다.

"장관 각하, 신의주의 발전을 축하합니다. 총리는 최선을 다해 돕겠다는 말씀을 전하라고 했습니다."

"감사합니다."

서동수가 웃음 띤 얼굴로 요시무라를 보았다. 요시무라는 63세, 민주당 8선 의원이며 극우인사로 분류된다. 다음번 개각 때 아베 총리에 의해 각료로 임명될 확률이 높은 인물이며 지난번 아베의 야스쿠니 신사 참배에도 동행했다. 그때 요시무라가 말을 이었다.

“각하, 우방국 일본의 입장에서 보면 북한의 핵 보유 문제가 해결되지 않고는 평화 논의가 공염불에 지나지 않습니다. 따라서 이 문제를 해결할 수 있는 적임자가 신의주장관 각하라고 믿습니다.”

일본 정부의 의견이라기보다 통고다. 서동수가 시선을 요시무라 옆에 앉은 보좌관에게 돌렸다. 열심히 메모를 하고 있던 보좌관이 머리를 들었다. 짧은 머리, 계란형 얼굴에 조금 작은 눈이 반짝였다. 입술을 꾹 다물고는 긴장한 표정으로 서동수의 시선을 맞받는다. 이름이 나오미라고 했던가? 30대 중반쯤으로 보인다. 옆에 앉은 요시무라가 둥근 얼굴에 배가 나온 비만형인데 나오미는 앉은키도 크다. 요시무라에게 시선을 돌린 서동수가 머리를 끄덕였다.

“그렇게 높게 평가해 주셔서 고맙습니다. 앞으로 최선을 다할 계획입니다.”

“핵 문제만 해결되면 일본은 신의주에 적극 투자를 장려하겠습니다. 이것은 남한 정부도 같은 입장이라고 생각합니다.”

“그렇지요.”

요시무라의 방문 목적을 예상하고 있었던 터라 측근들과 상의한 서동수는 대답을 준비한 상태다. 일본 정부는 남북한을 중심으로 남북한과 중국까지 3국이 연합하는 것을 주시하고 있는 것이다. 불안하기도 할 것이다. 더구나 북한은 핵까지 보유하고 있으니 얼굴 위에 말벌이 앉아 있는 것 같을 것이다. 그때 얼굴마담 격으로 찾아온 후미코가 입을 열었다.

“다음달부터 신의주에 유람선이 주 2회 취항하게 되었습니다.”

"잘되었군요."

서동수의 얼굴이 환해졌다. 유람선이 일본 관광객을 싣고 오면 카지노와 호텔, 유흥시설에 돈을 뿌리게 될 것이다. 요시무라는 어르고 젖을 먹이고 있다. 다시 요시무라가 말을 이었다.

"각하, 일본 정부는 신의주에 설치된 연락사무소를 공관으로 승격시켜 공관장에 여기 있는 나오미 씨를 임명했습니다. 앞으로 잘 부탁드립니다."

그러자 나오미가 일어섰는데 날씬한 몸매가 돋보였다. 나오미가 서동수를 향해 머리를 숙여 다시 인사를 했다.

"열심히 하겠습니다."

"나오미 씨는 외교 전문이고 제 보좌관으로 5년 가깝게 근무했기 때문에 정치적인 감각도 뛰어납니다."

요시무라가 상기된 얼굴로 말을 이었다.

"일·한 양국의 우호를 위해 노력할 것입니다."

다시 자리에 앉은 나오미가 맑은 눈으로 서동수를 보았다.

"일본과 한국은 역사적으로도 밀접한 우방입니다. 저는 한국 출신 장관 각하께서 일본 입장을 충분히 반영시켜 주시리라고 믿습니다."

단정한 외모에 목소리도 울림이 깊다. 높지도 낮지도 않고 은근하다. 서동수가 나오미의 시선을 받은 채 천천히 머리를 끄덕였다.

"앞으로 자주 뵙겠군요, 나오미 씨."

"잘 부탁합니다, 장관 각하."

서동수의 시선이 옆쪽에 앉은 후미코에게로 옮겨갔다. 후미코가 시선을 받았다가 서로 금방 비껴갔지만 서동수의 머릿속에 잠깐 잔영이 남았다. 숨을 들이켠 서동수는 후미코의 알몸을, 끊기지 않고 이어지던 신음을 떠올렸다. 원숙한 몸, 나오미와는 대조적이다. 면담을 마쳤을 때는 11시가 되어갈 무렵이다. 다시 사무실에 셋이 모였을 때 안종관이 말했다.

"미국 측이 리야드에서 만난 이야기를 해주었을 것입니다."

안종관의 얼굴에 웃음이 떠올랐다.

"현재 미국과 일본은 신의주와 남북한 관계에 대해서 공동 대처하고 있다고 봐야 됩니다."

"진주만 기습을 잊었단 말인가? 참, 한심하죠."

입맛을 다신 서동수가 소파에 등을 붙였다. 그때 안종관이 말했다.

"북한의 6·25 남침 때 미군이 참전해서 4만677명의 전사자를 냈습니다."

서동수가 눈만 껌벅이며 안종관을 보았다. 웬 뜬금없는 말이냐는 표정이었지만 안종관이 말을 이었다.

"며칠 전에 자료를 찾다가 알게 되었지요. 그다음이 영국군 1257명, 터키군이 904명이었습니다."

심호흡을 한 안종관이 서동수를 보았다.

"미국은 대한민국의 은인이죠. 신세를 졌습니다. 하지만 일본은 다르지요."

옆에 앉은 유병선이 머리를 끄덕였다. 일본은 지금도 일본군 위안부를 부인하고 있다. 수십만 명을 징용으로 끌고나가 죽였으면서도 제대로 사과 한 번 하지 않는다. 학생들의 기를 살려야 된다고 교과서도 고치고 있다. 안종관이 머리를 들고 서동수를 보았다.

"장관님, 신의주를 중심으로 남북한 통일이 되면 가장 불안해하는 나라는 일본이 될 것입니다."

서동수의 눈앞에 후미코의 얼굴이 떠올랐다. 다음 순간 나오미의 얼굴이 덮여졌다. 그때 안종관의 목소리가 울렸다.

"제가 나오미 공관장에 대해서 알아보겠습니다. 이런 상황에서 초대 공관장으로 취임한 것을 보면 일본 정부의 신임을 받는 사람인 것 같습니다."

회의를 마친 서동수가 사무실에 혼자 남았을 때다. 핸드폰이 울렸으므로 서동수가 발신자를 보았다. 후미코다. 몇 명밖에는 알려주지 않은 핸드폰이었지만 그 속에 후미코가 끼었다.

"아, 후미코 씨."

전화기를 귀에 붙인 서동수의 얼굴에 웃음이 떠올랐다.

"지금은 혼자 있는 겁니까?"

"네, 혼자 있어요."

후미코의 목소리에도 웃음기가 섞여 있다. 후미코가 불쑥 물었다.

"오늘 밤 만날 수 있어요?"

"이런, 요시무라나 나오미한테 들키면 어쩌려고 그럽니까?"

"저야 상관없지만 장관님은 좀 불편해지시겠죠? 장치 교수한테 말이에요."

후미코가 짧게 웃었다.

"이런 만남이 자극이 있지 않겠어요?"

서동수가 핸드폰을 고쳐 쥐었다. 이런 일본인도 있는 것이다.

"조심하셔야 돼요."

후미코가 서동수의 가슴에 볼을 붙인 채 말했다. 알몸으로 엉킨 두 남녀가 침대 위에 누워 있다. 불을 켜 놓아서 후미코 콧등에 솟아오른

조그만 땅방울도 보인다. 벽시계가 오전 1시 반을 가리키고 있다. 이곳은 칭다오 바닷가의 저택 안이다. 서동수의 안가로 후미코를 데려온 것이다. 방금 정사를 끝낸 터라 방 안은 후덥지근한 열기로 덮여 있다. 후미코가 말을 이었다.

"나오미 말이에요."

"나오미를 알아?"

서동수가 묻자 후미코는 머리를 끄덕였다. 몸을 더 밀착시켰으므로 서동수가 엉덩이를 움켜쥐었다.

"뭘 조심하라는 거야?"

"당신이 빨려 들어갈 것 같아."

"그거야."

쓴웃음을 지은 서동수가 손을 뻗어 후미코의 골짜기를 쓸었다. 아직도 골짜기는 뜨거웠고 습기에 젖어 있다.

"당신의 골짜기에도 빨려 들어갔잖아?"

"여보, 내 예감이야. 나오미는 미인은 아니지만 남자를 끄는 마력이 있어."

후미코의 손이 서동수의 남성을 감싸 쥐더니 문지르기 시작했다.

"내가 보기에는 요시무라하고 나오미는 깊은 관계였어."

"당연하지. 5년이나 데리고 있었다는데 놔두는 놈이 병신이지."

"섹스는 말할 것도 없고, 여보."

답답하다는 듯이 후미코가 서동수의 남성을 세게 쥐었다. 서동수가 입을 딱 벌리자 후미코는 다시 문지르기 시작했다.

"나오미가 요시무라를 장악하고 있었어. 집안의 주도권을 쥔 와이프처럼 말이야."

"…."

"여섯 시간 동안 같이 있었는데 둘이 조심하고 있었지만 내 눈을 속일 수는 없어. 이야기하는 것도 얼핏 들었는데 나오미는 총리하고 직접 선이 닿는 것 같았어."

"그 여자는 위에서 하는 걸 좋아하겠군."

그때 후미코가 단단해진 서동수의 남성을 쥔 채 몸 위로 올랐다. 어느덧 얼굴이 상기되어 있다.

"이봐, 당신한테 올라오라고 한 거 아냐."

후미코의 허리를 양손으로 움켜쥐면서 서동수가 웃었다.

"후미코, 당신도 요부 다 되었어."

"당신 같은 몸은 처음이라고 나한테 한 말, 정말이야?"

자세를 잡으면서 후미코가 물었다. 풍만한 젖가슴이 출렁거렸고 눈동자의 초점은 이미 멀다.

"그럼, 후미코."

그 순간 서동수는 온몸이 빨려드는 느낌을 받는다. 몸이 합쳐진 것이다. 후미코가 말을 타는 것처럼 움직이기 시작했다. 서동수는 후미코의 얼굴 위에 겹쳐지는 나오미를 보았다. 그렇다. 후미코 말대로 미인은 아니다. 날카로운 인상을 주는 얼굴이다. 과연 남자를 끄는 매력은 있는 것 같다. 자꾸 얼굴이 떠오르는 것을 보면 그렇다. 총리와 직접 선이 닿는다니 안종관을 시켜 더 조사를 하도록 해야겠다. 그때 후미코의 신음소리가 커졌다. 상체를 뒤로 젖혀 금방 넘어지는 것 같더니 곧 서동수의 가슴으로 엎어지면서 절정에 오르기 시작했다.

"여보, 여보."

후미코가 절규했을 때 서동수는 등을 감싸 안았다. 일본의 협력이 없으면 신의주 발전에 차질이 많다. 후미코는 최선을 다하고 있지만 투자자를 더 끌어 모아야 하는 것이다. 그때 후미코가 몸을 잔뜩 웅크리면서 폭발했다. 서동수가 한 덩어리로 된 후미코의 몸을 감싸 안은 순간이다. 또 나오미의 얼굴이 떠올랐다.

"공무원은 군림하면 안 돼."

황순호가 어깨를 펴고 말했다. 신의주 공단본부 설비부장 황순호는 66세, 한국에서 서울시청 기전계장을 지낸 인물이다. 55세 때 사표를 내고 사업을 했다가 쫄딱 말아먹고 나서 작년에 신의주 공단 공채에 응시, 65세에 취업을 했다. 실력은 있지만 성격이 강해서 인간관계가 좋지 않았는데 신의주에 오고 나서 사람이 달라졌다. 한마디로 신바람이 난 것이다. 신의주 공무원은 정년이 70세인데 '신의주 법'에는 70세 이상이 되더라도 신체, 정신 상태만 정상이면 죽을 때까지 근무할 수가 있다. 기업도 마찬가지, 한마디로 중풍, 노망이 들지만 않는다면 일할 수가 있는 것이다. 공단본부 사무실 안이다. 황순호 앞에는 1과장 오금철과 2과장 박기만이 앉아 있었는데 둘 다 북한 출신이다. 황순호가 말을 이었다.

"알겠어? 공장에서 무슨 부탁을 해오면 논스톱, 멈추지 말고 바로 처리해야 되는 거야, 그것을 명심하라고."

"그렇게 합니다만 이제는 우리를 너무 부려먹기만 해서…."

오금철이 쓴웃음을 짓고 말했다. 37세의 오금철은 아버지 연배의 황순호에게 슬슬 적응이 되는 중이다. 오금철은 인민군 소좌다. 현역으로 파견된 것이다. 박기만은 평양에서 전기공작소 주임을 지냈으니 행정직을 겪었다. 셋이 각각 남과 북, 경력이 제각각이다. 황순호가 엄숙한 표정으로 부하 간부 둘을 보았다.

"우리는 한국과 북한 또는 중국의 장점만 추려내서 응용할 테니까 무서운 속도로 발전할 거네."

그 증거가 바로 둘러앉은 셋이 될 것이다. 황순호의 경험과 의지, 오금철의 돌파력, 박기만의 적응력을 모아놓고 신바람을 넣는 것이다.

"공무원은 있는 듯 없는 듯, 그림자처럼 도와줘야 돼. 신의주의 성장은 우리 책임이야. 기업이 잘 되는 건 우리한테 달려 있다고."

처음에는 짜증을 내던 오금철과 박기만도 이제는 황순호의 신바람에 휩쓸렸다. 새 세상을 건설한다는 신바람이다. 맨 마지막에는 꼭 하는 소리를 황순호가 오늘도 했다.

"나는 행운아야, 40년 전에도 신바람 나게 일했었는데 60대에 다시 이런 기회가 주어지다니, 이번 신바람으로 우리 한민족이 번성하게 될 것이네."

그 시간에 신의주 장관실에서도 서동수가 부장관 문영규와 최봉수에게 이야기를 하는 중이다.

"신바람을 일으키는 것이 우리들의 책임입니다. 신바람의 계기를 만들어야 됩니다. 밤낮으로 그 생각만 하십시오."

이제는 북한측 부장관 최봉수도 경청하고 있다. 서동수가 말을 이었다.

"공무원 봉급을 인상하는 것만으로 충분하지 않습니다. 성과급도 더 주는 대신 무기력한 공무원은 가차 없이 해직시켜야 합니다."

서동수는 옆에서 누가 적는 것을 싫어했기 때문에 둘은 열심히 듣는다. 서동수가 말을 이었다.

"실수해서 무능한 공무원보다 일하지 않는 공무원이 더 나쁩니다.

그런 사람이 주변 분위기도 해치는 것입니다."

이제 신의주 공무원의 부정은 거의 찾기 힘들다고 봐도 될 것이다. 요즘 서동수는 신바람을 내는 계기를 궁리하는 것이 주 업무다. 공단 가동과 유흥구 운영, 건설사업은 모두 전문 경영인에게 맡겼다. 전권을 준 것이다. 그래서 결정권이 하나도 없는 것 같지만 그럴수록 서동수의 위상이 높아졌다. 그때 비서실장 유병선이 들어와 서동수에게 귓속말을 했다.

"나오미 씨가 기다리고 있습니다."

나오미는 신의주 공관장으로 정식 부임했는데 자주 행정청사에 들르는 편이었다. 적극적인 성격이어서 부장관들하고는 골프도 친다는 이야기를 들었다. 오늘은 나오미가 서동수와 단독 면담을 신청했는데 총리의 전언이 있다고 했다. 서동수는 보좌관 안종관을 동석시켰기 때문에 사무실에 셋이 둘러앉았다. 안종관이 조사한 나오미의 경력은 도쿄대 법학부 졸업, 미국 하버드에서 정치학 박사학위를 취득, 일본 외무성에서 2년간 근무했다가 민주당 요시무라 의원의 특별보좌관으로 5년 근무 후에 신의주 공관장으로 발령이 난 것이다. 나오미는 37세, 미혼이다. 인사를 마쳤을 때 먼저 나오미가 입을 열었다.

"장관 각하, 총리께서 지난번 남북한 정상회담에서 핵 문제가 미뤄진 것에 대해 우방국으로 함께 우려를 표명한다고 말씀하셨습니다."

지난달에 남북한 정상회담이 서울에서 열린 것이다. 1박 2일의 일정이었는데 역사상 처음으로 북한 지도자 김동일이 고위급 수행원 수백 명과 함께 한국 대통령 한대성을 만난 것이다. 양국 정상은 한반도 평화, 경제협력, 이산가족 재회 등에 대해서 보다 적극적으로 추진해

나가기로 합의, 협의체 구성도 선언했다. 그러나 서해북방한계선(NLL), 핵문제는 북한이 기존 입장을 되풀이하는 것으로 끝났다. 정상회담에서 가장 큰 결실을 본 부분은 신의주 발전에 관한 부분이었다. 한국과 북한은 신의주를 중립지대로 선언했고 발전을 위해 최대한 지원한다는 것을 재천명했다. 그리고 김동일은 신의주를 현재 면적의 2배로 확장할 예정이라고 발표한 것이다. 그렇게 되면 신의주 면적은 평안북도의 절반 가깝게 된다. 결국 신의주는 남북한의 평화, 경제협력, 통일의 기반이 될 것이라는 예상이 맞았다. 서동수가 나오미의 시선을 받고 말했다.

"나도 유감입니다. 정상 간 분위기가 좋았다던데 그 분위기로 핵까지 처리했으면 좋았을 겁니다."

"일본에선 우리도 핵을 갖춰야 한다는 여론이 솟고 있습니다, 장관 각하."

"언론이 선동한다고 들었습니다. 정치인들이 은밀하게 응원을 하고."

그러나 나오미가 입을 다물었다. 서동수를 응시한 채 눈만 깜박이고 있다. 그때 서동수가 빙그레 웃었다.

"한국 언론에서 보도된 내용이지요. 나오미 씨도 알고 계실 텐데요."

"이런 상황에서 신의주에 투자하는 것이 어렵지 않겠습니까?"

나오미가 본론을 꺼냈으므로 서동수는 의자에 등을 붙였다. 예상은 했다. 그러나 너무 반응이 빠르다. 일본은 약 100억 달러 규모의 공단과 200억 달러 규모의 유흥시설 투자를 기획하고 있었기 때문이다. 그렇게 되면 일본의 투자량이 현재의 7%에서 15%로 늘어난다. 2배 이상으로 증가하는 것이다. 나오미의 시선을 받은 서동수가 천천히 머리를 끄덕이며 말했다.

"이해합니다, 나오미 씨. 할 수 없지요."

그때 나오미가 서동수를 응시한 채 차분하게 말했다.

"그런데 총리께선 기획된 신의주 투자를 추진하라고 지시하셨습니다. 저는 그 말씀을 전해 드리려고 왔습니다."

"……."

"오히려 유흥시설 투자에 2개 업체를 더 포함해 투자액이 더 늘어났습니다."

숨을 들이켠 서동수가 옆에 앉은 안종관을 보았다. 안종관은 표정이 없다. 서동수가 얼굴을 펴고 웃었다.

"총리 각하의 결단에 감사드린다고 전해주시지요. 과연 위대한 결단이십니다."

그때 안종관의 숨 들이켜는 소리가 들렸다.

"저런 식으로 외교관이 말하면 안 됩니다, 장관님."

나오미가 사무실을 나갔을 때 안종관이 말했다. 안종관이 남을 이런 식으로 말한 경우는 처음이다.

"아랫사람한테 생색을 내는 말투를 썼습니다. 무례합니다."

"그런가요?"

쓴웃음을 지은 서동수가 안종관을 보았다. 자신은 그렇게 느껴지지 않았기 때문이다. 서동수의 기색을 살핀 안종관이 호흡을 고르더니 말을 이었다.

"남북한이 밀착되었다고 일본이 빠져나갈 수는 없는 것입니다. 오히려 더 적극적으로 접근해야 됩니다. 그런 맥락에서 총리가 결정을 했을 것입니다."

"그렇군요."

"신의주에서 일본 기업의 기반이 굳어지면 그것도 일본세력이 되니까요. 신의주가 중립지대라고 남북한 정상이 선언을 했지 않습니까? 중립지대에서 일본세력을 키우는 것이지요."

그렇다. 신의주가 열강의 각축장이 될 것이라고 시초부터 예상했다. 지금도 미·일·중·러 등의 정보원들이 들끓고 있는 것이다. 안종관이 말을 이었다.

"남북한이 신의주를 기반으로 평화 통일을 할 때까지 핵을 보유하고 있으면 자연스럽게 통일 한국은 핵보유국이 되는 것입니다. 그것을 모두 두려워하고 있겠지요."

서동수의 추측에도 이번 정상회담에서 핵문제는 건성으로 지나간 것 같다. 북방한계선(NLL)도 마찬가지, 이제는 남북한이 외부에 문제가 있는 것처럼 보이려고 NLL문제를 꺼낸 것 같은 느낌이 든다. 일반인 생각도 그러니 미·일 정보 당국이야 오죽하겠는가? 두루두루 꿰고 있지만 내색하지 않고 있을 것이다. 그때 안종관이 목소리를 낮추고 말했다.

"장관님, 나오미 씨가 야스쿠니 신사에 참배한 기록을 확보했습니다."

"……."

"국정원에서 보내왔는데 외교관 시절에 1번, 요시무라 보좌관 시절에 3번 참배를 했습니다. 이 정도면 극우 보수 성향이라고 봐도 될 것입니다."

일본 정부도 나오미가 극우 성향이라는 것이 곧 드러나리라고 예상하고 있을 것이었다. 그렇게 예상하고 있으면서도 보낸 의도는 일본군 위안부 부정과 같다. 심호흡을 한 서동수가 쓴웃음을 지었다.

"나로서는 일단 일본 투자가 결정되었다니까 반갑죠, 기쁜 일입니다."

그러자 자리에서 일어선 안종관이 따라 웃었다.

"저는 정신 바짝 차려야겠습니다."

안종관이 방을 나갔을 때 서동수가 인터폰을 눌렀다. 유병선의 직통 전화다.

"예, 장관님."

유병선이 대답하자 서동수가 실눈을 뜨고 나오미의 얼굴을 떠올렸다.

"나오미 씨한테 오늘 저녁 식사를 하자고 해줘요. 그렇지, 약속이 없으면 말이지."

"예, 알겠습니다. 참석 인원은 어떻게 할까요?"

"나하고 둘이, 장소는 영빈관이 좋겠군."

"알겠습니다. 7시경이 어떻겠습니까? 6시에 부장관과 회의가 있으십니다."

"그렇게 하지."

통화를 끝낸 서동수가 의자에 등을 붙였다. 안종관의 말이 맞는 것 같다. 어떤 사람은 세계에서 일본을 가장 우습게 보는 민족이 한국인이라고 했지만 그것은 경각심을 가져야 된다는 충고로 받아들이면 된다. 일본의 한국 무시는 도를 넘었다. 그런데도 한국에서는 일본 소설이, 차가, 날개 돋친 듯이 팔려 나간다. 일본에서는 어떤가? 그때 유병선에게서 온 인터폰의 불빛이 깜박였다. 약속이 된 것 같다.

방으로 들어선 서동수가 웃음 띤 얼굴로 말했다.

"이런, 기다리고 계시네."

7시 5분 전이다. 자리에서 일어선 나오미도 따라 웃었다.

"저도 방금 왔습니다, 장관 각하."

둘만의 독대였지만 서동수는 어색하지 않았다. 오늘 나오미는 진분홍색 투피스 정장 차림이다. 흰 레이스가 달린 재킷에는 단추가 여러 개 달렸다. 자리에 앉았을 때 서동수가 부드러운 시선으로 나오미를 보았다.

"투자 유치에 대한 축하 자리라고 해둡시다. 친선 모임이라고 해도 좋고."

"감사합니다, 장관 각하."

한식당이어서 종업원에게 한정식을 시킨 서동수가 소주도 주문했다. 나오미도 같은 걸 마시겠다고 했다. 다시 둘이 되었을 때 서동수가 말했다.

"내 조부께서 일제강점기에 동양척식주식회사(東洋拓植株式會社)에 근무하셨어요. 나오미 씨는 들어 보셨나?"

나오미가 머리를 기울였다. 눈이 더 가늘어졌다가 커졌다.

"모르겠는데요?"

"1908년에 일본이 조선의 토지와 자본을 수탈하기 위해서 만든 회사지. 아주 악랄했기 때문에 100만 명이 넘는 조선 농민이 땅을 빼앗기고 만주 벌판으로 쫓겨났고 일본인이 대거 조선 땅에 이주해서 땅 소유주가 되었어요."

"……."

"내 조부가 그 동양척식회사 간부였죠. 머리가 좋으셔서 일본 학교에 관비 장학생으로 들어가 졸업하시고 그 위세가 당당한 동척의 간부가 되신 겁니다. 가난한 집안의 수재였던 조부는 출세하신 겁니다."

서동수가 웃음 띤 얼굴로 나오미를 보았다.

"조사해 봐요. 다 나올 테니까."

"장관 각하."

나오미가 반짝이는 눈으로 서동수를 보았다.

"갑자기 왜 그 말씀을 하십니까?"

"지금은 한국에서 아무도 그 이야기를 꺼내지 않지만, 모르고 있을 테니까 말이오."

어깨를 편 서동수가 말을 이으려다 입을 닫았다. 음식이 들어왔기 때문이다.

음식을 솜씨 있고 빠르게 배열해놓은 종업원들이 나갔을 때 수저를 들면서 서동수가 들자는 시늉을 했다. 나오미가 젓가락을 들었고 서동수의 말이 이어졌다.

"만일 알게 되면 나를 싫어하는 인간들은 나를 친일파의 후손이라고 매도할 겁니다. 내가 얼굴도 모르는 조부의 후손이라고 말이오. 그 피가 흐른다고도 하겠지."

다시 빙그레 웃은 서동수가 갈비찜을 들어 맛있게 먹기 시작했다. 그러면서 말했다.

"내가 그 사실을 알고 나서 얼마 동안 조부 제사 때 절도 안 했다는 것을 발표할 수 있을까요? 못 합니다. 차라리 가만있는 게 낫지 왜 할아버지를 모욕합니까? 나는 엄연한 손자인데."

"……."

"한국은 그런 나라요. 일본과 그렇게 얽힌 채 수십 년, 수백 년, 수천 년을 살아오고 있단 말입니다."

"……."

"서기 1592년 4월 13일에 도요토미 히데요시가 15만 대군을 조선에 보냈어요. 그 전쟁이 7년 동안 갔습니다. 조선인 수백만 명이 죽고 끌려갔지요."

"……."

"그전에 고려 말기에는 왜구라는 일본 해적단이 1년에 360회 침략했다는 기록이 있습니다. 고려 왕조는 왜구 때문에 망했다고들 합니다."

그때 나오미가 젓가락을 내려놓았다. 그러고는 차분한 표정으로 서동수를 보았다.

"그리고 지금은요?"

요점을 말하라는 것이었다. 수저를 내려놓은 서동수가 잔에 소주를 따랐다.

"역사는 되풀이되지 않을 겁니다."

서동수가 나오미의 잔에도 술을 채웠다.

"나는 내 대(代)에 얽힌 일본과의 인연만 밝힌 거요. 그것이 수백 년, 천 년이 넘도록 이어지면서 얽혀진 것이 지금의 한·일 관계요."

"원한의 역사인가요?"

불쑥 나오미가 묻자 서동수는 한 모금 소주를 삼키고 나서 웃었다.

"내가 보기에 일본에게 한반도는 약탈, 지배의 대상이었지. 그런 사고가 1000여 년간 이어져 온 것 같습니다."

"……."

"그렇게 만든 한반도 정권의 책임도 있습니다. 이건 우리가 각성해야 할 부분이지만."

"……."

"지금도 일본 지배층, 정치권에서 그런 사고를 가진 사람들이 한국을 대합니다. 엄연한 현실을 무시하고 덮으면서 말입니다. 이것이 가장 큰 문제라고 생각하는데."

"……."

"한국 국민성요? 요즘 일본 정권이 일본군 위안부를 부정하고 전범이 묻힌 야스쿠니 신사를 참배하면서 2차 세계대전 때 희생된 수십만의 한민족과 식민지 통치를 오히려 미화해도 일본 제품은 한국에서 잘 팔립니다. 잊고 있단 말입니다. 용서할 준비도 되어 있어요."

그때 나오미가 말했다.

"조선은 스스로 원해서 일본과 합방한 것 아닌가요? 일본은 합방 후에 내선일체 정책으로 조선 경제를 일으켰고 빈곤에서 탈출시켰지 않습니까? 서구 문명을 받아들이게 된 것도 합방 때문이고요."

서동수가 시선을 나오미한테서 식탁에 놓인 소주잔으로 옮겼다. 그렇게 교육받았으니 어쩌겠는가? 억지소리가 아닌 것이다. 어깨를 부풀렸다가 내린 서동수가 혼잣말로 욕을 했다.

"개놈의 새끼들."

웃음 띤 얼굴로 말해서 나오미한테는 욕처럼 들리지 않았을 것이다. 나오미의 시선을 받은 서동수가 쓴웃음을 지어 보였다.

"나오미 씨는 그렇게 교육을 받았겠지요. 이해합니다."

방금 서동수는 2차 세계대전 말 일본을 공격했던 미국과 소련을 향해 욕을 한 것이다. 연합군이 독일에 했던 것처럼 일본을 철저하게 응징했다면 지금의 일본은 달라져 있을 것이다. 당시 미국은 더 이상의 미군 피해를 막고자 원자폭탄 두 개를 떨어뜨리고 일본의 항복을 받아 냈다. 그러고는 소련의 남하를 저지시키려고 38선을 그어 놓고 동북아의 미국 방위선을 일본으로 만들어 놓은 것이다. 그래서 전범국이며 패전국인 일본이 순식간에 미국의 우방이 되어 경제 부흥을 이루었다. 6·25전쟁이 일본 경제 부흥의 결정적인 동기가 된 것도 우습다. 연합군의 보급창 역할을 하면서 산업이 불길 일어나듯 일어났기 때문이다. 결국 일본은 한반도를 철저히 이용해 먹고 작금에 이른 것이다. 그때 나오미가 술잔을 들고 말했다.

"장관 각하, 고맙습니다. 조부님 이야기까지 들려주신 것에 감동했습니다."

"나도 나오미 씨 이야기를 듣고 감동했습니다."

술잔을 든 서동수가 웃음 띤 얼굴로 나오미를 보았다.

"앞으로 자주 만나야 될 것 같습니다."

"저한테 역사 교육을 시켜 주시려는 계획이죠?"

문득 서동수는 심장이 무너지는 느낌이 들었다. 그것은 임진왜란 당시 왜군이 7년간 조선 반도를 유린했을 때가 떠올랐기 때문이다. 내 조상은 무사했을까?

신의주의 상주인구가 170만 명을 돌파한 것은 '신의주 경제특구'가 시작한 지 1년8개월 만이다. 상주인구가 170만이었으니 유동인구, 밀입국자까지 합하면 200만이 넘는 소국(小國)이 되었다. 170만 상주인구 중 각종 직업 종사인구가 120만, 가족이 50여만 명이었는데 곧 북한 정부의 '개방정책'이 시행되면 가족 150여만 명이 몰려올 것이었다. 그때에는 신의주 인구가 400만 명에 가깝게 된다. 남한에서 이주한 30

여만 명과 중국과 기타 민족 10여만을 제외하고 350여만 명의 북한 주민이 신의주에 유입되는 셈이다. 그러니 신의주의 영역을 늘려야만 한다. 북한 당국의 계획을 보면 5년 안에 신의주 인구를 600만, 그중에서 북한 출신을 500만으로 잡았으니 전체 인구의 20%가 유입되는 셈이다.

"이것 참."

8군단장 이광철 대장이 입맛을 다시면서 조기택을 보았다. 평안북도 정주시에 위치한 8군단 사령부 군단장실 안에서 둘이 마주앉아 있다. 오후 6시, 조기택이 이광철을 방문한 것이다. 이광철이 찌푸린 얼굴로 말을 이었다.

"이봐요, 밀입국자를 단속하는 것만으로도 내 부하들이 죽을 지경이오. 그런데 탈출자 체포에도 협조해 달라니, 그건 신의주 경찰국에서 책임을 져야지."

이광철은 69세, 인민군 대장으로 신의주 외곽 경비를 맡은 8군단의 사령관이다. 본래 8군단은 조·중 국경지역 경비를 맡은 후방 정규군단으로 6·25전쟁에도 참전한 역사가 있다. 그때 조기택이 말했다.

"군단장님, 이건 장관의 부탁만이 아닙니다. 국방위원장님의 지시이기도 합니다."

국방위원장이란 단어에 이광철이 긴장하는 기색을 보였지만 대답하지는 않았다. 조기택은 이제 신의주에서 탈출한 범법자를 8군단이 잡아주도록 업무 협조를 부탁하고 있는 것이다. 이광철이 주름진 눈으로 조기택을 노려보았다.

"위원장 동지의 지시라면 진즉 당에서 지시가 내려왔을 것이오."

"곧 내려올 것입니다, 군단장님."

그러자 이광철이 다시 눈을 치켜떴지만 입을 열지는 않았다. 지금까지 밀입국 단속은 철저하게 신의주와 8군단의 공조가 이어졌지만 탈출자 검거는 허술했다. 그러나 신의주가 비약적으로 발전하면서 범죄자의 탈출이 늘어났다. 주로 압록강을 건너 중국으로 탈출하는 것이다. 이윽고 이광철이 입맛을 다시고 나서 말했다.

"알았소. 국경지대에 탈출자 체포 부대를 편성하지."

"1개 연대 병력을 부탁합니다."

"이건 내 소관이야. 동무가 나서지 마."

눈을 치켜떴던 이광철이 책상 위에 펼쳐진 국경지대 지도를 보았다. 조기택도 머리를 기울였으므로 이마가 닿았다가 떼어졌다. 조기택이 군단장 사무실을 나왔을 때는 오후 7시 반이 되어갈 무렵이다. 헬기장으로 다가가는 조기택에게 유국종이 물었다.

"잘 되셨습니까?"

유국종은 조기택의 보좌관이다. 감찰비서관을 보좌하는 역할인 것이다. 머리만 끄덕인 조기택이 옆을 따르는 유국종에게 이 사이로 말했다.

"당연하지."

심호흡을 한 유국종은 더 이상 묻지 않았다. 유국종은 지난달 초에 베이징에서 무역회사를 운영하는 이광철의 아들 이석주에게 200만 달러를 건네주고 온 것이다. 영수증도 없고 현찰로 준 돈이어서 흔적도 남지 않았지만 분명하게 먹였다. 그 증거가 오늘 나타난 것이다. 헬기장으로 들어선 조기택이 말했다.

"정예군 1개 연대 병력이 편성되었어. 이제 신의주에서 죄 짓고 도망가기는 힘들 거야."

장관실에 다섯이 둘러앉았다. 서동수와 남북한 부장관인 문영규와 최봉수, 그리고 안종관과 전영주다. 간부들하고 투자회의를 마친 서동수가 부장관들을 부른 것이다. 말석에 앉은 전영주는 긴장한 표정이다. 회의 내용을 알려주지 않았기 때문이다. 서동수가 입을 열었다.

"일본 투자가 쏟아지는 시점에서 이런 이야기는 어울리지 않겠지만."

네 쌍의 시선을 받은 서동수가 말을 이었다.

"일본 공관장 나오미에 대해서 여러분이 알고 계셔야 할 것 같아서요."

서동수의 시선이 안종관에게 옮겨졌다.

"안 특보가 이야기하세요."

안종관이 들고 있던 서류를 전영주한테까지 한 부씩 나눠주고 나서 말했다.

"나오미는 극우 성향일 뿐만 아니라 미국과도 긴밀한 관계를 유지하고 있습니다. 서류를 보시지요."

긴장한 모두가 서류를 보았고 안종관의 말이 이어졌다.

"지난달 나오미가 귀국했을 때 도쿄에서 CIA 사무실을 세 번이나 방문, 7시간 동안이나 머물렀습니다."

방안은 조용했다.

"신의주 공관에 근무하는 일본 직원 중 2명이 정보원으로 추측됩니다. 따라서 신의주 일본공관은 미·일 정보사무소 역할을 한다고 보면 될 것입니다."

서동수는 소파에 등을 붙였다. 놀랄 일은 아니다. 해외 공관은 정보수집 업무가 기본 업무에 포함된다. 미국은 아직 신의주에 공관이 없으니 우방국인 일본공관의 협조를 받을 수도 있을 것이다. 그때 북한 측 부장관 최봉수가 입을 열었다.

"야스쿠니 신사에 여러 번 참배한 극우주의자를 공관장으로 보낸다는 것이 북남한을 조롱하는 처사라고 볼 수 있습니다."

최봉수가 열기 띤 눈으로 서동수를 보았다.

"이 내용을 당장 보고하겠습니다."

머리를 끄덕인 서동수의 시선이 전영주에게로 옮겨졌다. 그래서 전영주를 부른 것이다. 심호흡을 한 서동수가 말했다.

"나오미는 나한테도 거침없이 한일 합방도 조선이 원해서 한 것이라고 말합니다. 야스쿠니 신사 참배에 대해서도 순국자에 대한 국민의 당연한 도리라고 말할 겁니다."

"그렇다면 그 여자를 추방시켜야 되지 않겠습니까?"

마침내 최봉수가 어깨를 부풀리며 말했다.

"일본 투자에 목덜미를 잡혀 침략자 놈들이 신의주에서 횡행하게 놔둘 수는 없습니다. 신의주법에 의거해서 체포해야 되지 않겠습니까?"

방 안 분위기가 갑자기 거칠어졌다. 북한 측 입장에서 보면 일본과 미국은 같은 침략자요, 원수다. 신의주가 또다시 침략자의 마수에 덮일 수도 있는 것이다. 그렇게 생각하면 일본의 투자는 침략의 시작이 된다. 경제를 장악하게 되면 나머지는 저절로 따라온다. 그때 한국 측 부장관 문영규가 말했다.

"조선 말기하고 지금은 다르지요. 지금은 남북한 연합세력을 일본이 우습게보지 못 합니다."

"하지만 일본놈들이 미국놈들하고 연합하고 있지 않습니까?"

눈을 치켜뜬 최봉수가 대들었다.

"조선말에도 그렇게 방심하고 있다가 당한 겁니다. 일본놈들이 매국노들을 앞장세워서 말입니다."

"갑자기 매국노는 왜?"

문영규가 이맛살을 찌푸렸다.

"진정하시고 차근차근 풀어나갑시다. 당장 체포해야 된다는 과격한 말씀을 하지 마시고."

"뭐요? 과격해?"

싸움이 붙었다. 이건 남인과 북인의 싸움인가?

서동수는 잠자코 탁자 위에 놓인 커피 잔을 들고 한 모금 삼켰다. 커피는 식어 있었다. 문영규와 최봉수의 다툼은 곧 가라앉았다. 다툴 일이 아니라는 것을 둘이 아는 것이다. 서동수가 다시 말했다.

"남북한 정부도 이 사실을 알아야 할 것 같아서 이렇게 말씀드린 거요."

서동수의 시선이 전영주를 스치고 지나갔다. 전영주는 바로 위원장 측근에게 보고를 할 것이다.

"그리고"

서동수가 정색하고 말을 이었다.

"신의주는 남북한 정부와는 다릅니다. 남북한은 미·일과 각각 다른 관계지만 신의주는 새로운 한국이지요."

이것이 서동수의 꿈이며 신의주인(人)의 목표다. 모두 입을 다물고 서동수를 보았다. 그렇다 6·25의 북한 남침으로 미군이 중심이 된 유엔군이 참전했다. 이때 유엔군 16개국의 전사자는 4만4783명, 그중에서 미군 전사자가 4만677명이다. 동북아 구석에 박힌 '코리아'란 나라가 있는지도 몰랐던 시기였다. 그런 땅에서 미국 젊은이 4만677명이 전사한 것이다. 그러나 그것은 남한, 한국인에게만 적용된다. 앞에 앉아 있는 최봉수에게는 미군이 원수다. 그때 미군만 없었으면 통일이 되었을 테니까. 서동수가 결론을 내었다.

"신의주는 남북한 정부와는 다르게 대응해야 할 겁니다. 자, 오늘은 이만."

이제 나오미는 공적이 되었다. 그것이 오늘 회의의 결론이다.

그날 저녁, 서동수는 유흥구의 오리엔트호텔 개업식에 참석했다. 오리엔트호텔은 후미코의 일본산업이 신의주에서 개업한 세 번째 호텔이다. 개업식에는 후미코 대신 사장 요시모토가 참석했지만 나오미가 대표처럼 보였다. 테이프를 자를 때도 귀퉁이에 서 있었는데도 그쪽에서 플래시가 자주 터졌다. 호텔에서 마련한 저녁 식사 테이블에서도 신의주 장관의 왼쪽 좌석이 나오미다. 주최 측에서 저희들 공관장을 알아서 챙긴 것 같았다. 축사를 마치고 건성으로 초밥을 먹는 서동수에게 나오미가 슬쩍 말했다.

"장관님, 술 한 잔 하실래요?"

주변이 소란했고 앞쪽에서는 여흥으로 중국 서커스가 시작되고 있어서 서동수는 절반만 알아듣고 시선을 주었다. 그때 나오미가 몸을 조금 기울이며 다시 말했다.

"저하고 술 한 잔 하시겠어요? 둘이서요."

나오미의 반짝이는 눈동자를 본 서동수가 쓴웃음을 지었다.

"하실 말씀이 있습니까?"

"네, 있어요."

나오미가 눈웃음을 치는 순간 서동수는 목구멍이 좁혀지는 느낌을 받았다. 숨이 막히면서 온몸에 전류가 흘러갔다. 그러나 말은 다르게 나갔다. 이런 경우는 처음이다.

"내가 요즘 시간이 없는데, 둘이 술을 마실 시간이 말이오."

그때 함성과 함께 박수 소리가 울렸다. 서동수 오른쪽에 앉은 일본산업 사장 요시모토의 박수 소리는 컸다. 두툼한 손에서 요란한 소리가 난다. 서커스단이 공중 돌기를 하고 있다. 그때 나오미가 말했다.

"제가 칭다오에 가면 되지 않을까요? 그곳에선 여기보다 조금 자유롭게 만날 수 있지 않겠어요?"

"…."

"물론 저도 비밀리에 가겠습니다. 소문이 나면 안 될 테니까요."

"…."

"내일 베이징 회의에 참석하시고 오후에 칭다오에 가신다고 스케줄에 나와 있더군요. 그럼 제가 먼저 가 기다리지요."

서동수는 목구멍이 좁혀지기 전에 숨부터 들이켰다.

베이징에서 투자회의를 마치고 칭다오의 동성 본사에 왔을 때는 오후 5시가 되어갈 무렵이다.

"장소는 남경관으로 하시지요. 장영이란 이름으로 예약해 놓았습니다."

유병선이 말했으므로 서동수가 쓴웃음을 지었다. 칭다오 시내 지리에는 익숙한 서동수다. 중식당 남경관 밀실은 비밀회담 장소로 적당하다. 그리고 근처에 분위기 좋은 카페와 호텔이 많은 것이다. 옆으로 다가선 유병선이 말을 이었다.

“근처에 최 과장이 대기하고 있을 것입니다. 필요하면 부르시지요.”

“알겠어.”

최 과장이란 수행비서 최성갑을 말한다. 최성갑이 이번 작전의 경호팀장이 된 모양이다. 서동수는 유병선에게 나오미 이야기를 한 것이다. 이곳에는 오지 않았지만 안보특보 안종관도 알고 있다. 손목시계를 내려다본 서동수가 혼잣소리처럼 말했다.

“사적인 용건은 아닐 거야. 공적이지만 뭔가 말하기 어려운 문제인지도 몰라.”

“제 생각에는 공적인 문제는 아닌 것 같습니다.”

유병선이 말했지만 외면하고 있다. 서동수가 앞쪽에 서 있는 유병선을 보았다.

“내가 그만큼 허술하게 보인 건가? 외국에서 여자를 만나러 다닐 만큼 말이야.”

유병선이 대답하지 않았으므로 서동수가 쓴웃음을 지었다.

“하긴 그런 일이 한두 번이 아니지.”

우습게 보일만도 한 것이다. 유병선이 소리 없이 방을 나가자 서동수는 소파에 등을 붙였다. 요즘은 장치하고 하루에 한 번 정도 연락을 할 뿐 만난 지도 오래되었다. 서로 바쁘기 때문이겠지만 떨어져 있으면 멀어진다는 말을 실감하고 있다. 장치는 이쪽에서 먼저 결혼 이야기 꺼내기를 바라는 눈치인데 아직 그럴 생각은 없다. 그때 탁자 위에 놓인 핸드폰이 진동으로 떨었다. 나오미일 것이다. 이 핸드폰 번호를 아는 사람은 몇 명 되지 않기 때문이다. 서동수는 핸드폰을 들었다. 발신자는 나오미다. 핸드폰을 귀에 붙인 서동수가 응답했다.

“아, 나오미 씨.”

“장관님, 칭다오에 계시죠?”

“예. 사무실이오.”

“오늘 몇 시에 뵙지요?”

나오미의 목소리는 자연스럽다. 낮고 밝아서 웃음을 띠고 있는 것 같다. 숨을 들이켠 서동수가 대답했다.

“7시에 남경관에서. 남경관 아십니까?”

“네. 압니다.”

“거기에 장영이란 이름으로 예약해 놓았습니다.”

“알겠습니다. 그곳에서 뵐게요.”

“그런데, 나오미 씨.”

서동수가 나오미의 말끝을 잡았다. 나오미는 잠자코 기다렸고 서동수가 물었다.

“그런데 무슨 일입니까? 공적이건 사적이건 간에 용건을 먼저 알고 싶은데.”

“…….”

“나오미 씨가 그냥 만나자고 할 사람이 아닌 것 같아서 말입니다.”

그때 나오미가 짧게 웃음소리를 냈다.

“반반입니다, 장관님.”

“반반이라.”

“네. 신의주에서 말씀드리기가 거북했기 때문이기도 했고요.”

“거북했다니?”

“저도 물론 장관님의 여자관계에 대한 소문을 들었습니다만, 이번 만남에 그런 소문이 전혀 영향을 끼치지 않았다는 것을 말씀드릴 수 있습니다.”

말이 길었지만 나오미가 또박또박 정확한 영어로 설명해서 서동수는 금방 알아들었다. 그래서 한국어로 먼저 대답했다.

"이런. 지기미."

"어서 오세요."

자리에서 일어선 나오미가 환하게 웃는 얼굴로 서동수를 맞는다. 오후 7시 정각인데 나오미가 먼저 와 기다리고 있었던 것이다. 남경관의 밀실, 전에 서동수가 가끔 출입했던 곳이지만 다행히 아무도 알아보지 못한 것 같다. 원탁에 마주 보고 앉았을 때 종업원이 메뉴판을 건네주었다. 나오미가 주문을 맡겨서 서동수는 돼지고기와 생선, 소간 요리까지 나누어서 적당히 시켰고 술은 50도짜리 백주로 정했다. 중식 요리는 다양하다. 잘 시키면 한국인 입맛에도 딱 맞아서 먹는 즐거움을 누릴 수 있다. 종업원이 나가고 둘이 되었을 때 서동수가 나오미를 보았다. 눈을 조금 가늘게 뜨고 명화를 감상하는 시늉을 하면 대부분의 여자는 기뻐한다. 그리고 그것이 예의이기도 하다. 모양을 내고 나온 자신을 정중하고 은근하게 봐주기를 바라지 않는 여성은 없다. 나오미는 부드럽게 빛에 반사되는 진주색 투피스를 입었다. 어깨선이 부드럽고 허리가 파여서 몸의 곡선이 드러났는데 흰색 실크 셔츠 깃과 소매 끝에 레이스가 달렸다. 보기 좋은 귓불에서 진주 귀걸이가 흔들렸고 목에는 진주 목걸이를 걸치고 있다. 이윽고 서동수가 머리를 끄덕였다.

"아름답군, 나오미 씨. 눈이 부시도록."

"감사합니다, 장관님."

나오미가 기다렸다는 듯이 말을 받았다. 얼굴에 웃음이 떠올랐고 눈이 가늘어졌다. 매력적인 모습이다. 큰 눈, 우뚝 선 콧날, 조금 가는 것 같은 눈, 귀여운 콧등, 얇은 듯하지만 단정한 입술이 조화를 이루는 것이다. 자꾸 보고 싶어지는 얼굴이다. 그때 종업원들이 요리를 가져왔다. 먼저 돼지고기 볶음, 먹음직스럽다.

"자, 먹으면서 이야기합시다."

접시가 놓인 원탁을 돌리면 요리가 제 앞으로 돌아온다. 백주를 잔에 따라 나오미 앞으로 돌려준 서동수가 술잔을 들었다.

"내 비밀 하나를 알려 드리지. 난 참을성이 굉장히 강합니다. 여자 관계에 있어서도 마찬가지지. 그래서 여자들한테 원한을 산 적이 없는 것 같아."

"하하하."

나오미가 이를 드러내며 소리 내어 웃었다. 맑고 울림이 강한 웃음소리가 방안에 가득 찬 느낌이 들었다. 한 모금에 백주를 삼킨 서동수도 웃음 띤 얼굴로 나오미를 보았다.

"자, 절반쯤 공적이고 나머지는 사적인 이야기를 들어볼까요?"

"제 뒷조사는 다 하셨지요?"

되물은 나오미가 백주를 한 모금 삼키더니 진저리를 쳤다. 그러고는 지그시 서동수를 보았다. 대답을 기다리는 것 같다.

"아니, 내가 왜 나오미 씨 뒷조사를?"

서동수가 머리를 저었다.

"나오미 씨 경력은 알지요. 뒷조사라니? 재산이나 부채관계 말인가요?"

"제가 야스쿠니 신사에 참배한 것 아시지요? 모두 다섯 번을 했는데."

술을 들이켠 서동수가 술잔을 내려놓았다. 둘은 아직 고기에는 젓가락도 대지 않았다. 나오미가 서동수의 표정을 보더니 이번엔 소리 없이 활짝 웃었다.

"저 봐, 알고 계시는 것 같네."

"나오미 씨."

호흡을 가다듬은 서동수가 쓴웃음을 지었다.

"자, 용건을 들읍시다. 내가 참을성이 많다고 했더니 시험하시려는 것 같군."

"제 조상이 백제계예요. 백제 아시지요?"

숨을 멈춘 서동수를 향해 이제는 정색한 나오미가 말을 이었다.

"대마도에 정착했다가 본토인이 되었죠. 그건 우리 가문에서만 아는 비밀입니다."

숨을 들이켠 서동수가 나오미를 보았다. 백제계라니? 대마도? 조센징으로 불린 한국계와 다른지 헷갈리기도 했다. 그때 나오미가 다시 물었다.

"놀라셨어요?"

"당연히."

진정시키려고 술잔을 들었던 서동수가 마시는 것을 단념하고 내려놓았다. 그때 일본 천황이 백제계라는 기사를 읽었던 기억이 났다. 그런 관계인가? 인간은 단 몇 초 동안에도 글로 쓰면 몇 페이지가 될 분량의 생각을 한다. 화면으로 처리하면 수십 장의 장면이 된다. 서동수가 숨을 내뿜고 나서 물었다.

"나오미 씨, 그 이야기를 하려고 날 만나자고 한 거요?"

"그래요."

그 순간 서동수가 다시 숨을 멈췄다. 나오미가 한국어를 했기 때문이다. 잘못 들은 것처럼 눈만 껌벅이는 서동수를 향해 나오미가 유창한 한국어로 말을 이었다.

"우리 집안에서는 대대로 한국어를 사용하고 있지요. 아마 천 년도 더 되었을 것 같네요. 물론 결혼도 일본계하고 할 때도 있었지만 곧 동화가 되었지요."

"……."

"한국어를 잊은 가문도 많아요. 우리 진(眞)씨 가문처럼 여자들도 결혼 전까지 집안에서는 한국어를 배우게 하는 가문은 드물 걸요? 언제부터인가 비밀로 했기 때문이에요."

서동수는 말 내용보다 나오미의 한국어 자체에 홀린 상태다. 그래서 내용은 나중에 머릿속에 박힌다. 나오미의 얼굴에 웃음이 떠올랐다.

"제 아버지는 지금도 대마도가 한국령이라고 믿고 계세요. 제8대 선조가 대마도에서 규슈로 옮기셨는데 그때에도 대마도는 조선령이었다고 하세요."

"그런데."

그제야 서동수가 끼어들었다. 그 사이에 종업원들이 요리를 놓고 갔지만 둘은 젓가락도 대지 않았다. 요리접시는 한 번도 돌지 않아서 처음 놓인 그대로다.

"일본 정부는 그 사실을, 그러니까 나오미 씨가 백제계, 조선인, 아니 한국계라는 걸 압니까?"

"알겠죠."

"한국어를 한국 사람처럼 하는 것도 알겠군요?"

"그럼요."

"그전에 왜 우리한테 숨겼습니까?"

"숨기다뇨?"

나오미가 정색했다.

"숨긴 적 없습니다. 그럴 의도가 있었다면 이런 기회를 만들지 않았죠. 그렇지 않습니까?"

맞는 말이지만 찜찜한 기분은 풀리지 않았다. 나오미 면전에서 한국어로 욕을 했을지도 모른다. 정신을 가다듬은 서동수가 혼잣말부터 했다.

"하긴 한국인이라고 해도 이완용 같은 인간도 있으니까."

"야스쿠니 신사에 제 할아버지가 계세요. 할아버지 형제 한 분하고 친척까지 세 분이."

"애국자 집안이군."

"정부에서도 그런 것을 고려해서 저를 신의주로 보낸 것 같습니다."

서동수는 입을 다물었다. 일본 천황이 백제계인데 더 말할 것이 없다. 아마 백제 시대부터 계산해도 수십만 명이 풍랑을 만나 대마도로, 본토로 흘러갔을 것이고 이주도 했었겠지. 그래서 일본인이 된 것이다. 혈통으로 따진다면 임진왜란, 정유재란의 7년 동안 왜군이 뿌린 씨만 해도 한반도에 얼마나 퍼져 있을 것인가? 감동할 것 없다. 그때 나오미가 말했다.

"저는 대마도가 한국령이라고 믿는 사람이에요."

서동수는 사업을 하면서 자연스럽게 버릇이 생겼다. 이것은 경험에서 얻어진 교훈이다. 첫째가 호사다마(好事多魔), 좋은 일에는 자주 방해꾼이 끼어든다는 고사성어가 있다. 그것은 곧 잘 나갈 때 조심해야 한다는 말과 같다. 다시 풀어 말하면 잘 나갈 때 방심했다가 큰코

다치게 되는 것이다. 바로 지금이 그렇다. 서동수는 뛰는 가슴을 심호흡으로 진정시켰다. 방심하지 마라. 앞에 앉은 나오미를 응시하면서 서동수는 두 번째 교훈을 떠올렸다. 그것은 항상 최소한 두 개의 대비책을 갖고 덤벼들어야 한다는 것이다. 장사꾼처럼 '올 오어 나싱(All or nothing)' 자세로 나가다가는 쪽박 차는 것은 시간문제다. 혼자서 도박을 하는 것이 아니다. 나오미가 고기를 씹으면서 서동수를 보았다. 털어놓아서 편안한 것 같다. 나오미의 현 상황에 대한 평가는 아직 보류다. 서동수는 세 번째 교훈을 떠올렸다. 그것은 항상 최악의 경우에 대비해야 한다는 자세다. 모든 일이 다 그렇다. 겉은 웃더라도 마음 자세는 갖춰야 된다. 언젠가 10년도 더 전에 서동수는 공식 석상에서 우연히 한 사내를 소개받았다. 예정에 없던 만남이었고 초면의 사내였다. 그때 서동수는 방심하고 웃었다. 그리고 손을 내밀었을 때 사내가 악수를 거부하고 돌아섰다. 주위 사람들은 놀랐지만 금방 잊었을 것이 분명하다. 그런데 그 사내는 서동수 회사 때문에 부도가 난 경쟁회사 대표 부인의 오빠였던 것이다. 그럴 줄이야, 서동수가 미 중앙정보국(CIA) 국장 신분이었다고 해도 몰랐을 것이지만 그 사건에서 서동수는 또 하나의 교훈을 얻었다. 언제, 어디서, 누구를 만나더라도 긴장을 풀면 안 된다는 것. 좀 구체적으로 말하면 처음 만난 사람한테 바보같이 웃으면서 손을 내밀면 그런 개망신을 당할 수 있다는 교훈이다.

"그, 대마도에 대한 나오미 씨의 견해는 물론 다른 사람은 모르겠지요?"

서동수가 묻자 나오미의 얼굴에 쓴웃음이 번졌다.

"당연하죠. 그럼 당장 반역자로 매도당할 텐데요. 절 추천해 준 요시무라 씨뿐만 아니라 총리도 탄핵을 받겠지요."

서동수는 다시 호흡을 조절했다. 자, 호사다마다. 어디에 마(魔)가 끼어 있을지 모르니 조심해라, 서동수. 그러나 일본 공관장이 대마도가 한국령임을 믿고 있다니, 이것은 마치 일본 열도에서 대한독립 만세가 울려 퍼지는 것 같은 느낌이 든다. 더구나 요즘 정세(政勢)는 오죽 답답한가? 한국정부는 일본의 눈치를 보느라 엄연한 한국령 독도의 입도시설 공사도 포기한 상황이다. 그때 나오미가 말을 이었다.

"일본 정부는 저를 통해 한국과의 관계를 개선, 영향력을 확대할 계획입니다. 제가 백제계이며 한국어에 유창하고 친한파라는 것까지 노출되면 그럴 가능성이 있다고 판단했을 것입니다."

서동수는 머리만 끄덕였다. 거기까지다.

나오미의 얼굴에 희미하게 웃음기가 띠어졌다.

"더 깊숙한 내면은 알 수가 없겠지요. 대마도에서 도쿄로 이주했던 내 친척들이 관동대지진 때 일본 자경단에게 몰살당한 사연 같은 것 말이죠."

"……."

"그런 친척이 있는가 하면 내 할아버지는 일본군 중좌로 과달카날 전투에서 전사하셨지요. 야스쿠니에 계신 친척 두 분도 모두 장교였습니다."

나오미가 손을 뻗어 술잔을 쥐더니 지그시 서동수를 보았다.

"한국과 일본은 이렇게 사연이 깊은 나라예요. 지금 일본 총리의 하는 짓을 보면 역사를 모르는 것 같습니다."

술잔을 든 서동수가 한 모금에 술을 삼키고 나서 머리를 들었다.

"나오미 씨, 그럼 미국 측하고도 연락이 닿겠군요?"

"그래요."

거침없이 대답한 나오미가 주위를 둘러보는 시늉을 했다.

"우리 둘이 만나는 것도 압니다. CIA와 협조하라는 지시도 받았기 때문에 당연히 연락이 가죠."

"……."

"공관 직원 중 셋이 정보요원이고 그중 하나가 CIA 연락관이죠."

안종관한테서 보고를 받은 내용이다. 서동수가 나오미를 똑바로 보았다. 이제 나오미는 자신의 정체를 다 밝힌 상태다. 이 정도 수준을 갖춘 여자가 목적이 없겠는가? 일본 신의주 공관장이 되어서 무엇을 하려는가? 나오미가 서동수의 시선을 받더니 빙그레 웃었다. 환한 웃음이다. 갑자기 가슴이 막힌 느낌이 들었으므로 서동수가 깊게 숨을 들이켰다. 그때 나오미가 말했다.

"그래요. 신의주를 중심으로 남북한 통일을 이루고 싶어요. 그리고 일본과 미국, 중국의 견제와 간섭을 물리치고 통일 한국을 동북아의 강국으로 만들자고요."

서동수는 홀린 듯이 시선만 주었고 나오미의 얼굴은 상기되었다.

"제가 장관님을 도와드리겠어요. 적절하게 일본과 미국을 대처하도록 정보를 드리고 조언을 해 드릴게요."

"……."

"그렇게 백제계 후손으로 일본 땅에서 천 수백 년을 이어 살아오면서 이용당하고 멸시당한 내 조상들의 한을 풀어드리는 거죠. 그것이 제 목표입니다."

나오미의 상기된 얼굴에서 두 눈이 번들거리고 있다. 물기 때문이다.

"어렸을 때부터 제 정체성에 대해서 생각을 많이 했죠. 그러다 대학생이 되면서부터 역사를 알게 되었고 유학을 갔을 때 목표를 세웠어요. 한민족을 위해서 일하다가 죽겠다고요."

"나오미 씨."

어깨를 늘어뜨린 서동수가 마침내 긴 숨을 뱉었다.

"당신은 나보다 낫습니다."

이제는 서동수가 상기된 얼굴로 나오미를 보았다.

"내가 당신을 만난 것이 행운이오."

"제가 그래요."

두 손으로 볼을 감싼 모습으로 나오미가 서동수를 보았다.

"장관께선 순수하세요. 듣기와는 전혀 다르세요."

서동수는 물끄러미 나오미를 보았다. 이런 분위기는 처음이다. 눈앞의 나오미에 대해서 전혀 욕정이 일어나지 않는다. 대신 존경심과 잊었던 가족을 만난 것 같은 감동이 솟구쳤다. 이윽고 서동수가 숨을 고르고 나서 말했다.

"나오미 씨, 우리가 역사를 만들어 가십시다. 그러려면 서로 조심해야만 할 겁니다."

"물론이죠."

나오미가 커다랗게 머리를 끄덕였다.

"우린 미국, 일본, 중국까지 상대해야 될 테니까요. 그리고……."

눈을 좁혀 뜬 나오미의 얼굴에 쓴웃음이 번졌다.

"저는 북한보다 한국 정치권이 걱정되더군요. 괜찮겠어요?"

"아, 그럼요."

서동수가 자신 있게 대답하고 나서 손목시계를 보는 시늉을 했다.

말문이 막힐 때의 버릇인데 오랜만에 나왔다. 그만큼 나오미 앞에서 가면을 벗어놓고 있다는 증거가 될 것이다. 그런데 그것을 본 나오미도 손목시계를 보았다. 이러면 가야 된다.

서동수가 서울에 도착했을 때는 다음 날 오후 4시쯤이다. 성북동의 저택에 여장을 푼 서동수는 안종관과 함께 시내로 나왔다. 나오미로부터 들은 이야기는 안종관에게만 해준 상황이다. 이번 한국 방문은 비공식이다. 안종관은 나오미에 대한 이야기는 당분간 한국 정부에도 비밀로 하는 것이 낫겠다는 의견이었고 서동수도 동의했다. 신중하게 처리해야 한다. 무조건 보고만 하는 것이 능사가 아니다.

오후 8시, 서동수는 수행비서 최성갑만을 대동하고 이태원의 요정 화원으로 들어섰다. 현관에서 기다리고 있던 마담이 서동수를 안쪽 밀실로 안내했다. 요즘은 요정이 드물어졌지만 분위기를 아끼는 손님들이 주도해서 더 고급화, 명품화 되어 가는 추세다. 한국은 명품기생의 역사가 있는 나라인 것이다.

"어서 오십시오."

방에서 기다리고 있던 박세중이 자리에서 일어나 서동수를 맞았다. 박세중은 여당인 한국당의 원내총무며 4선 의원이다. 서울 출신, 보수 성향이며 행동력, 성실성, 인내심이 뛰어났고 원만한 인품이나 대중적 인지도가 낮다.

"오랜만에 뵙습니다."

서동수가 박세중의 손을 잡으면서 편하게 웃었다. 오늘 만남은 서동수가 제의해서 만들어졌다. 신의주 장관 서동수의 인기는 한국 대통령보다 낫다. 만나려는 정치인이 줄을 섰고 갑자기 끼어들어 같이 있는 사진을 박으려는 의원도 있을 정도다. 자리에 앉은 서동수가 웃음 띤 얼굴로 물었다.

"대선이 2년 남았으니 이제 슬슬 나서실 때도 되지 않았습니까?"

"아이고, 여론조사 보셨잖습니까?"

쓴웃음을 지은 박세중이 되물었다. 박세중은 53세, 4선 중진으로 원내총무지만 당내 기반이 약하다. 대통령 임기가 2년 남은 터라 당내는 춘추전국시대와 같다. 박세중이 말한 여론조사는 여당 내 대선후보 지지도다. 박세중은 여당의 6명 예비후보 중 3%를 얻어 5위를 했다. 1위는 26%를 얻은 당 대표 임종규다. 임 대표는 대통령 한대성의 후계자를 자처하는 인물이고 정통성을 이어받은 적자(嫡子)이기도 하다. 여자도 들이지 않은 방안에 둘이 마주앉아 있다. 상위에는 이미 한정식 요리가 가득 차려졌고 술은 소주다. 둘은 술잔을 들고 한 잔씩 마셨다.

"대통령께선 장관님께 기대를 걸고 계시던데요."

술잔을 내려놓은 박세중이 넌지시 말했다. 차기 대선후보를 말하는 것이다.

"장관께서 입장 표명만 하시면 임 대표도 양보할 것입니다."

"저는 신의주에 매진해야 됩니다."

머리를 저은 서동수가 정색했다. 그 때문에 박세중을 만나는 것이다. 서동수가 보기에 박세중은 야당까지 포용할 수 있는 인물이었다. 파벌이 없는 것이 장점이지만 또한 약점이기도 한 것이다. 정색한 서동수가 박세중을 보았다.

"제가 총무님을 밀어 드리지요."

박세중은 시선만 주었고 서동수의 말이 이어졌다.

"적절한 시기가 되면 전폭적으로 밀어 드릴 테니까 포기하지 마시고 꾸준히 노력해 주시기 바랍니다."

"저는 그럴 만한 자격이 없습니다."

박세중이 굳어진 얼굴로 머리를 저었다.

"장관께선 저를 과대평가하고 계신 겁니다. 차라리…."

"제 마음은 이미 굳어져 있습니다."

말을 막은 서동수가 박세중의 잔에 술을 채웠다. 대통령 임기는 아직 단임제니 5년이다. 천신만고 끝에 정상에 올랐다가 몇 분 만에 내려오는 등산과 같다.

"앞뒤를 재지 않는 인간은 없어."

돌아가는 차 안에서 서동수가 불쑥 말했다. 앞좌석에는 운전사와 최성갑이 앉아 있었는데 둘은 긴장했을 뿐 반응하지 않았다. 서동수가 혼잣소리처럼 말을 이었다.

"모두 제 기준으로 평가하는 거야."

오후 10시 반이다. 차는 시청을 지나고 있었는데 농성 텐트가 즐비했다. 무슨 농성대인지는 모른다. 그쪽에서 시선을 뗀 서동수가 긴 숨을 뱉었다. 박세중을 생각하다가 한 말이다. 사양하던 박세중은 결국 서동수의 제의를 받아들였다. 박세중은 감격하면서도 서동수의 저의를 알고 싶은 눈치였다. 오늘은 그냥 넘어갔지만 대가를 정해 놓아야 결과가 분명해진다고 믿는 것 같았다. 그런데 서동수에게 박세중 후원은 대가를 기대하지 않았던 일이다. 장사꾼인 서동수에게 전혀 어울리지 않았기 때문인가? 그때 서동수가 운전사에게 말했다.

"여기서 세워주게."

차가 멈추자 서동수와 최성갑이 내렸다. 2차선 도로는 차량 통행이

적었고 길가에 포장마차가 늘어서 있다. 불을 환하게 밝힌 포장마차도 대부분 비어 있다. 11월 중순의 서늘한 밤이다. 서동수가 가까운 포장마차로 들어서자 50대쯤의 주인 여자가 웃는 얼굴로 맞았다.

"어서 오세요."

"소주 한 병 하고 이것, 그리고 저것."

안주를 건성으로 시킨 서동수가 걸상에 앉아 코트 깃을 세웠다. 최성갑은 포장마차 옆쪽 어둠 속에 묻혀 서서 보이지 않는다. 박세중과는 소주 한 병을 나눠 마셨을 뿐이다. 둘 다 잔뜩 긴장한 채 이야기를 나눴기 때문에 시간 가는 줄도 몰랐고 술을 마실 겨를도 없었다. 그러다가 포장마차를 보자 불쑥 술 생각이 난 것이다. 여자가 먼저 어묵 국물과 소주를 앞에 놓았으므로 서동수는 술병을 들었다. 바람이 불어와 뒤쪽 포장이 펄럭였다. 여자는 서동수가 누군지 모르는 눈치다. 한 모금에 술을 삼킨 서동수가 안주로 어묵 국물을 한 수저 떠먹고 나서 여자에게 물었다.

"장사 잘 안 돼요?"

"예, 그러네요."

여자가 등을 보인 채 대답했다.

"날씨가 싸늘해져서 그런가?"

술잔을 든 서동수가 다시 묻자 여자는 몸을 돌려 해삼 안주를 앞에 놓았다.

"날씨가 좋아도 잘 안 되는 날이 있어요."

"먹고 살만은 해요?"

"그럼요. 포장마차로 애들 둘 대학 졸업시켰는데."

"대단하십니다."

서동수가 술을 삼켰고 여자는 다시 안주를 만들려고 돌아섰다. 여자의 뒷모습을 보면서 서동수는 문득 가슴이 차분하게 가라앉는 느낌을 받는다. 제 나름대로 재고 평가하느라고 분주한 다른 편에는 신의주 장관이 어느 놈인지 모르면서도 포장마차로 자식 둘 대학까지 졸업시킨 인생도 있는 것이다. 서둘 것 없다. 술잔을 쥔 서동수가 그렇게 생각했다. 욕심부리지도 말자. 더 먼 곳을 보면서 살자꾸나. 문득 머리를 든 서동수가 여자의 등에 대고 물었다.

"아주머니 소원이 무어요?"

그러자 바로 대답이 돌아왔다.

"아들이 이번에 대학 졸업했는데 그놈만 취직되면 원이 없겠네요."

"좋아, 내가 취직시켜 드려도 될까요?"

"아저씨가 누구신데?"

몸을 돌린 여자가 눈을 가늘게 떴다. 의심하는 표정이다, 이런 식으로 공짜 술을 마시고 도망간 인생도 있었나 보다. 서동수가 지갑에서 명함을 꺼내 내밀었다. 이 여자는 이것도 사기라고 생각할까?

버튼을 누른 서동수가 호흡을 조정했다. 신호음이 울리고 있다. 깊게 마시고 길게 뱉기를 두 번, 그동안 신호음이 다섯 번 울렸다. 벽시계가 오후 11시 50분을 가리키고 있다. 저택으로 돌아와 바로 전화를 한 것이다. 그때 신호음이 끊기고 응답소리가 울렸다.

"웬일이세요?"

나오미의 웃음 띤 한국말, 발신자 확인 기능이 부착되고 나서 통화시간이 짧아졌다. 없었다면 아마도 모시모시 했겠지.

"갑자기 생각이 나서 전화한 거요."

서동수의 눈빛이 강해졌다.

"여긴 서울입니다."

"저도 장관님 생각하면서 관사에서 혼자 술 마시고 있어요."

나오미의 울림이 깊은 목소리가 귓속으로 파고들었다. 숨을 들이켠 서동수는 이 통화를 도청할 가능성이 있는 정보기관을 머릿속으로 열거했다. CIA, 일본 정보부, 중국 정보국, 한국 국정원도 당연히 끼어있을 것이다. 그래야 열심히 일한 증거가 된다. 아마 나오미도 그것을 의식하고 있겠지, 서동수가 말을 받았다.

"나오미 씨, 이건 사적 대담입니다."

"저도 그래요, 장관님."

"그럼 장관 호칭은 빼기로 합시다. 그런데 내가 몇 살 위더라?"

"오빠 소리 듣고 싶으세요?"

"장관보다는 낫네."

"한국에서는 애인도 오빠, 남편한테도 오빠라고 부른다지요?"

"뭐, 룸살롱에서는 다…."

"술 드셨어요?"

"소주 두 병쯤."

"여자하고?"

"오늘은 없었어요."

"지금 숙소?"

"응, 응접실에 혼자 있어요."

서동수의 가슴이 점점 벅차오르더니 마침내 얼굴이 붉어졌다. 사무치도록 그리워진 것이다. 옆에 앉아서 목소리를 듣고 싶다. 그때 나오미가 말했다.

"보고 싶어요."

숨을 들이켠 서동수가 몸을 굳혔다. 눈을 치켜뜨고는 앞을 보았는데 눈썹 하나 까닥이지 않는다. 나오미의 말이 이어졌다.

"같이 있고 싶어요, 오빠."

"나오미."

서동수가 갈라진 목소리로 불렀다.

"네, 오빠."

"조심해야 돼."

그것은 서동수 자신에게도 한 말이다.

그때 나오미의 목소리가 울렸다.

"오빠도."

핸드폰을 귀에서 뗀 서동수는 한동안 앞쪽을 보았다. 과연 이 관계가 언제까지 갈 것인가? 하는 생각이 떠올랐다가 이것이 처음부터 일본 측이 만든 각본인지도 모른다는 의심도 일어났다. 너무 빨리, 그리고 너무 잘 호흡이 맞는 것을 보면 그렇다.

"흐흐흐."

소파에 등을 붙이던 서동수의 입에서 문득 웃음이 터졌다. 어느덧 버릇이 되어 있는 호사다마(好事多魔), 그리고 두 개 이상의 대비책, 이어서 최악의 경우에 대비해야 된다는 방어막이 쳐져 있는 자신을 발견했기 때문이다.

'어쨌든 이런 여자는 처음이야.'

서동수의 머릿속에 그런 말이 솟구쳐 올라왔다. 소파에 머리를 기댄 서동수의 눈앞으로 돛단배를 타고 일본 열도로 흘러가는 나오미의 선조들이 떠올랐다. 임진왜란 때 왜군을 따라왔던 나오미의 선조가 서동수의 선조를 몰래 살려주는 장면도 떠올랐다. 그렇게 얽히면서 살아온 것이 1천 수백 년이다. 그러자 서동수의 가슴이 편안해지면서 저절로 말이 나왔다.

"서둘 것 없어, 시간하고 같이 살아가니까."

다음날 오전 신의주로 날아가는 전용기 안에서 안종관이 말했다.

"장관님, 나오미 씨는 조상이 백제계인 것이 맞습니다. 그리고 일본 정부에서도 다 알고 있습니다."

안종관이 파일을 서동수 앞에 놓았다. 얼굴에 희미하게 웃음이 떠올라 있다.

"나오미 씨가 고등학교 때 쓴 글입니다. 고1 때 상을 받은 작문인데 보시지요."

시선을 준 서동수에게 안종관이 말을 이었다.

"조상 이야기와 조국에 대한 생각을 썼습니다. 고1 때 작품이니까 꾸미지 않았겠지요."

"…."

"그 동안 생각이 바뀌었는지 모르지만 완전한 일본인입니다. 일본에 대한 사랑과 긍지가 철철 넘치고 있습니다. 1000년 전에 바다를 건너와 조국에 정착했다는 이야기입니다."

머리를 끄덕인 서동수가 파일을 응시하며 말했다.

"수고했어요. 내가 천천히 읽어보지요."

안종관이 몸을 돌려 장관실을 나갔지만 서동수는 파일을 펴지 않았다. 읽을 생각이 없었기 때문이다. 그렇다. 안종관은 나오미의 조국이 일본이라고 말하고 싶었던 것이다. 대마도가 한국령이며 관동대지진 때 조선인 학살 이야기 등은 립서비스일 뿐이다. 그런 말 100번을 해도 변하는 것은 없다. 그렇다면 나오미는 무엇을 기대했을까? 서동수의 얼굴에 저절로 쓴웃음이 떠올랐다. 장치의 모습이 스치고 지나갔기 때문이다. 중국에서 장치를 내세워 모양을 만들었다면 일본은 나오미인가? 머리를 돌린 서동수가 창밖을 보았다. 구름 한 점 없는 파란 하늘 위에 비행기는 그냥 떠 있는 것 같다. 이제 이곳은 북한 땅이다. 문에서 가벼운 노크소리가 들리더니 전영주가 들어섰으므로 서동수가 풀썩 웃었다. 방금 전영주 생각을 하고 있었기 때문이다. 전영주가 앞에 인삼차 잔을 놓았을 때 서동수가 물었다.

"전영주 씨는 나에 대한 보고를 누구한테 하지?"

갑작스러운 질문에 놀란 전영주가 몸을 굳혔다. 전영주한테서 옅은 향내가 맡아졌다. 지난번 평양 초대소에서 전영주가 했던 말도 떠올랐다. 서동수의 시선이 닿았을 때 성적 충동을 느꼈다고 했다. 몸이 뜨거워졌으며 다리가 비틀거리는 것 같았다는 것이다. 그때 전영주가 말했다.

"네, 자치령 담당 비서 정오석 동지께 직보합니다."

서동수가 다시 물었다.

"그건 내가 알면 안 되는 건가?"

"아닙니다."

전영주가 시선을 떼지 않고 대답했다.

"비밀을 지키라는 지시를 받지는 않았습니다."

"내가 요즘 나오미를 만나는 것 알지?"

"네, 장관님."

"그것도 보고했나?"

"네, 했습니다."

전영주가 눈도 깜박이지 않았지만 눈 밑이 조금 상기되어 있는 것은 어쩔 수가 없는 것 같다. 서동수가 눈으로 옆쪽 의자를 가리켰다.

"앉아. 이야기를 하고 싶어서 그래."

잠자코 자리에 앉는 전영주를 보자 서동수는 심호흡을 했다. 아직도 탁자 위에는 나오미의 파일이 펴지도 않은 채 놓여 있다.

"내가 나오미 만나는 거 어떻게 생각하나?"

서동수가 묻자 전영주는 이번에도 바로 대답했다.

"매력 있는 여자더군요. 하지만 신의주 인민들이 좋아하겠습니까?"

전영주가 말을 이었다.

"저는 걱정이 되었습니다. 혹시 장치 교수님이 알게 되시면 곤란해지지 않겠습니까?"

"장 교수가?"

되물은 서동수가 빙그레 웃었다.

"그 걱정까지 해주고 있었나?"

"소문이 많이 퍼지고 있었습니다."

정색한 전영주가 똑바로 서동수를 보았다.

"그런데 그 소문의 발원지가 일본 공관이라는 것입니다."

이제 서동수의 얼굴에서 웃음기가 지워졌다. 신의주 내부의 정보망은 북한 측이 월등하다. 안종관과 감찰비서관 조기택 그리고 경찰부총감 박재성 등이 나름대로 정보망을 구축하고 있지만 대다수의 주민과 공무원이 북한계인 것이다. 전영주의 무릎 위에 얹은 손에 힘이 들어가 있다.

"일본은 나오미와 장관님의 염문설을 퍼뜨리고 있습니다. 아마 이제는 장치 교수님도 알고 계시리라고 생각됩니다."

"그런가?"

입맛을 다신 서동수의 시선이 창밖으로 돌려졌다. 구름이 보였다. 비행기가 고도를 낮춘 모양이다.

"여러 가지를 생각하게 만드는군."

서동수가 혼잣소리처럼 말했다.

"나는 그저 옛날처럼 사는 것이 나을 것 같다."

"좋아하셨어요?"

눈을 크게 뜬 전영주가 똑바로 서동수를 보았다. 예의 바르고 말수도 적지만 하고 싶은 말은 직설적으로 뱉는 전영주다. 전영주의 꿈은 부자가 되어 저택에서 하인들을 거느리고 사는 것이었다. 이혼녀여서 성의 쾌락에 대해서도 안다고 했다. 서동수가 천천히 머리를 저었다.

"잘 모르겠다. 내가 그런 경험이 별로 없어서."

그때 전영주가 풀썩 웃었다.

"그런 경험이 없으시다뇨?"

비행기가 하강하기 시작했으므로 둘은 동시에 창밖을 보았다. 들판과 멀리 공단의 건물이 내려다보였다.

"저, 여기 있을까요?"

전영주가 묻자 서동수는 머리를 끄덕였다. 안전벨트사인이 켜졌으므로 둘은 벨트를 매었다.

"오늘 밤 내 방으로 와."

불쑥 서동수가 말했지만 전영주는 차분한 표정으로 머리를 끄덕였다.

"네, 몇 시에 갈까요?"

"전영주 씨가 내 스케줄 알지 않아?"

"부장관들과 저녁 약속이 있으세요."

서동수의 시선을 받은 전영주의 볼이 조금 상기되었다.

"제가 관사에 먼저 가서 기다리겠습니다."

"이번에는 소문이 안 나려나?"

"제가 자고 가야 되나요?"

이제 전영주의 얼굴 전체가 붉어졌다. 반짝이는 두 눈을 본 서동수가 입안에 고인 침을 삼켰다.

"매혹적이구나."

서동수는 제 목소리가 갈라져 있는 것을 들었다.

"새벽 4시쯤에는 나가야 돼요. 5시에 관사 경비 교대를 하거든요."

전영주의 목소리도 억양이 없다. 시선을 내린 전영주가 말을 이었다.

"저, 제가 보고하지 않을 테니까 신경 쓰지 마세요. 보고할 의무도 없어요."

"보고하면 어때?"

"싫어요."

그때 비행기 바퀴가 땅에 닿았으므로 둘은 입을 다물었다. 곧 엔진의 역회전 소음이 귀를 울렸다. 의자에 등을 붙인 서동수가 다시 전영주를 보았다.

"장관하고 연애한다고 생각하지 마. 아니 앞으로 둘이 있을 때 장관이라고 부르지 마."

격동의 한반도

응접실로 들어선 서동수는 소파 옆에 서 있는 전영주를 보았다.

"오셨어요?"

전영주가 웃으려고 했지만 굳어진 얼굴이 잘 펴지지 않았다. 그것을 본 서동수는 오히려 긴장이 풀렸다.

"좀 늦었어."

다가간 서동수가 정장 상의를 벗어 건네주었다. 오후 10시 반, 소주를 한 병쯤 마셨으므로 적당하게 술기운이 올랐다.

"그래도 서둘러서 온 거야."

방으로 들어선 서동수가 넥타이를 풀어 건네주다가 전영주의 허리를 감아 당겼다. 전영주가 무너지듯이 안기더니 턱을 조금 치켜든 자세로 눈을 감는다. 어느덧 전영주의 두 팔이 서동수의 어깨 뒤로 넘어갔다. 가슴이 밀착되면서 부드러운 젖가슴의 감촉이 전해졌다. 서동수는 기다리고 있는 전영주의 입을 맞췄다. 전영주의 두 손이 목을 감았고 곧 입이 열렸다. 전영주의 혀는 뜨겁고 탄력이 강했다. 깊게 서동수의 입안으로 들어왔다가 수줍은 듯 꿈틀거린다. 서동수가 입을 떼었을 때 전영주가 가쁜 숨을 몰아쉬며 말했다.

"씻으세요. 제가 비누질해드릴게."

"전영주 씨는 씻었어?"

"같이 씻겠어요."

전영주가 딱 붙인 하반신을 좌우로 문지르더니 웃었다.

"욕조에 더운물 채워 놓았어요."

이미 단단해진 남성이 전영주의 몸에 비벼졌으므로 서동수는 전영주의 엉덩이를 움켜쥐었다.

"제 원피스 지퍼 내려주세요."

서동수의 바지 벨트를 풀면서 전영주가 말했다. 원피스 지퍼는 등쪽에 있다. 서동수가 지퍼를 내리자 전영주는 바지 벨트를 풀고 팬티까지 끌어내렸다. 전영주가 붉어진 얼굴로 웃었다. 이제는 환한 표정이 되었지만 눈동자의 초점이 멀다.

"저, 만져도 되죠?"

이미 두 손으로 서동수의 남성을 감싸 쥔 전영주가 물었다. 가쁜 숨결이 서동수의 목덜미에 닿는다. 서동수는 전영주의 원피스를 끌어내렸다. 그 순간 서동수는 숨을 들이켰다. 전영주는 원피스 밑에 아무것도 걸치지 않아서 알몸이 되었다.

탐스럽고 단단한 유방이 솟아올랐고 아랫배 밑의 검은 숲도 드러났다. 서동수는 손을 뻗어 전영주의 골짜기를 아래쪽에서 감싸 쥐었다.

"욕실로 가요."

서동수의 남성을 움켜쥔 채 전영주가 갈라진 목소리로 말했다.

"급하시면 지금 해도 돼요."

"넌 어때?"

"지금 하고 싶어요."

전영주의 골짜기를 훑은 서동수의 손가락은 이미 젖어 있었다. 서동수는 잠자코 전영주를 침대 쪽으로 끌었다. 둘은 엉킨 자세 그대로 침대 위에 넘어졌다. 전영주는 알몸이었지만 서동수는 아직 셔츠를 입고 하반신만 벗었다. 양말도 벗지 못했다. 그때 밑에 깔린 전영주가 서동수의 셔츠를 벗기면서 말했다.

"천천히 하세요, 네?"

"빨리하라면서?"

전영주의 몸 위에 엎드린 서동수가 젖가슴을 입으로 물었다. 손가락이 골짜기를 애무하자 전영주가 다리를 비틀면서 크게 신음했다.

"기다리고 있었다고요."

전영주가 가쁜 숨을 뱉으며 말했다. 두 손으로 서동수의 어깨를 감싸 쥐고는 당기려는 시늉을 한다. 그러더니 온몸을 비틀면서 소리쳤다.

"행복해요."

서동수는 전영주의 몸 위로 올랐다.

결국은 두 통치자의 결단이 '신의주'를 만들었다. 한국 대통령과 북한의 국방위원장이 그 둘이다. 내부의 반대와 견제, 주변국의 미묘한 역학관계를 무릅쓰고 신의주 자치령으로 발전시킨 것이다. 신의주는 다시 한 번 '한국의 기적'을 연출하고 있다. 갑자기 투자가 쏟아지기 때문이기도 했지만 연평균 25%의 고속 성장을 2년째 계속하고 있는 것이다. 특히 개성에서 신의주까지 이어지는 고속도로와 철도가 개통되는 내년부터 성장은 더 가속화될 것이었다.

"이곳에서는 동서, 남북 갈등이 있어서는 안 되고 있을 수도 없습니다."

서동수가 말하자 북한 측 부장관 최봉수가 두리번거렸다. 회의실 안에는 신의주의 핵심 지도층이 다 모였다. 한국 측 부장관 문영규, 경찰총감 이경주, 부총감 박재성, 경제부장 오영복과 비서실장 유병선 그리고 장관특보 안종관이다. 서동수가 말을 이었다.

"정부의 규제, 노사 대립도 마찬가지입니다."

신의주 사업장에 노조는 없다. 그러나 노동자 착취와 권익 무시는 있을 수가 없다. 신의주 정부는 별개 노사위원회를 운영, 소통하고 있는 것이다. 그때 최봉수가 헛기침을 하고 나서 말했다.

"여기서 동쪽은 동해이고 서쪽은 자강도지요, 동서 갈등이 어디 있습니까?"

뻔히 알면서 하는 소리다. 쓴웃음을 지은 서동수가 회의를 끝냈다. 회의는 짧을수록 좋고 지시는 적을수록 아랫사람의 운신 폭이 커지는 것이다. 그것이 서동수의 기업경영 방침이었고 신의주에서도 응용되고 있다. 사무실로 돌아왔을 때 전영주가 들어와 인삼차 잔을 내려놓고 말했다.

"위원장께서 전화를 부탁하셨습니다."

전영주가 벽시계를 보는 시늉을 했다.

"11시에 전화해 달라고 하셨습니다."

지금은 10시 50분이다. 서동수의 시선을 받은 전영주의 눈에 희미하게 웃음기가 떠올랐다가 사라졌다. 옆에 누가 있었어도 눈치채지 못하는 흔적이었지만 은밀한 사이에서는 백 마디 말보다 더한 것이다. 서동수가 그 흔적을 놓치지 않으려는 표정을 짓고 전영주를 보았다.

"무슨 일로 그러시는 거야?"

"내부 문제인 것 같습니다."

한 걸음 다가선 전영주가 목소리까지 낮췄다. 이제 얼굴이 굳어져 있다.

"내부에서 문제가 생겼다는 이야기를 들었거든요."

서동수는 시선만 주었고 전영주의 말이 이어졌다.

"신의주 영토 확장안을 군 일부 세력이 강하게 반대하고 있다고 합니다."

"……."

"총참모장 오대우 대장과 보위사령관 최성일 대장이 주도하고 있다는 것입니다."

예상하고 있었지만 확장 결정이 난 후에 시행을 앞둔 시점에서 군부 강경파의 반대에 주춤하고 있다는 것은 심각한 상태라는 증거가 될 것이다. 서동수가 지그시 전영주를 보았다. 전영주가 이런 정보까지 준 것은 누가 시켜서가 아닐 것이다. 마음을 열고 있다는 증거다.

"알았어, 고마워."

그러고는 눈으로 전화기를 보았을 때 전영주가 옆쪽에 앉았다. 전화기를 든 전영주가 버튼을 누르더니 곧 몇 마디 대답을 하고 나서 서동수에게 건네주었다.

"위원장님이 나오십니다."

서동수가 전화기를 귀에 붙이고 잠깐 기다렸을 때 김동일의 목소리가 울렸다.

"예, 김동일입니다."

젊은 지도자의 목소리가 가라앉아 있다. 숨을 들이켠 서동수가 말했다.

"안녕하십니까? 저, 서동수입니다."

"신의주령 확장 시행에 문제가 있어서요."

김동일이 말한 순간 서동수는 어금니를 물었다. 예상했던 대로다.

"무슨 문제이신지요?"

"예, 아무래도 조금 보류를 시키는 것이 나을 것 같습니다."

이유는 말하지 않고 김동일이 말을 이었다.

"여건이 갖춰지기까지 반년쯤 시행시기를 늦추십시다."

그렇게 말하는데 어쩌겠는가? 서동수가 앞에 선 전영주를 보았다.

"예, 알겠습니다."

"미안합니다, 다시 연락드리지요."

통화가 끊겼으므로 서동수가 전영주에게 전화기를 건네주었다.

"확장 시행을 반년쯤 늦추자는군."

전영주는 잠자코 전화기만 받아 들었다.

"여건이 갖춰지지 않았다는 거야."

"…."

"반대 세력에게 밀린 것 같군."

그때 전영주가 외면한 채 말했다.

"기득권 세력이 반발하는 거죠."

전영주의 얼굴이 굳어져 있다.

"신의주가 발전되고 북남 간 화평 분위기가 확산되면 군 강경파는 기반을 잃게 되니까요. 그들은 북남 간 대치상태가 계속되기를 바랍니다."

서동수는 숨을 들이켰다. 모두 예상했던 내용이다. 한국에서는 몇 년 전부터 언론, 정치인, 학자들이 그에 대한 대비책을 연구해왔다. 서동수가 입을 열었다.

"안 특보와 조 비서관을 부르도록."

전영주가 방을 나가더니 곧 안종관과 조기택이 들어섰다. 자리에 앉은 둘에게 상황을 설명해준 서동수가 안종관에게 지시했다.

"안 특보가 특사 자격으로 위원장을 만나고 오시도록. 보다 자세한 내막을 듣고 그쪽에서도 할 이야기가 있을지도 모르니까 말입니다."

"알겠습니다."

안종관이 굳어진 얼굴로 말했다.

"대단히 심각한 상황입니다. 이럴 때 우리가 도와줄 수 있는 일이 무엇인가도 알아야겠습니다."

그때 조기택이 머리를 들고 서동수를 보았다.

"뇌물 먹은 명단도 가져가겠습니다."

조기택의 시선을 받은 서동수가 어깨를 부풀렸다가 내리면서 긴 숨을 뱉었다.

그것이 대답 대신이다.

"중국 정부가 북한 강경파들과 연결되어 있는 것 같지는 않습니다."

안종관이 다시 입을 열었다.

"중국은 신의주가 개방, 중국식으로 발전해서 한반도가 친 중국화 통일이 되기를 바라고 있는 것은 분명합니다."

그것은 중국 지도자들의 희망이다. 여러 경로를 통해 확인이 된 사항이어서 남북한의 고른 지지를 받고 있다. 서동수가 조기택에게 물었다.

"일본 측의 동향은 어때요?"

"나오미 씨가 아직 일본에서 돌아오지 않았습니다."

조기택이 말을 이었다.

"일본 측이 북한 강경파와 선이 닿고 있는 것 같지는 않습니다."

일본은 아직도 엄연한 한국의 우방국이다. 또한 한국과 마찬가지로 미국의 동맹국이기도 하다. 그러나 일본은 강한 한국이 바람직하지가 않은 것이다. 그것은 이제 공공연하게 드러나 있다. 지금도 가장 적극적으로 북한의 핵 폐기를 주장하는 나라가 일본이다. 그때 안종관이 끼어들었다.

"적의 적은 동지라고 북한 강경파를 은밀하게 지원할 가능성도 있지요. 국가에 이익이라면 수단 방법을 가리지 않는 것이 국가 기관원의 자세니까요."

그것이 바로 애국 활동인 것이다.

전용기는 서해 상공을 날고 있다. 오른쪽으로 한반도의 해안선이 보인다. 아마 평안남도 지역인 것 같다. 창가에 앉은 서동수가 손목시계를 보았다. 오전 11시 10분, 이제 30분쯤 후면 인천공항에 도착할 것이다. 신의주 영토 확장이 보류된 후에 남북한 양측 정부 내부에서 분주한 움직임이 있었지만 외부에 표출되지는 않았다. 서로 치부, 또는 약점을 드러내지 않으려는 의도다. 그것은 남북한 정부가 호흡이 맞았다. 미·일·중 3국이 각각 동맹과 우방국으로 맺어져 있지만 남북한은 같은 말을 쓰는 동포인 것이다. 그런 의미에서 보면 그만큼 양국 관계가 발전된 것도 같다. 갑자기 비서실장 유병선이 들어섰으므로 서동수가 생각에서 깨어났다. 유병선이 손에 쥔 핸드폰을 내밀면서 말했다.

"전영주 씨입니다."

전영주도 평양에 들어가 있는 것이다. 핸드폰을 받아 쥔 서동수가 귀에 붙이고 응답했다.

"응, 나야."

"장관님, 위원장님 전화 받으시지요."

불쑥 전영주가 말하는 바람에 놀란 서동수가 몸을 굳혔다. 그때 김동일의 목소리가 울렸다.

"장관님, 접니다."

"예, 위원장님."

사흘 전에도 전화를 한 터라 서동수의 가슴이 답답해졌다. 또 무슨 일인가? 특사로 보낸 안종관과 조기택을 만나기는 했는가? 둘로부터 아직 연락을 받지 못했기 때문이다. 그때 김동일이 말했다.

"지금 어디십니까?"

"예, 서울로 가는 중입니다."

대답한 서동수가 덧붙였다.

"비행기 안입니다."

"저기, 지금 여기로 오실 수 없습니까?"

서동수는 숨을 들이켰다. 이건 예의가 아니다. 관례, 또는 절차 이전에 친구나 친인척 간에도 이러면 실례다. 그러나 서동수는 어깨를 늘어뜨렸다. 인간은 가끔 정도에서 벗어날 때 인간미가 느껴진다. 바로 지금이 그렇다.

"그러지요."

서동수가 창밖을 보면서 말했다.

"바로 비행기를 돌리겠습니다."

비행기가 자동차처럼 깜박이를 켜고 그냥 돌아가는 것이 아니다. 서동수의 지시를 받은 조종사가 한참이나 이쪽저쪽에다 연락을 한 후에 서해 바다 위에서 커다란 원을 그리며 회항했다.

"무슨 일일까?"

머리를 기울인 서동수가 묻자 유병선도 같은 흉내를 내었다가 금방 세웠다.

"내부 문제가 있는 것 같습니다."

그거야 전용기 승무원도 할 수 있는 말이다. 제 대답이 미안했는지 유병선이 덧붙였다.

"안 특보, 조 비서관의 연락이 없는 것을 봐도 그렇습니다."

"심상치가 않아. 조 비서관은 로비를 한 고위층 명단을 넘긴다고 했거든."

"하지만 전 비서가 김 위원장 하고 같이 있지 않습니까? 그것을 보면…."

"전영주 하고 안 특보 하고 만나지 못했을지도 모르지."

"그렇군요."

이맛살을 찌푸린 유병선이 심호흡을 하고 나서 서동수를 보았다.

"지금 들어가시는 것이 위험하지 않을까요? 평양에 말씀입니다."

비행기는 이제 평양으로 직진하고 있다. 유병선이 말을 이었다.

"우선 신의주로 가셨다가 상황을 보고 나서 들어가시는 것이…."

"김 위원장 옆에 있어야겠어."

의자에 등을 붙인 서동수가 웃었다.

"이런 기회를 놓치면 장사꾼이 아니지."

영접이 달라졌다. 다른 때는 최소한 10여 명의 관계자가 나와 맞았는데 지금은 군복 차림의 셋이다. 더구나 트랩 밑에 검은색 벤츠 두 대와 미니버스 한 대가 전부였다. 공항 활주로는 썰렁했다. 경비도 보이지 않는다. 트랩에서 먼저 내린 수행비서 최성갑의 안색이 달라졌다. 최성갑이 경호 책임자인 것이다.

"장관 동지, 타시지요."

앞쪽 벤츠 뒷문을 열면서 소장 계급장을 붙인 사내가 서동수에게 말했다. 그는 안면이 있다. 김동일 위원장의 측근 경호원, 회식 때 항상 뒤에 서 있던 사내다. 나머지 둘은 대좌, 중좌 계급이었지만 모르겠다. 서동수는 머리를 들고 유병선을 보았다.

"유 실장, 당신도 이리 오지."

유병선이 서둘러 다가오자 소장은 말리지 않았다. 앞좌석에 소장이 오르고 나서 벤츠는 곧 출발했다. 오후 1시가 되어가고 있다. 차가 공항을 빠져나갈 때 서동수가 소장에게 물었다. 북한군 소장은 한국군 준장에 해당된다.

"소장 동무, 무슨 일 있습니까?"

"예? 별일 없습니다."

몸을 돌린 소장이 입술로만 웃었다.

"좀 바쁩니다, 장관 동지."

"그렇군요."

서동수는 어떻게든 이야기를 끌어가려고 마음먹었다.

"난 서울로 가다가 위원장님이 보자고 하셔서 비행기를 돌려오는 길입니다. 위원장님도 바쁘십니까?"

"예, 장관 동지."

소장의 얼굴이 일그러져서 입술도 웃음을 만들지 못했다. 말을 하는 것이 괴로운 표정이어서 서동수는 심호흡을 하고 참았다. 소장이 몸을 돌렸을 때 서동수가 옆에 앉은 유병선을 보았다.

"서울 약속은 다 취소했지?"

뻔한 말을 묻자 유병선이 기다렸던 것처럼 대답했다.

"예, 장관님. 오늘 평양에서 일 끝나는 대로 다시 연락하기로 했습니다."

차가 멈춰선 곳은 예상했던 주석궁이 아닌 대동강변의 별장이다. 그런데 정문에 탱크가 여섯 대나 있고 정문에서 본관까지 1㎞ 정도를 달렸는데 마치 요새 같았다. 수많은 포대와 기관포 진지, 은폐된 미사일 발사대도 보였다.

현관에서 내린 그들은 곧 건물 안으로 들어서서 엘리베이터를 탔다. 엘리베이터는 넓어서 10명이 타도 자리가 반 이상 남을 것 같았다. 지하 5층에서 엘리베이터가 멈추자 소장이 말했다.

"장관 동지께서는 이쪽으로 오시지요."

그러자 대좌가 유병선 등 일행을 향해 손으로 옆쪽을 가리켰다.

"나머지 분들께서는 저와 함께 가시면 됩니다."

소장에게 안내된 서동수가 복도 끝의 육중한 나무문 안으로 들어섰다. 안쪽에 소파가 놓인 넓고 환한 방이다. 벽 쪽에는 긴 테이블이 차지했고 벽에 김동일의 부친과 조부의 사진이 나란히 걸려 있다. 소파에 앉아 있던 김동일이 웃음 띤 얼굴로 자리에서 일어섰다. 김동일 옆에 선 장군은 호위총국 사령관 박영진 대장이다.

"오시느라 고생하셨습니다."

김동일이 손을 내밀며 말했다.

"미안합니다. 서울 가시는 것을 뵙자고 해서요."

"아닙니다. 괜찮습니다."

악수를 나눈 서동수가 함께 자리에 앉았을 때 김동일이 이제는 정색하고 말을 잇는다.

"보위사령부와 총참모부가 반역 모의를 했습니다. 지금 세력을 모으고 있는데 오대우가 주모자인 것 같습니다."

그렇다면 쿠데타인가?

그때 박영진이 서동수의 생각을 읽은 것처럼 대답했다.

"쿠데타 미수라고 볼 수 있습니다. 어제 오후 5시에 거병할 계획이었는데 탱크여단이 이탈해서 시기를 놓친 것입니다."

쓴웃음을 지은 박영진이 말을 이었다.

"위층 상황실에서 군 정치국장 최대섭 동무가 상황을 정리하고 있습니다."

서동수는 심호흡을 했다. 쿠데타라면 탱크를 앞세워서 대통령궁부터 점령해 놓고 봐야 된다. 그것이 아프리카나 영화에서 자주 보던 장면이다. 그런데 여기서는 전화로 하는가? 계 모임처럼 이곳저곳에서 불러 모아야 되는가? 그때 김동일이 헛기침을 했다. 말을 하려는 것이다.

"오대우, 최성일 일당은 보위사령부에 모여 있는데 쿠데타가 아니라고 우리한테 역선전을 하고 있어요. 누명을 풀기 위해서 모여 있다는 것입니다."

이건 또 무슨 소리인가? 눈만 껌벅이는 서동수를 향해 박영진이 해명했다.

"평양에서 군을 동원할 수 있는 부대는 호위총국뿐입니다. 하지만 보위사령부는 자체 경비 부대를 보유하고 있지요. 그래서 보위사령부에 들어가 있는 것입니다."

"……."

"이탈한 탱크여단장이 쿠데타 지휘부를 모두 폭로했지요. 이제 놈들을 잡는 건 시간문제입니다."

그렇다면 나를 왜 불렀는가? 내가 무슨 도움이 된다고? 머리를 든 서동수의 시선을 박영진이 받았다.

"쿠데타가 급하게 계획되었기 때문에 그렇습니다. 그것은 어제 오전에 신의주장관 특보와 비서관이 평양에 온다는 정보가 퍼지면서 계획되었지요. 특보가 장관의 로비 자금을 먹은 부패분자의 명단을 지도자 동지께 넘긴다는 소문이 함께 퍼졌기 때문입니다."

서동수의 심장이 내려앉았다. 그렇구나. 박영진의 말이 이어졌다.

"부패분자들을 오대우와 최성일이 끌어모았습니다. 서두르다 보니까 정보가 새었고 지금은 시기를 놓친 상태지요."

"그럼 우리 안 특보는 지금 어디 있습니까?"

겨우 서동수가 묻자 박영진이 입맛부터 다셨다.

"보위사령부에 억류되어 있는 것 같습니다, 장관 동지."

"……."

"장관 동지께 부탁드릴 말씀이 있습니다."

박영진의 말에 서동수가 정신이 들었다. 이것이 비행기를 돌려 오라고 한 이유다. 그때 김동일이 말했다.

"쿠데타 세력과 이야기가 통하는 분은 장관님밖에 없는 것 같습니다. 장관님 전용기가 착륙하고 이곳까지 오시는 동안 놈들이 전혀 가로막지 않은 것을 봐도 그렇지요."

서동수가 저절로 숨을 들이켰다. 공항에 사람이 없었던 것이 그 때문이었던가?

그러고 보니 도로도 뻥 뚫렸었다. 길가 건물 이쪽저쪽에 양측 저격병이 엎드려 있는 장면이 눈앞에 떠올랐다. 물론 영화에서 본 장면이다. 김동일이 말을 이었다.

"놈들은 저러다가 마지막 발악을 할 가능성이 많습니다. 그럼 전쟁이 일어나는 것이지요. 서로 연결되어 있는 터라 수백만 명이 죽을지도 모릅니다."

서동수가 젊은 지도자를 보았다. 그러고는 문득 이 사람의 한 시간은 다른 인간들의 일 년보다 길지도 모른다는 생각이 들었다. 한 시간에 일 년의 경험을 얻을 수 있겠지만 그만큼 고통도 받겠구나. 김동일이 열기 띤 눈으로 서동수를 보았다.

"장관께서 보위사령부에 가셔서 그자들에게 이야기해 주시지요. 투항한다면 가족과 함께 떠나게 해 주겠다고, 충성을 맹세한다면 현직에 복귀도 시켜 주겠다고 전해 주세요. 내가 약속한다고 말입니다."

이번에도 소장이 안내를 했다. 그러나 이번에는 벤츠 한 대에 넷이 탔다. 경호차도 없고 최성갑도 따라오지 못 했다. 운전사와 대좌 하나, 뒷좌석에는 이형산 소장과 서동수가 탔다. 이형산 소장, 50대 초반쯤 되었을까? 눈을 보면 충직한 진돗개가 떠올랐다. 다른 것 다 무시하고 오직 주인 명령에 죽고 사는 진돗개, 검은 피부에 못생긴 얼굴이지만 문득 아름답게 느껴졌다. 아름다움이 무언가? 90퍼센트는 주관적이다. 가슴이 울리는 아름다움. 보위사령부는 벤츠로 30분 거리였는데 이곳도 정문에 탱크 4대와 기관포 진지, 미사일 포대까지 놓여 있다.

정문을 통과해서 시멘트 건물까지는 약 500m로 길 좌우에 벙커가 있는 것도 비슷했다. 이곳은 병사들의 왕래가 많다. 현관 앞에 차가 멈추자 대좌 둘이 나와 있었는데 이형산을 소 닭 보듯 했다. 이형산도 마찬가지. 적지에 왔지만 전혀 기가 죽지 않는다. 권총을 내놓으라는 대좌의 요구에 응하면서 턱을 들고 말했다.

"난 장관 동지를 모시고 돌아갈 책임이 있으니 가능하면 옆에 있겠다."

대좌들도 군말하지 않고 둘을 데리고 안으로 들어간다. 계단을 한참이나 내려가 지하 3층의 사무실로 들어섰다. 안에 들어서자 안면이 있는 인민군 총참모장 오대우와 보위사령관 최성일이 맞는다. 오대우의 눈짓을 받은 대좌들이 이형산을 데리고 나갔을 때 서동수는 방 안을 둘러보았다. 대장 둘이 더 있다. 안면은 있지만 누군지 모르겠다. 문득 신의주지역 사령관인 8군단장 이광철 대장이 보이지 않는 것이 다행이라는 생각이 들었다.

"오시느라 수고 많았습니다."

서동수의 손을 쥔 오대우가 웃음 띤 얼굴로 맞았다. 최성일과 악수를 했고 두 대장도 악수를 나누었지만 제 소개는 하지 않았다. 원탁에 앉았을 때 앞쪽의 오대우가 다시 먼저 말했다.

"자, 위원장 동지의 전언을 들읍시다."

서동수는 오대우의 위원장 동지 칭호를 듣는 순간 어깨를 늘어뜨렸다. 양측은 아직 총 한 방 쏘지 않았다. 서로 절제하고 있기 때문이다. 전쟁의 참상을 아는 것이다. 서동수가 입을 열었다.

"다시 원상으로 돌아가자는 말씀을 하셨습니다. 충성을 맹세하면 복직도 시켜주시겠다고. 하지만 그것이 싫으시면 가족과 함께 떠나도록 해 주신답니다."

"어디로 말이오?"

이름 모르는 대장 하나가 물었으므로 서동수는 어깨만 치켰다가 내렸다. 시선도 주지 않았다. 그러자 최성일이 물었다.

"장관 동지 생각은 어떠시오?"

"신의주로 오시지요."

서동수가 똑바로 최성일을 보았다.

"내 전용기를 드릴 테니까 그걸 타고 가족과 함께 신의주로 가세요. 그동안 나는 이곳에 있을 테니까."

"……."

"부하들도 데려가셔도 될 겁니다. 아예 위원장께 비행기를 내 달라고 하지요. 아니면 내가 여기 있는 동안 육로로 신의주에 가실 수도 있고, 8군단장께는 내가 연락하지요. 통과시키라고 말입니다."

"그것이 가능합니까?"

다시 소개도 안 한 대장이 물었으므로 서동수는 헛기침만 했다. 그때 오대우가 그 대장에게 말했다.

"이보오, 동무. 당신은 장관 동지께 제대로 인사도 하지 않았잖소?"

그때 대장이 자리에서 일어섰다. 얼굴이 굳어져 있다. 대장이 거수경례를 했다.

"제가 4군단장 김철해 대장입니다. 장관 동지, 인사가 늦었습니다."

이 자가 연평도에 포격을 한 주인공인가?

그로부터 사흘 동안 신의주로의 대탈출이 시작되었다. 한국판 엑소더스다. 그 사흘 동안 서동수는 보위사령부 벙커에 인질로 잡혀 있었던 것은 아니었다. 네 시간쯤만 기다렸다가 이형산과 함께 김동일 위원장의 진지로 돌아온 것이다. 그리고 돌아올 때는 오대우의 배려로 보위사령부에 억류되어 있었던 안종관과 조기택을 데려왔다. 김동일은 사흘 유예를 주고 반란군 수뇌부의 탈출을 묵인해준 것이다. 사흘째가 되는 날 오후 8시 정각, 전화기를 내려놓은 호위총국 사령관 박영진이 김동일에게 보고했다.

"신의주 입국장을 막았습니다."

김동일이 머리만 끄덕였다. 지하 4층 상황실에는 20여 명의 장군이 모여 있었는데 분위기가 엄숙했다. 그러나 각각의 얼굴은 활기에 차 있는 것이 마치 승전국 장군들의 표정이다. 그렇다. 이런 승리는 역사에도 없을 것이다. 반란 세력을 피 한 방울 흘리지 않고 추방시킨 것이다. 더구나 그 추방지가 어디인가? 모두 그 생각을 하며 김동일 옆에 앉아 있는 서동수에게 시선을 준다. 신의주인 것이다. 신의주는 바로 북한의 신개척지이며 희망의 땅, 그곳으로 몰려간 반란 세력은 곧 그물 안에 든 고기와 같다. 중국이나 러시아로 도망쳐서 제멋대로 반정부 활동을 하도록 두는 것보다 신의주에서 고기를 키우는 것이다. 언제든지 잡을 수 있지 않겠는가? 8군단장 이광철로부터 입국장을 닫고 탈북자를 더 이상 받지 않는다는 통보를 받는 것으로 북한의 쿠데타는 미수로 종결되었다. 서동수가 자리에서 일어나 김동일에게 인사를 했다.

"위원장 동지, 그럼 저는 돌아가겠습니다."

"수고하셨습니다."

따라 일어선 김동일이 서동수의 손을 잡았다. 부드럽고 따뜻한 손이다.

"신의주가 있어서 얼마나 다행인지 모릅니다."

진심에서 우러나온 김동일의 말을 듣자 서동수도 가슴이 메었다. 김동일이 서동수를 별장 현관까지 배웅했고 뒤에는 수백 개의 별을 붙인 장군들이 도열해 있다. 어둠에 덮인 평양 거리를 달리면서 서동수가 이제는 같은 차에 탄 유병선, 안종관, 조기택을 둘러보았다. 리무진이어서 서로 마주 보고 앉아 있다.

"우리가 북한을 정화시켰군."

서동수의 시선을 받은 셋의 반응은 비슷했다. 어깨를 추켜올리거나 입을 꾹 닫고 머리를 끄덕이거나 희미하게 웃었지만 말을 뱉지는 않았다. 가슴이 벅찼기 때문이리라. 그렇다. 이번 사건으로 북한은 정화되었다. 몇 년, 몇 십 년이 걸릴 수도 있었던 일이다. 이제 사흘 후면 신의주 영토는 예정대로 대폭 확장될 것이다. 북한의 반정부, 반신의주 세력이 모두 신의주로 옮아왔으니 이 얼마나 역설적인가? 그것은 모두 신의주 장관 서동수에 의해 일어났고 수습되었다. 특보 안종관, 비서관 조기택을 파견함으로써 반정부 세력이 쿠데타를 모의하게 되었으며 결국 쿠데타를 마무리한 것도 신의주 장관 서동수였기 때문이다. 공항에 도착했을 때 전용기 앞에서 먼저 와 대기하고 있던 이형섭이 서동수에게 기운차게 거수경례를 했다.

"장관 동지, 안녕히 가십시오."

이형섭의 어깨에는 중장 계급장의 별이 반짝이고 있다. 어제 김동일은 이형섭을 두 계급이나 승진시켜 상장으로 임명하고 새 보위사령관에 임명했다. 그러다가 이형섭이 극력으로 사양하는 바람에 다시 중장으로 내려왔다는 사실을 서동수만 안다. 바로 옆에 있었기 때문이다. 서동수가 이형섭의 손을 잡으며 웃었다.

“이 중장은 신의주에 오지 마시오.”

전용기가 김포공항에 도착한 것은 오후 9시 반이다. 한국 측의 배려로 전용기는 서울과 가까운 김포에 착륙했다. 지난 나흘 동안 평양에서 벌어진 일을 한국언론이 모르고 있을 리는 없다. 언론 통제를 할 수도 없는 상황인 터라 한국에서는 사흘 전부터 ‘북한 쿠데타’가 연일 특집으로 보도되고 있었던 것이다. 북한 내부는 통제되고 있어서 정보가 거의 새나가지 못했지만 신의주로 추방당한 수백 명의 쿠데타 세력까지 한국과 세계 언론이 놓치지는 않았기 때문이다. 그래서 지금까지의 언론보도 타이틀은 대부분 이렇게 전개되었다.

‘김 씨 정권, 마침내 3대째에 몰락.’

‘김동일의 행방은?’

‘북한의 지배자는 누구인가?’

하루 종일 종편의 평론가들은 이것에 대해서 갑론을박 했는데 말이 빠른 사람의 의견이 사실처럼 느껴졌다. 엄청난 오보를 내뿜고 있었는데도 책임진 적이 거의 없는 터라 마구잡이 수준이었다. 그 이유가 있다. 신의주로 추방당한 오대우, 최성일 세력이 하나같이 김동일 위원장을 찬양했기 때문이다. 언론과의 직접적인 접촉은 극력 피했지만 그들 주변에서 퍼진 소문은 모두 김동일 위원장의 측근이라는 것이었다. 그러니 김동일 세력이 쿠데타에 밀려 신의주로 추방당했다고 믿을 수밖에 없었을 것이다. 신의주가 어디인가? 바닥은 북한령이다. 신의주에서 김동일을 비난했다가는 하룻밤 새에 몰살당한다. 언론이 간과했던 내막이다. 김동일을 경쟁적으로 찬양하니 김동일 세력이 쫓겨나왔다고 믿었고 정치 평론가들은 너도나도 빨리 떠들어대고 있었던 것이다. 공항 활주로에는 청와대에서 보낸 차량이 대기하고 있었으므로 서동수는 바로 차에 올랐다. 놀랍게도 국정원장 박기출이 마중 나와 있다. 승합차에는 서동수와 박기출, 안종관과 조기택까지 탔다. 가는 중에 이야기를 하려고 박기출이 준비를 한 것이다.

"언론이 한참 빗나가서 내일은 대소동이 일어날 것 같습니다."

박기출이 쓴웃음을 짓더니 금방 정색하고 서동수를 보았다.

"다시 말씀드리지만 고생하셨습니다. 장관께서 정말 큰일을 하셨습니다."

그동안 평양에서 수시로 연락을 한 터라 정부 고위층은 알고 있었던 것이다. 그러나 정보를 노출시키지 않았기 때문에 서방 언론도 계속해서 오보를 내보내는 중이다. 서동수가 머리를 저었다.

"어쩌다 보니까 그렇게 되었지요. 제가 한 일은 별로 없습니다."

말은 그렇게 했지만 원인 없는 결과는 없다. 씨를 뿌렸기 때문에 열매를 맺는 것이다. 곧 박기출과 보좌관은 안종관이 넘겨준 서류를 읽기 시작했다. 북한의 새 지도부와 개편된 조직을 보는 것이다. 국정원 역사상 북한에 대한 이런 거대한 정보를 한꺼번에 받은 적은 없다. 박기출이 숨을 들이켜는 소리를 여러 번 냈다. 이윽고 머리를 든 박기출이 물었다.

"그럼 앞으로 북한은 개방이 가속화되겠습니다, 장관님."

"신의주를 개방시키면서 북한 전역으로 확산시키는 것이지요. 이것은 독일보다도 더 효율적인 방법이 될 것입니다."

서동수가 자신 있게 말했다. 그렇다. 남북한은 신의주라는 충격 흡수장치가 있는 것이다. 차가 청와대 입구로 들어설 때 서동수가 박기출에게 말했다.

"내일 발표는 국정원장이 하는 것이 낫겠습니다."

박기출이 몸을 굳혔고 차 안의 시선이 모여졌다. 내일 정부의 공식 발표를 말하는 것인데, 본래 계획은 서동수가 하기로 했기 때문이다. 그것을 국정원장에게 양보한다는 것이다.

대통령은 서동수의 이야기를 듣더니 감동한 것 같았다. 북한의 쿠데타를 무마시킨 주인공이 서동수인 것이다. 그것을 서동수는 이번 발표에서 자신이 관련됐다는 사실을 빼달라고 했던 것이다. 김동일이 발표를 허락한 사항인데도 다른 사람에게 미뤘으니 진의를 파악하려는 듯 처음에는 어리둥절했다. 이윽고 대통령이 길게 숨을 뱉고 나서 말했다.

"다른 사람들은 없는 일도 만들어서 제 피알을 하고 방송을 타려고 야단인데 서 장관은 특별하십니다."

"국가 급변 사태니까 이것은 당연히 정보기관장이 발표해야지요."

서동수가 정색하고 말을 이었다.

"제가 조정 역할을 했다는 것도 신의주 장관 입장에서는 어울리지 않습니다. 신의주는 중립지역이거든요."

"허허."

마침내 대통령이 짧게 웃었다.

"당연한 말이 이렇게 감동을 주는 경우가 있군요. 내가 너무 오염되어 있었던 것 같습니다."

이제는 서동수가 대통령의 말에 감동을 받았지만 입을 열지는 않았다. 청와대를 나왔을 때는 밤 11시 반이다. 이제는 승합차에 신의주 식구들만 타고 시내로 나오면서 서동수가 말했다.

"오랜만엔 고향에 왔으니까 내일까지 휴가를 갖도록 합시다."

지금부터 서울에서 할 일은 없는 것이다. 신의주장관이 서울에 왔다는 것도 밝혀지지 않았다. 유병선은 물론이고 안중관, 조기택의 얼굴에도 웃음이 떠올랐다. 모두 서동수가 뒤로 물러난 것을 아는 것이다. 그때 서동수의 눈짓을 받은 유병선이 가방에서 봉투를 꺼내 쥐고 말했다.

"이건 장관께서 사비로 만들어주신 금일봉이오."

유병선이 봉투를 안종관과 조기택, 그리고 평양에서부터 따라온 보좌관들과 경호원까지 차례로 나눠주었다. 안종관과 조기택도 어색해하면서도 봉투를 받았는데 마침내 조기택이 참지 못하고 유병선에게 물었다.

"평양에서 바로 서울로 왔는데 도대체 어느 겨를에 이걸 만들어 놓으셨습니까?"

모두의 시선을 받은 유병선이 힐끗 서동수에게 시선을 주고 나서 말했다.

"평양에서 서울로 연락을 했지요. 그러고 나서 청와대에서 받은 겁니다."

안종관은 점잖게 봉투를 가슴주머니에 넣고 서동수를 향해 머리를 숙여 보였지만 깐깐한 조기택은 참지 못했다. 봉투를 열어본 조기택은 숨을 삼켰다. 5억짜리 수표가 들어 있었던 것이다. 머리를 든 조기택이 서동수를 보았지만 시선을 마주치지는 못했다. 서동수가 창밖을 보고 있었기 때문이다. 그것을 본 유병선이 헛기침을 했다.

"그 돈은 청탁을 위한 뇌물이 아니니까 받으셔도 될 거요, 조 비서관."

차 안에 낮은 웃음소리가 울렸다. 조기택은 5억이지만 안종관은 10억, 유병선도 10억을 받았다. 최성갑은 1억, 보좌관들도 각각 1억씩을 받은 것이다. 이것은 뇌물이 아니다. 고생한 대가인 것이다. 모두 자신들이 어떤 상황에 있었으며 그 결과가 어떤 것인지도 아는 터라 그 기쁨은 배가 되었다. 가족에게 돌아가 그 돈을 건네줄 생각을 하자 모두 행복해졌다. 서동수는 외면하고 있었지만 검은 유리창에 비친 행복한 모습들을 보면서 만족했다. 이것이 베푼 자의 기쁨이다. 그때 바지 주머니에 든 핸드폰이 진동을 했으므로 놀란 서동수가 꺼내 들었다. 발신자는 청와대 비서실장 양용식이다. 전화기를 귀에 붙인 서동수가 응답했을 때 양용식이 말했다.

"대통령께서 차기를 맡기고 싶으시답니다."

지금까지 여러 번 간접적으로 의중(意中)을 전달받았지만 이번 분위기는 절실했다. 서동수는 전화기를 고쳐 쥐었다. 이제는 분명하게 매듭을 지어야겠다는 생각이 든 것이다.

"제가 이 기회에 확실하게 말씀드리겠습니다. 저, 신의주 장관을 끝으로 공직에 나서지 않을 겁니다."

차 안이 조용해졌고 양용식도 놀란 듯 입을 다물었다. 서동수가 말을 이었다.

"대통령께 전해주시지요. 저는 기업인으로 돌아갈 것입니다. 그것이 저에게 맞습니다."

"조금 더 생각해 보시는 것이…."

양용식이 잔뜩 미련이 남은 목소리로 말했지만 서동수의 표정은 더 굳어졌다.

"고맙다는 말씀을 꼭 전해주시지요. 그리고 앞으로 저는 그 문제에 더 이상 언급을 하지 않겠습니다."

"알겠습니다."

양용식의 목소리에 웃음기가 띠었다.

"그렇게 전해 드리겠습니다만 아쉽기 짝이 없습니다."

통화를 끝낸 서동수가 머리를 들었을 때 아무도 시선을 주지 않았다. 그것은 모두가 들었다는 표시일 것이다. 그래서 서동수가 그들 중심에 시선을 두고 말했다.

"여러분들도 그렇게 알고 있도록, 난 신의주 장관으로 공직을 끝낸다."

어깨를 부풀렸다가 내린 서동수가 마무리를 지었다.

"신의주가 궤도에 올랐다고 판단되면 장관 임기 중이라도 사임할 작정이야."

이것으로 신의주 측근들에게도 입장을 분명히 밝힌 셈이 되었다. 화무십일홍이다. 권력은 영원하지 않다는 말을 이런 숙어(熟語)로 표현한다. 다음 날 아침, 서동수는 이태원의 숙소에서 눈을 떴지만 한동안 침대에서 나오지 않았다. 이층 저택은 서동수의 사택이다. 오전 8시 반, 방 안은 조용하다. 그러나 바깥세상은 국정원장 박기출의 북한 정세 발표로 떠들썩할 것이었다. 8시 정각에 정부의 특별 성명 발표가 예고되었기 때문이다. 박기출은 북한의 김동일 위원장이 반(反)국가, 반개방 세력을 신의주로 추방했다고 발표했을 것이다. 또한 예정되었던 신의주 영토를 즉시 확장하고 개방 속도를 높인다고도 했을 것이다. 발표문에 신의주 장관 서동수의 이름은 한 번도 거명되지 않을 것이었다. 침대 옆의 인터폰이 낮게 울렸으므로 서동수는 전화기를 집어 들었다. 응답을 했더니 가정부 윤 씨의 목소리가 울렸다.

"식사 안 하세요?"

8시 반에 아침을 먹는다고 했었다.

"아니, 조금 더 쉴 겁니다."

서동수가 느릿하게 말했다. 유병선에게도 특별한 일 아니면 연락하지 말라고 했던 것이다. 방 안에 TV도, 핸드폰도 놔두지 않아서 인터폰만 된다. 그때 윤 씨가 말했다.

"아래층에 다 오셨는데요. 부르셨어요?"

놀란 서동수가 전화기를 고쳐 쥐었다.

"아니, 안 불렀는데? 누가 왔습니까?"

"다 오셨어요."

윤 씨가 얼굴만 대충 익힌 터라 누가 누군지 알 리가 없다. 입맛을 다신 서동수가 말했다.

"거기, 유 실장 있으면 바꿔주세요."

그러자 곧 유병선의 목소리가 수화구를 울렸다. 기다리고 있었던 듯 대뜸 말한다.

"저기, 국정원장이 장관님 역할을 다 말해 버렸습니다. 추방자들이 부패와 부정에 연루된 인사들이라는 것까지 말입니다."

유병선의 목소리에 점점 열기가 띠었다.

"장관님께서 역할을 알리지 말아 달라고 부탁하신 것까지 털어놓았다니까요."

그래서 서동수는 그 길로 김포공항으로 달려가 전용기에 올랐다. 휴가를 주었지만 측근들이 한 명도 빠지지 않고 사택에 몰려와 있었으므로 함께 떠났다. 국정원장 박기출에 대한 원망은 일어나지 않았다. 그가 독자적으로 결정한 일도 아닐 것이다. 오히려 미안한 감정까지 들었다. 비행기는 구름 한 점 없는 하늘을 날고 있었는데 목적지는 신의주다. 회의실에 앉아 있는 서동수에게 조기택이 말했다.

"이번에 신의주로 온 북측 인사들의 재산이 엄청날 것입니다."

다 아는 일이었으므로 회의실 분위기가 밝아졌다. 평양에서 김동일 측근 강경파들은 추방자의 재산을 다 몰수하고 보내야 한다고 주장했던 것이다. 그러면 전쟁이다. 누가 알거지가 되어서 나가려고 하겠는가? 서동수는 김동일을 설득했고 결국 승인을 받아낸 것이다. 그것이 가장 어려운 과정이었다. 신의주가 그들의 재산을 품게 될 것이며 결국은 북한 몫이 될 것이라고 했다. 김포를 떠난 전용기가 신의주에 도착했을 때는 오전 11시 반이다. 공항에 마중을 나온 북한 측 부장관 최봉수가 시내로 들어오는 차 안에서 말했다.

"장관님, 이번에 입국한 인사들이 면담신청을 했습니다. 오대우와 최성일이 그들 대표로 장관님을 기다리고 있습니다."

서동수의 얼굴에 웃음이 떠올랐다. 며칠 전만 해도 오대우, 최성일은 북한군 총참모장과 보위사령관을 지낸 북한 실세다. 부장관 최봉수는 반드시 그들 이름 뒤에 '동지' 호칭을 붙였던 것이다.

"오늘 저녁에 같이 식사나 합시다."

그 순간 최봉수의 얼굴이 긴장으로 굳어졌다.

"배석자는 누구로 하시겠습니까?"

"부장관 둘하고 경찰총감, 그리고 안보특보까지."

"알겠습니다."

최봉수가 어깨를 늘어뜨리며 대답했다. 북한 측 공식 추방자는 257명, 대부분이 군 장성이다. 그들이 데려온 가족까지 3000명 가까운 인원이 신의주에 들어온 것이다. 세간은 다 챙기지 못했지만 대부분 승용차나 트럭까지 동원하여 짐을 싣고 입국했기 때문에 사흘 동안 그 광경이 장관이었다고 했다. 그들은 대부분 신의주 정부에서 제공한 주택이나 아파트에서 임시 거주하고 있었는데 오대우와 최성일을 포함한 7, 8명은 가족과 함께 호텔에 투숙했다. 그날 저녁 7시, 신의주 관광특구 안에 위치한 한식당 '서울장'의 방안은 어색하고 무거운 정적에 덮여 있다. 방금 서로 인사를 끝내고 원탁에 둘러앉은 것이다. 한정식당이어서 미리 요리가 가득 차려진 터라 종업원들은 오가지 않는다.

"자, 우선 입주를 축하드리는 건배를."

서동수가 소주잔을 들면서 말했다. 이제 서동수의 위상은 더욱 높아졌다. 그것을 추방자들이 더 잘 아는 것이다. 술을 삼킨 서동수가 술잔을 내려놓고 오대우와 최성길을 번갈아 보았다. 웃음 띤 얼굴이다.

"신의주에 투자하시지요. 얼마든지 투자하셔도 재산 보호를 해 드립니다."

서동수가 말을 이었다.

"호텔을 지으시고, 백화점을 세우세요. 투자 자문을 할 곳도 많습니다."

"제가 그런 여유가…."

최성길이 말을 꺼냈을 때 서동수가 손을 들어 막았다. 여전히 얼굴에 웃음은 띠어져 있었지만 두 눈이 번들거렸다.

"그럼 공장 노동자로 일하셔야 할 겁니다. 신의주에서 밖으로 나가실 수는 없을 테니까 말입니다. 하지만 투자자는 다르지요."

서동수의 시선이 경찰총감 이경주에게로 옮겨졌다. 이경주는 반역 세력에 이를 갈고 있던 인사다.

"신의주 장관의 위상이 가장 높아져 있어, 나오미 씨."

아베가 지그시 나오미를 응시하며 말을 이었다.

"이번 북한 쿠데타로 서동수의 기반이 확고하게 굳어진 셈이지."

총리 관저의 응접실에는 세 사내와 여자 하나가 둘러앉아 있다. 세 사내의 면면은 총리 아베와 관방장관 오다, 그리고 총리 보좌관 도쿠가와이고 여자는 물론 나오미다.

밤 9시 반 오늘 회의는 비공개, 비밀로 열린 터라 도쿠가와와 나오미는 후문으로 몰래 들어왔다. 그때 아베의 시선이 도쿠가와에게로 옮겨졌다. 50대 중반의 도쿠가와는 막부 정치를 시작한 도쿠가와와 성이 같지만 아무 관계가 없다. 자위대에서 정보 책임자로 근무하다가 퇴역하고 총리실 소속의 정보부를 맡은 것이다.

"도쿠가와 씨, 앞으로의 전망은?"

아베가 묻자 도쿠가와가 상반신을 폈다. 마른 얼굴이 긴장으로 굳어져 있다.

"북한이 급격하게 개방될 것 같습니다. 저항세력이 일소된 상황이라 신의주라는 완충지대에서 충격을 흡수하면 탄력을 받게 되어서 남북한 연합은 예상보다 빨라질 것 같습니다."

이미 일본 정부는 물론 미국 등 경제계에서부터 비슷한 전망을 내놓았지만 그 속도가 빨라질 것이라는 말이다. 그때 관방장관 오다가 입을 열었다.

"급합니다. 이대로 두고 보기만 했다가 큰일이 날 수가 있습니다."

오다의 시선이 아베에서 도쿠가와, 나오미를 차례로 훑고 지나갔다. 오다는 아베의 측근이자 동지다. 63세, 오다가 말을 이었다.

"일본 역사상 한반도가 이렇게 위협적인 존재가 되는 것은 처음입니다."

방 안에 잠깐 무거운 정적이 덮였다.

그렇다. 서기 600년대의 백제 멸망 이후로 일본에 한반도는 약탈과 침략의 대상이었다. 그것이 1400년간이나 계속되어 온 것이다. 한반도는 당하기만 했다. 고려가 멸망한 이유 중의 하나도 왜구의 침략 때문이었다. 고려 말에는 1년에 360회나 왜구가 침입했다는 기록이 있다. 조선은 온전했는가? 1592년 임진년에 대군이 침입하여 1598년까지 7년 동안 전국을 유린했다. 그 후 조선을 멸망시키고 36년간의 식민통치, 1923년 관동대지진 때는 무능한 정권에 대한 불만이 폭동으로 번질 기미가 보이자 조선인이 방화, 부녀자들을 강간, 살해한다고 정부에서 부추겨 조선인을 학살했다. 무려 2만3000여 명의 조선인이 학살, 실종되었다. 그 후 2차 세계대전에 징용·징집으로 희생된 수십만의 조선인, 수천 명의 위안부. 그런데 지금은 미국의 깃발 아래 한국과 일본은 어중간한 우방국이다.

길게 숨을 뱉은 오다가 아베를 보았다.

"시급한 조치가 필요합니다."

머리를 끄덕인 아베가 나오미에게 말했다.

"동북아의 평화와 안정을 위해서는 통일 한국에 이성적인 지도자가 출현해야 돼. 그것이 우리 모두를 위한 일이지."

아베의 말이 이어졌다.

"나오미 씨 역할이 중요해. 미국 측도 적극적으로 협조해줄 거야."

나오미가 머리를 끄덕였다.

"노력하겠습니다, 총리 각하."

"서동수에게 우리의 진심을 알리면 돼. 동북아 평화를 위해서는 일·한 우호관계가 최우선이라고, 중국에 예속되면 안 돼."

"알겠습니다, 각하."

"내가 위안부 문제라든가 2차 세계대전 당시의 징용, 또는 36년간의 식민통치에 대해서까지 사과할 용의도 있어."

심호흡을 하고 난 아베가 말을 이었다.

"물론 서동수한테만 먼저 내 진심을 보이는 거야."

다음 날 아침, 사무실로 들어온 안보특보 안종관이 정색한 얼굴로 서동수를 보았다. 그런데 자세히 보니까 입은 꾹 다물었지만 치켜뜬 눈이 조금 좁혀졌다.

"드릴 말씀이 있습니다."

다가선 안종관이 말했다. 서동수는 잠자코 기다렸고 안종관의 말이 이어졌다.

"남북한과 신의주는 현재 밀착 단계라고 말해도 좋을 만큼 접근되었습니다, 장관님."

안종관의 눈이 더 커졌다.

"그런데 이 상황을 가장 두렵게 생각하는 부류가 있습니다. 어느 부류인지 아십니까?"

"일본이겠지요."

대뜸 서동수가 말하자 안종관은 숨부터 들이켰다가 뱉고 나서 대답했다.

"종북 또는 친북 무리입니다."

"그렇군."

서동수가 커다랗게 머리를 끄덕였다. 신의주 특구가 가동된 후에 남북한 소통이 많아지고 분쟁이 적어지면서 종북단체가 사라지기 시작했다. 어느 신문에서는 신의주장관 서동수가 평양에 한 번 다녀가면 종북주의자 1만 명씩이 사라진다는 시중의 소문을 보도한 적도 있다. 그것은 서동수가 북한 정권으로부터 종북자 명단을 받아 와 국정원에 넘기기 때문이라는 것이다. 서동수가 말을 이었다.

"어차피 그들도 한국 국민인 이상 잘된 일이오. 자의건 타의건 간에 반정부활동은 안 하게 되었으니까 말입니다."

"그건 그렇습니다."

어깨를 편 안종관의 얼굴에 쓴웃음이 번졌다.

"그런데 제가 이번에 북한에 갔을 때 명단을 받았습니다."

서동수가 숨만 들이켰고 안종관의 말이 이어졌다.

"김 위원장이 지시하셨다면서 저한테 명단을 주더군요. 이번에 수고를 한 보상이라고 했습니다."

"……."

"공작금을 받은 내역에서부터 간첩활동 내용까지 다 적혀 있었습니다. 정·관계, 학계, 언론계, 노동계까지 포함된 간첩들만 수천 명입니다."

"……."

"그 명단을 가져온 조직 지도부 부부장이 전해주면서 그러더군요. 이것이 혁명 전사들의 명단이라고 말입니다."

안종관의 얼굴이 다시 처음처럼 묘하게 굳어졌다.

"그러면서 의미심장한 얼굴로 저한테 말했습니다. 이 중에서 북조선에 의해 통일이 되었을 때 북조선 체제에 적응해서 살아갈 인사들은 열에 하나밖에 되지 않을 것이라고 말입니다."

다시 서동수는 입을 다물었고 안종관이 조심스럽게 말을 이었다.

"명단에 적힌 자들은 이번에 신의주로 추방당한 강경파들과 연결되어 있는 것 같습니다. 이제 한국의 종북 무리는 더욱 고립된 셈입니다."

"……."

"그래서 김 위원장이 장관께 처리를 맡긴 것 같습니다."

서동수가 머리를 들고 안종관을 보았다. 명단을 한국 정부에 넘겨준다면 어떻게 될 것인가? 여러 가지 방법이 있을 것이다. 북한 정부로부터 받은 명단이니 후유증 걱정 없이 내부에 박힌 종북 무리를 단숨에 소탕할 절호의 기회가 되겠다. 또는 충격을 줄이고 정치적으로 이용할 수도 있다. 안종관이 그것도 예상하지 않았을 리가 없다. 이윽고 서동수가 말했다.

"당분간 우리가 보관합시다."

안종관이 머리만 숙였을 때 서동수가 말을 이었다.

"통일되면 다 안고 가야 할 테니까."

"나오미 씨입니다."

전화기를 내밀면서 전영주가 말했다. 잠자코 손을 내밀어 전화기를 받는 그 짧은 순간에 생각의 줄거리가 머릿속을 스치고 지나간다. 나오미는 신의주 행정청장관 비서실에 전화를 했다. 전화를 받은 비서실 직원이 비서실장 유병선에게 보고를 했고, 장관에게 연결하기로 결정을 한 유병선이 전영주에게 시킨 것이다. 걸린 시간은 1분쯤 되었을까?

"아, 나오미 씨."

전영주가 옆에 있었기 때문은 아니다. 공식 통화일 것이므로 서동수가 영어를 썼다. 그때 나오미도 영어로 말했다.

"장관님, 요즘 바쁘신데 죄송합니다만 시간 내주실 수 있습니까? 총리의 메시지도 전해드리고 현황에 대한 말씀도 듣고 싶습니다."

"그렇지 않아도 일·중 양국에 현황 설명을 드리려고 했는데 일본이 먼저 연락을 해오셨군요."

서동수의 시선이 옆에 선 전영주의 허리춤에 머물었다가 엉덩이와 다리로 내려갔다. 전영주가 비스듬히 서 있었지만 시선을 느낀 듯이 발을 조금 움직였다. 검정 단화를 신은 발뒤꿈치의 선이 육감적이다. 그때 나오미의 웃음 띤 목소리가 울렸다.

"그럼 언제 시간을 내주시겠습니까?"

"저녁 식사를 같이 하시면서 이야기하십시다. 오늘 저녁 7시에 어때요?"

"좋습니다, 장관님."

"그럼 다시 연락을 드리지요."

종료 버튼을 누른 서동수가 전영주에게 전화기를 건네주며 말했다.

"장소를 정해. 우리 쪽은 안 특보하고 조 비서관까지 셋이면 될 거야."

"알겠습니다."

전영주는 이번에 북한에서 격변을 함께 겪은 후에 사람이 달라진 것 같다. 자다가 깬 것 같기도 하고, 갑자기 아이 어머니가 된 것처럼 보이기도 한다. 돌아서 가는 전영주의 뒷모습을 보면서 서동수는 저절로 숨을 들이켰다. 안고 싶다는 욕망이 꿈틀거렸고 그것이 숨을 들이켜는 반응으로 이어졌다. 그날 저녁 7시 정각에 서동수는 한국계 호텔인 '사비성'의 한식당으로 들어섰다. 수행원은 안종관과 조기택. 밀실에서 기다리던 일본 측 인사들이 그들을 맞았는데 나오미와 총리특사 자격으로 온 도쿠가와다. 인사를 마치고 원탁에 둘러앉았을 때 서동수가 말했다.

"알고 계시겠지만 북한의 반(反) 개혁세력은 모두 신의주로 추방당했고 앞으로 북한의 개방은 가속화될 것입니다."

이미 원탁에는 한정식 상이 차려져 있었으므로 젓가락만 들면 되었다. 서동수의 시선이 도쿠가와에게로 옮겨졌다. 도쿠가와가 총리실 소속의 정보책임자라는 것을 안다.

"따라서 신의주는 점진적으로 북한을 대리해서 수출입 및 경제활동을 하게 될 것입니다. 이에 대한 일·미 양국의 적극적인 협조를 바랍니다."

긴장한 도쿠가와가 상반신을 세웠고 나오미는 몸을 굳혔다. 그렇다면 북한이 신의주를 내세워 온갖 경제활동을 할 수가 있다. 북한에 대한 경제 제재가 아무 소용이 없게 되는 것이다.

"장관님, 그렇다면 지금까지 해왔던 북한에 대한 경제 제재 조치가 하루아침에 날아가 버립니다."

당황했는지 도쿠가와의 목소리가 떨렸다.

"이건 우방국들과 먼저 협의를 하시고 결정할 문제인 것 같습니다."

"남북한과 신의주 정부는 이미 합의했습니다."

서동수가 부드러운 목소리로 말을 이었다.

"우방국들도 이해하겠지요."

밤 10시 반, 사비성 호텔의 특실 방 안이다. 방 안에는 서동수와 나오미가 소파에서 마주 보고 앉아 있다. 아래층 한식당에서의 식사는 9시쯤에 끝났다. 그러고는 헤어졌다가 조금 전에 이 방으로 나오미가 들어온 것이다. 이번에는 서동수가 방을 잡아 놓고 나오미를 불러냈다. 그것도 개인 휴대폰을 썼으므로 비서를 거치지 않았다. 탁자 위에는 위스키병과 맥주, 마른안주와 잔들이 놓였는데 서동수가 준비한 것이다. 맥주잔에 위스키와 맥주를 섞은 서동수가 잔을 들면서 말했다.

"특사가 놀란 것 같더군. 하지만 신의주가 성장하면서 그렇게 될 것은 모두 예상하고 있었을 거야."

서동수는 한국어를 한다. 한 모금 폭탄주를 삼킨 서동수가 말을 이었다.

"시기가 문제였지. 미·일 측도 그것에 대한 염려를 공론화시키기도 했지 않아?"

"하지만 핵도 해결되지 않은 상황에서 너무 빠른 것 같습니다."

정색한 나오미가 위스키 잔을 들고 말했다. 한쪽 다리를 꼬고 앉아서 스커트 밑의 흰 허벅지가 드러났다. 머리를 끄덕인 서동수가 벌컥 잔을 비우고는 내려놨다.

"곧 한국 정부의 특사가 미·일·중 정부에 파견될 거야. 그리고 그 이야기를 하고는 협조를 부탁하겠지."

"그럼 우리가 가장 먼저 이 사실을 알게 된 나라인가요?"

"한국 정부를 제외하고는."

한 모금에 위스키를 삼킨 나오미가 지그시 서동수를 보았다. 특사 도쿠가와는 아베 총리의 전언을 구두로 전해주었다. 신의주 당국과의 친선, 절대적 협조, 그리고 마지막으로 한민족과 일본과의 화해를 위해서 앞으로 최선을 다하겠다는 약속이다. 그런데 먼저 서동수로부터 신의주가 북한 경제활동을 대리한다는 선언을 듣더니 김이 빠진 것 같았다. 다시 잔에 위스키를 붓는 서동수에게 나오미가 물었다.

"왜 자꾸 술을 마셔요?"

"평양 쿠데타 이후로 처음 마음 놓고 술 마시는 거야."

그러자 나오미가 꼬았던 다리를 풀고 다가가 앉았다. 불빛에 반사된 눈이 반짝였고 입술은 물기에 젖어 반들거린다.

"쿠데타 이야기해 주세요."

"그러려고 했어."

"그럼 술 그만 마셔요."

"좀 씻어야겠는데."

그 순간 나오미가 이를 드러내고 소리 없이 웃었다. 엉덩이를 돌려 앉으면서 나오미가 눈을 가늘게 떴다.

"그 대사, 유혹하는 건가요?"

"그렇게 들어도 돼."

자리에서 일어선 서동수가 나오미를 보았다. 웃음 띤 얼굴이다.

"나오는 대로 말했을 뿐이니까."

욕실로 들어간 서동수가 씻고 가운으로 갈아입고 나왔을 때는 20분쯤 후였다. 서동수의 얼굴에 다시 웃음이 떠올랐다. 방 안의 불이 꺼져 있었기 때문이다. 대신 침대 옆 스탠드의 불만 켜져 있었는데 목 밑까지 시트를 끌어 올린 채 누워 있는 나오미가 보였다. 침대로 다가오는 서동수를 향해 나오미가 말했다.

"과정을 생략했어요."

"신의주의 북한 경제활동 대리 역할도 그런 거야."

시트를 들치고 나오미의 옆으로 누운 서동수가 다시 웃었다.

"과정을 생략할 바엔 이것도 벗고 있지 그랬어?"

나오미는 가운을 걸치고 있었던 것이다. 그때 나오미가 서동수의 어깨를 당겨 안으면서 눈을 감았다. 키스를 기다리는 자세다.

나오미의 입술에서 레몬 맛이 났다. 위스키 냄새인지도 모른다. 입술로 입술을 들쳤더니 곧 이가 열리면서 혀가 빠져나왔다. 그러고는 곧장 서동수의 입안으로 들어온다. 서동수는 따뜻하고 말랑한 혀를 빨았다.

혀에서는 달콤한 젤리 맛이 났다. 나오미의 혀가 곧 꿈틀거리기 시작하면서 두 팔이 서동수의 목을 감아 안는다. 서동수는 나오미의 가운을 젖혔다가 숨을 들이켰다. 나오미의 가운 밑은 알몸이었던 것이다. 그때 나오미도 손을 뻗어 서동수의 가운을 젖혔다가 주춤했다. 나오미의 손이 서동수의 남성에 거침없이 닿아버린 것이다. 서동수 또한 가운 밑은 알몸이다. 주춤했던 나오미가 서동수의 남성을 두 손으로 감싸 쥐었다.

서동수 또한 나오미의 골짜기를 손바닥으로 덮고 쓸어 올렸다. 그동안 둘의 혀는 부딪쳤다가 떨어졌고 서로 꼬였다가 풀어졌다.

"전문가시군요."

다리 한쪽을 들어 골짜기 면적을 더 넓혀주면서 나오미가 허덕였다. 스탠드 불빛을 받은 나오미의 얼굴은 요염했다. 헝클어진 머리가 얼굴을 덮었으므로 서동수가 쓸어 올렸다.

"날 죽여봐요, 장관님."

서동수의 남성을 두 손으로 감싼 채 문지르면서 나오미가 말했다.

어느덧 나오미의 샘에서는 애액이 넘쳐 나오고 있다. 나오미는 쉬지 않고 꿈틀거렸다. 어느새 둘은 알몸이 되었고 두 마리의 뱀처럼 꿈틀거리며 침대 위를 뒹굴었다. 이윽고 서동수가 몸을 미끄러뜨리고는 나오미의 골짜기를 입으로 애무했다.

"아아아."

나오미의 긴 탄성이 방안을 울렸다. 두 다리로 서동수의 머리를 감아 안은 나오미가 허리를 비틀었으므로 서동수는 겨우 풀어내었다. 그때 나오미가 상반신을 일으키더니 서동수의 몸 위에 거꾸로 엎드렸다. 이른바 식스나인 자세다. 서동수는 나오미의 엉덩이를 움켜쥐고 입을 붙였다. 방안에 거친 숨소리와 함께 신음이 이어지고 있다. 뿜어낸 열기가 습기가 되어 방안에 가득 찼고 마침내 몸을 비튼 나오미가 폭발했다. 어느새 둘의 몸은 침대 끝으로 밀려나와 있다.

그때 서동수가 나오미를 밀어 눕히고는 몸 위로 올랐다. 그 순간 나오미가 입을 딱 벌리더니 서동수의 어깨를 움켜쥐었다. 부릅뜬 두 눈은 초점이 없고 턱을 치켜든 채 숨까지 멈췄다. 서동수의 몸과 합쳐진 순간이다.

"아아아아."

다음 순간 나오미의 입에서 숨이 넘어가는 것 같은 비명이 터졌다. 그러더니 서동수의 움직임에 맞춰 비명을 질러대기 시작했다. 무릎을 세운 자세로 누운 채 자신은 조금도 움직이지 않는다. 서동수는 나오미의 몸 안에서 활동하는 자신의 모든 것을 더 확실하게 느낄 수가 있었다. 더 생생하다. 나오미 또한 마찬가지인 것 같다. 비명 같은 쾌락의 신음이 점점 높아지면서 동굴 안의 모든 세포가 느껴진다. 이윽고 서동수가 절정에 오르려는 나오미의 몸에서 상반신을 떼면서 엉덩이를 옆으로 미는 시늉을 했다. 나오미가 몸을 굴리더니 후배위 자세로 금방 바꾼다. 다시 서동수의 몸이 합쳐졌을 때 나오미가 소리쳤다.

"나 할 거야."

다음 순간 서동수의 대답도 듣지 않고 나오미가 맹렬하게 엉덩이를 흔들더니 베개를 들어 얼굴을 묻었다. 베개 안에서 나오미의 비명이 묻히고 있다. 서동수는 나오미의 굳어진 몸이 풀릴 때까지 참을성 있게 기다렸다가 다시 돌려 눕혔다. 그때 베개에서 얼굴을 뗀 나오미가 허덕이며 서동수를 보았다.

초점이 먼 얼굴, 반쯤 벌어진 입에서는 낮은 신음이 숨과 함께 이어진다. 서동수는 나오미의 입에 키스했다. 그러고는 두 팔로 나오미의 허리를 감아 안았다.

나오미가 얼굴을 서동수의 가슴에 묻고 호흡을 고른다. 두 쌍의 사지가 빈틈없이 엉킨 채 시간이 흘러가고 있다. 초침 소리를 들은 것은 나오미의 신음이 그쳤을 때인 것 같다. 머리를 든 서동수는 스탠드 밑의 탁상시계가 12시 10분을 가리키고 있는 것을 보았다. 서동수가 머리를 든 바람에 나오미도 같이 시계를 보게 되었다.

"가실 건가요?"

가슴에 다시 볼을 붙이면서 나오미가 묻자 서동수는 엉덩이를 당겨 안았다. 부드럽고 탄력이 강한 엉덩이가 서동수의 손안에서 꿈틀거렸다.

"한민족과의 화해를 위해서 최선을 다하겠다고 아베 총리가 말했다는데."

서동수가 나오미의 귀에 대고 말했다. 모양 좋은 귓불을 입술로 문 채 서동수가 말을 이었다.

"왜 독일처럼 사과를 못 하지? 변명하고 부정할수록 아시아 국가는 물론이고 세계 각국으로부터 비웃음과 경멸의 대상이 된다는 것을 모른단 말인가?"

"……."

"그게 무사도의 나라야? 무사도 이야기는 모두 소설가들이 지어낸 것인가?"

"……."

"증거가 없느니, 자료가 없느니 종전 70년이 되도록 변명으로 끌다가 이제 위안부 할머니, 징용에 끌려간 할아버지들이 다 죽으면 더 뻔뻔하게 나오겠군."

그때 나오미가 머리를 들고 말했다. 어느덧 정색한 얼굴이다.

"총리가 나한테 직접 말했어요. 진심 어린 사과를 하겠다고."

"갑자기 그렇게 될까?"

그동안 땀이 배어 있던 알몸이 식으면서 피부에 찬 기운이 덮였다. 서동수가 시트를 끌어당겨 둘의 몸을 덮으면서 말했다.

"지금까지 모든 것을 부정하던 사람이 말이야."

"믿어보세요."

나오미가 다시 서동수의 허리를 감아 안으면서 얼굴을 가슴에 붙였다. 더운 숨결이 가슴을 스치고 지나갔다.

"총리는 당신이 동북아 평화의 기둥이 될 사람이라고 평가했어요."

"고맙군."

"신의주는 특별구역으로 동북아의 스위스 역할이라고도 하더군요."

"……."

"앞으로 일본은 신의주의 영토가 확장된 만큼 투자를 더 늘릴 예정이라고도 했습니다. 신의주의 발전을 위해서 최선을 다하겠다고."

대답 대신 서동수는 나오미의 이마에 입술을 붙였다가 떼고는 몸을 일으켰다. 호텔에서 잘 수는 없는 것이다. 따라 일어난 나오미가 젖가슴을 두 손으로 가리면서 웃었다.

"만족한 섹스란 이런 것이군요."

서동수의 시선을 받은 나오미의 눈 주위가 금방 붉어졌다.

"떨어지기가 싫어서 그래요."

"나도 그래."

팬티를 입은 서동수가 나오미에게 구석에 떨어진 가운을 건네주며 말을 이었다.

"앞으로 자주 만나야겠어. 일본과 남북한 당국이 나를 이용할 테니까 말이지, 신의주가 바로 그런 곳이지."

바로 그것 때문에 나오미가 접근했을 것이고 서동수 또한 이 방으로 불러들인 것이다. 세상은 서로 이용하면서 굴러간다. 이용가치가 없는 사람은 도태된다. 둘은 이제 잠자코 옷을 입는다.

장치의 전화가 왔을 때는 서동수가 칭다오 본사에 들렀을 때이니 알고 전화를 한 것이 분명했다.

"여보, 언제 시간 있어요?"

이제는 제법 한국어 발음이 정확한 장치의 말 중에서 '여보' 소리가 가장 유창했다. 저절로 웃음이 떠오른 얼굴로 서동수가 대답했다.

"언제라도, 칭다오에 올 거야?"

"여보가 베이징으로 오세요."

잘나가다가 여보가 버린 셈이었지만 그것도 귀여웠으므로 서동수가 그냥 넘어갔다. 그래서 오후에 베이징에서 만나기로 하고 칭다오에 같이 온 안종관에게 상의를 했더니 대뜸 말했다.

"중국 측 반응이 언제 오나 했습니다. 중국 측에서 장 교수를 통해 만나자는 것 같습니다."

"내 생각도 같아요."

쓴웃음을 지은 서동수가 말을 이었다.

"장 교수가 역할을 하는 것 같군."

서동수의 눈앞에 장치의 화사한 모습이 떠올랐다. 서로 바쁘다는 핑계로 만난 지 두 달 가까운 시간이 지났다. 전화도 열흘쯤 전에 했을 뿐이다. 그때 안종관의 말에 서동수는 생각에서 깨어났다.

"이번에 일본 정부가 나오미 씨를 통해 입장을 밝혔으니 중국도 어떤 형식으로든 현 상황에 대해 반응을 할 것입니다."

서동수가 머리를 끄덕였다. 러시아만 끼어들지 않았을 뿐 구한말의 상황과 비슷한 것이다.

그날 오후 7시가 되었을 때 서동수는 베이징 이화원 근처의 안가로 들어섰다. 이곳은 지난번에 장치와 함께 왔던 곳이어서 익숙하다. 서동수가 안쪽 밀실로 들어서자 기다리고 있던 장치와 사내 둘이 일어섰다. 중국 총리 저우커장(周克江)과 산둥성 서기 리정산(李正山)이다.

"어서 오십시오."

웃음 띤 얼굴로 저우커장이 먼저 손을 내밀었다. 예상하고 있었으므로 서동수도 반갑게 인사했다. 리정산까지 인사를 마친 서동수가 장치와는 눈인사를 하고 자리에 앉았다. 원탁에 음료수가 놓여 있는 것이 저우커장은 바로 본론으로 들어갈 것 같다. 북한에서 불발 쿠데타가 일어나 반(反)개혁 세력이 모조리 신의주로 추방당했다는 것은 엄청난 사건이다. 중국 정부도 예상하지 못한 대사건인 것이다. 중국이 이러니 미국이나 일본은 말할 것도 없다. 그때 저우커장이 말했다.

"대세(大勢)라는 것이 있습니다. 그것은 어떤 물리적인 힘으로도 막지 못하는 시대의 요청 같지요."

서동수가 지그시 시선만 주었고 저우커장의 말이 이어졌다.

"신의주가 대세를 탔습니다. 신의주의 흐름을 타고 남북한이 통일되는 것도 시간문제일 것 같습니다. 그래서…."

어깨를 부풀렸다가 내린 저우커장이 서동수를 보았다.

"중국 정부는 평안북도 전체를 신의주 자치령으로 편입시킬 것을 북한 정부에 요청할 계획입니다."

"……."

"그리고 신의주를 스위스처럼 중립국으로 존속시킬 것을 희망합니다. 그렇게 되면 중·일은 물론 미국도 만족하게 될 테니까요."

서동수는 시선을 내려 식탁 위에 놓인 물 잔을 보았다. 중국 정부는 곧 남북한 통일이 되리라고 예상하고 있는 것이다. 그것도 남한이 주도하는 자유민주주의 체제의 통일이다. 그래서 중국 사이에 위치한 평안북도를 완충지대로 만들려고 하는 것이다. 그때 저우커장이 다시 웃음 띤 얼굴로 서동수를 보았다.

"신의주는 서 장관이 세운 국가나 같습니다. 그런데 여기 계신 장 교수와 언제 결혼식을 올리실 예정입니까?"

"해야지요."

어깨를 부풀린 서동수가 저우커장과 리정산, 장치의 얼굴을 차례로 보면서 말했다. 서동수의 시선을 받은 장치가 희미하게 웃었다.

"곧 합니다."

서동수는 어느덧 정색했다. 장치만 한 배우자가 어디 있는가? 지성, 교양, 외모, 가문까지 서동수하고 비교도 되지 않을 만큼 월등하다. 노국공주와 공민왕에 비교하다니 턱도 없다. 장치야말로 동북아 평화를 유지시킬 열쇠구멍이다. 저우커장은 할 말을 다한 모양인지 곧 자리에서 일어나더니 몇 번이나 인사를 하고 리정산과 함께 나갔다. 방에 둘이 남았을 때 장치가 웃음 띤 얼굴로 서동수를 보면서 한국어로 물었다.

"여보, 정략결혼이죠?"

"이런 결혼이라면 100번도 할 수 있지."

서동수도 얼굴을 펴고 웃었다.

"우리 둘의 결혼은 형식이야. 대세를 장식하는 트리용 전등 같은 것이라고. 전등이 없어도 크리스마스는 오는 거야."

"평안북도 전체가 신의주 자치령이 된다면 인구도 늘어나겠군요."

"중국인이 대거 이주해 오겠지."

의자에 등을 붙인 서동수가 웃음 띤 얼굴로 말을 이었다.

"투자도 몇 배로 늘어날 것이고."

그리고 신의주 장관 부인이 중국인인 것이다.

"여보, 오늘 어디서 주무실 건가요?"

다시 장치가 화제를 돌렸으므로 서동수가 자리에서 일어섰다.

"이곳은 밥 먹고 술 마시기에는 어울리지 않아, 나가지."

"그렇군요."

따라 일어선 장치가 서동수의 팔짱을 끼고 방을 나왔다. 안가 안이어서 지나다니는 종업원들이 시선을 마주치지 않는다.

한 시간쯤 후에 둘은 이화원에서 멀지 않은 2층 저택의 응접실에 나란히 앉아 있었는데 이곳은 장치의 사가(私家) 안이다. 미리 연락을 한 터라 탁자 위에는 요리가 놓여졌고 서동수가 좋아하는 60도짜리 백주도 보였다. 가운으로 갈아입은 장치가 잔에 술을 따르며 물었다.

"여보, 신의주가 궤도에 오르면 장관 그만둔다고 했어요?"

머리만 든 서동수를 향해 장치가 눈웃음을 쳤다.

"겸손이 지나치면 오만한 것과 같아요. 신의주를 다 이뤄놓고 그만두셔야지. 어디 5, 6년에 끝날 일인가요?"

서동수가 술잔을 들어 한 모금에 백주를 삼켰다. 불덩이가 식도를 타고 흘러들어가 위장 근처에서 사라졌다. 그것을 몇 마디 말로 설명할 수는 없다. 장치의 말에도 일리가 있기 때문이다. 그런데 이 내용을 어떻게 알게 되었을까? 장관직에 미련이 없다고는 했지만 며칠 전 측근들에게 한 말이 그대로 장치에게 전달된 것 같다. 튀긴 돼지고기 안주를 집어든 서동수가 장치를 보았다.

"정부 당국에서 그런 이야기 들었어?"

"그래요."

정색한 장치가 서동수의 시선을 받았다.

"나한테 당신 말리라고 했어요. 당신만큼 신의주 장관 적임자가 없다고, 다른 사람이 장관으로 오면 동북아 상황이 바뀐다고도 했어요."

"그건 과장한 말이야."

"내 생각도 같아요, 당신이 신의주를 발전, 안정까지 시켜놓고 떠나야 돼요."

장치가 상기된 얼굴로 서동수를 보았다. 가운의 가슴께가 조금 벌려져서 풍만한 가슴의 골짜기가 드러났다. 오랜만에 보는 장치의 가슴이다. 서동수는 어깨를 부풀리며 삼킨 숨을 길게 뱉어내었다. 공인(公人)은 마음대로 진퇴도 못 하는가?

장치의 알몸은 풍만했다. 둥근 어깨, 출렁거리는 젖가슴, 볼록한 배 밑으로 펼쳐진 검은 숲을 본 순간 서동수는 숨을 들이켰다. 언제 봐도 장치의 알몸은 육감적이다. 미끈하게 빠졌다고 성적 매력이 풍기지는 않는다. 장치의 알몸은 냄새를 풍기는 요리였다. 모락모락 김을 올리는 음식이었다. 대부분의 여자는 비닐 랩에 싸였거나 싱싱하지만 식은 요리 같지만 장치의 알몸은 살아서 꿈틀거리는 현실인 것이다.

"아이, 뭐해?"

위에서 내려다보고 있는 서동수에게 마침내 장치가 몸을 비틀며 물었다. 침대 위, 장치는 사지를 펼치고 누워 있는 것이다. 서동수는 장치의 몸 위에 올랐다. 이미 장치는 가쁜 숨을 몰아쉬며 기다리고 있다. 밤 12시 반, 불을 켜놓은 침실 안의 열기는 뜨겁다. 서동수가 몸을 붙이고는 힘차게 진입했다.

"아앗."

서동수의 어깨를 움켜쥔 장치의 입에서 탄성 같은 비명이 뱉어졌다. 뜨거움, 서동수도 어금니를 물었다. 장치와 수십 번 몸을 섞었지만 언제나 새롭다. 언제나 느낌이 다른 것이다.

"아아, 여보."

장치가 두 다리를 추켜올리면서 한국말로 소리쳤다. 눈을 크게 떴지만 먼 쪽을 본다. 서동수는 천천히 몸을 흔들기 시작했다. 장치도 서동수에 맞춰 허리를 꿈틀거린다.

"당신이 최고야."

불쑥 장치가 말했으므로 서동수의 얼굴에 웃음이 떠올랐다.

"너무 좋아."

이것도 한국말이다. 서동수는 장치의 신음이 높아지자 자세를 바꾸었다. 장치를 비스듬히 옆으로 눕히고는 다리 사이로 몸을 넣은 것이다.

"아아앗."

새로운 자세에 흥분이 배가된 장치의 외침이 높아졌다. 장치의 탄력 있는 허벅지가 서동수의 얼굴 앞에서 출렁거렸다.

"아유, 여보. 당신이 최고야."

장치가 다시 소리쳤다. 방 안은 열기로 싸여 숨이 막힐 것 같다. 서동수가 다시 자세를 바꾸자 장치가 시트를 두 손으로 움켜쥐면서 소리쳤다.

"여보, 빨리."

이제는 후배위다. 장치의 허리를 두 손으로 움켜쥔 서동수가 어금니를 물었다. 한 달쯤 전에 조기택이 사무실에 들어섰다. 오후 6시쯤 되었을 것이다. 그때 부장관과 저녁 약속이 되어 있었던가?

"여보, 여보, 여보."

장치가 소리치며 엉덩이를 거칠게 흔들기 시작했다. 절정으로 오르기 시작한 것이다. 그때 조기택이 말했다.

"장관님, 보고드릴 것이 있습니다."

서동수의 시선을 받은 조기택이 서류 봉투에서 사진을 꺼내 앞에 놓았다. 시선을 내린 서동수가 숨을 들이켰다. 장치다. 장치가 웃고 있다. 상반신만 드러났는데 알몸이다.

"여보, 여보, 나 죽어!"

장치가 머리를 들어 올리면서 아우성쳤다. 이제 절정에 오른 것이다. 그때 조기택이 말했다.

"장 교수님이 남자가 있습니다. 같은 학교 영문과 교수인데 깊은 관계입니다."

다음 사진에는 장치와 사내의 정사 장면이다. 장치가 밑에 깔려 있어서 얼굴이 다 드러났다. 눈을 치켜뜬 장치가 입을 딱 벌리고 있다. 위의 남자는 뒤쪽 알몸만 보인다.

"아아악."

절정에 오른 장치가 몸을 굳히며 소리쳤다. 아마 지금과 같은 외침일 것이다. 서동수는 절정에 오른 장치의 몸을 뒤에서 껴안았다.

즐거운 인생

아침 식사는 된장국에 김치 반찬으로 밥을 먹었는데 장치가 조선족 가정부를 고용했기 때문이다.

"맛있군."

밥을 반쯤 먹은 서동수가 치사를 했지만 이런 희한한 아침식사는 처음이었다. 된장은 국적불명이어서 치즈에 케첩이 섞인 맛이 났고 김치는 싱거운 데다 고춧가루가 아무래도 톱밥을 물들인 것 같았다. 그래서 김에 밥을 싸먹다가 만 것이다. 식사를 마친 서동수는 가방을 챙기다가 안에서 봉투 하나를 꺼내 장치에게 내밀었다.

"지난번에 영문과 교수들하고 미국 여행을 간다고 했지? 이거, 경비로 써."

장치가 눈을 크게 뜨고 봉투를 받았다.

"잊지 않고 있었네요?"

"아, 내가 잊을 리가 있나? 당신 일인데."

"얼마예요?"

봉투에서 통장을 꺼낸 장치의 눈이 둥그레졌다.

"아, 10만 불이나."

"여행 경비는 넉넉하게 가져가야 돼."

"고마워요, 여보."

정장 상의를 입은 서동수가 현관으로 나가면서 물었다.

"언제 간다고 했지?"

"일주일 후예요."

"알았어."

현관에 선 서동수의 뒤에서 장치가 두 팔로 껴안았다.

"여보, 우린 좋은 짝이 될 거예요."

"그럼, 당연하지."

몸을 돌린 서동수가 장치의 입술에 키스했다. 서동수의 목을 두 팔로 감아 안은 장치가 혀를 내밀어 주었다가 아쉬운 듯 입을 떼었다. 대문으로 나왔을 때 기다리고 있던 최성갑과 조기택이 맞는다. 차에 오른 서동수가 등받이에 몸을 기대고는 길게 숨을 뱉었다.

"장관님, 오늘 오전 6시부터 시작했습니다."

옆에 앉은 조기택이 말했으므로 서동수는 손목시계부터 보았다. 오전 8시 반이었으니 한국은 9시 반일 것이다. 시작한 지 3시간 반이 지났다. 조기택이 말을 이었다.

"언론이 이제야 떠들기 시작했는데 아마 지금쯤 절반은 잡아들였을 것입니다."

서동수가 머리를 끄덕였다. 지난번 평양에서 서울로 들어갔을 때 대통령에게 가방 하나를 전해준 것이다. 김동일 위원장이 한국 대통령에게 준 선물이다. 가방 안에는 20여 년 동안 북한정권의 간첩 노릇을 한 한국 측 인사들의 명단이 증거자료와 함께 들어 있었는데 무려 1만여 명이나 되었다. 모두 신분이 확실하고 유명인사가 많았다. 그들을 오늘 체포하는 것이다.

"난리가 나겠군."

서동수가 혼잣소리처럼 말했더니 조기택이 바로 대답했다.

"예, 8시 정각에 대통령이 비상사태를 선포했습니다만, 별일은 없습니다."

"시민들 반응은?"

"모두 박수를 치고 환호합니다. 물론 반대하는 자들이 대부분 잡혀가고 있기 때문이겠지요."

쓴웃음을 지은 조기택이 말을 이었다.

"제일 웃기는 것이 평화통일 콘서트를 한다고 전국을 일주하던 유덕순 박사가 인천공항을 통해 도망치려다가 출국장에서 체포되었습니다. 유덕순은 공작금 35만 불을 받았더군요."

"……."

"같이 다니던 변호사 두 명도 조금 전에 인천항에서 중국 가는 배를 타려다가 체포되었습니다. 의심이 가던 인간들은 다 간첩이더군요."

서동수는 쓴웃음만 지었다. 다 알고 있었지만 증거가 없었을 뿐이다.

베이징 공항에는 같이 신의주에 들어가려고 부장관 최봉수가 기다리고 있었다. 최봉수는 중국 출장을 나온 것이다.

"장관 동지, 한국에서 비상사태를 선포했더구먼요."

전용기에 탑승했을 때 최봉수가 기다리고 있었던 것처럼 바로 말했다. 서동수가 웃음만 띠우자 최봉수는 말을 이었다.

"북조선은 배신자들을 다 신의주로 추방했는데 남조선도 지금 잡아들이는 사람들을 신의주로 보낼까요?"

북한 측 부장관 최봉수는 지금 신의주에 와 있는 배신자들에게 적개심을 품고 있다. 그래서 사사건건 비협조적이었는데 서동수로서는 난데없는 질문이었다. 상상도 못했던 방법이었기 때문이다. 그때 뒤쪽에 앉았던 감찰비서관 조기택이 나섰다.

"아니, 부장관님. 갑자기 그건 무슨 말씀입니까? 한국과 북한은 경우가 다르지요. 안 그렇습니까?"

군 출신인 조기택 또한 북한 측 인사에 대해서는 비판적이다. 최봉수가 대답을 하기도 전에 조기택이 말을 이었다.

"신의주로 간 놈들은 쿠데타에 실패해서 모여 있는 것을 우리 장관께서 서로 불상사가 일어나지 않도록 구명해 주신 것이지만 한국의 간첩들은 경우가 다르지요."

"남조선의 반발 세력들은 어쩌다가 거사가 실패한 것입니까?"

최봉수가 묻자 조기택과 서동수가 서로의 얼굴을 보았다. 대통령이 비상사태를 선포할 때도 간첩들의 명단을 김동일한테서 받아왔다고는 말하지 못 한 것이다.

그때 대답을 기다리는 최봉수에게 서동수가 말했다.

"내가 평양에서 위원장 동지로부터 남한 간첩들의 명단을 받아온 겁니다."

숨을 들이켠 최봉수의 얼굴이 누렇게 굳어졌고 서동수가 말을 이었다.

"그걸 남한 대통령께 드렸고 그 명단을 갖고 오늘 간첩들을 소탕하는 겁니다."

"그렇군요."

억양 없는 목소리로 말한 최봉수가 천천히 머리를 끄덕였다.

"신의주로 온 놈들하고는 경우가 다르군요."

"그 사람들, 어차피 통일이 되었어도 살아남기 힘들었을 겁니다."

조기택이 다시 거들었다. 눈만 껌벅이는 최봉수를 향해 조기택이 말을 이었다.

"남한 주도로 되든, 북한 주도로 되든 그자들의 입지는 가장 불안할 겁니다. 북한 지배 체제 안에서도 견디기가 힘들다는 것을 잘 알 테니까요. 그러니까 미리 김 위원장님한테서 팽을 당한 것이지요."

어느새 비행기는 베이징 공항을 이륙해 동쪽으로 향해 기수를 돌리고 있다. 오늘은 조기택이 여느 때와 달리 들떠 있다. 눈빛까지 달라져 있다.

"북한도 그렇지만 남한은 해방 후 76년 가깝게 공산당 프락치, 친북, 종북, 간첩 등쌀에 시달려 왔지요. 그런데 오늘, 말끔하게 청소를 합니다. 모두 김동일 위원장 덕분이지요."

서동수는 숨을 들이켰다. 김동일 위원장 덕분이라는 말이 뜬금없기는 했지만 뱉고 보니 맞기도 하다. 최봉수가 김동일 이름을 듣더니 치켜세웠던 어깨가 내려가고 있다.

"그렇지."

서동수가 맞장구를 쳤다.

"난 이 모든 것이 김동일 위원장의 덕분이라는 생각이 들어요. 젊은 대장의 위대함을 느끼게 되었어."

그러자 최봉수가 숨을 들이켜더니 어깨를 부풀렸다. 역사는 그렇게 만들어지는 것 아닌가? 누가 주인공이 되건 간에 백성은 등 따습고 배

부르면 좋은 것이다.

장관실에 들어선 서동수가 자리에 앉자마자 유병선이 말했다.

"장관님, 박영진 대장이 기다리고 있습니다. 모시고 올까요?"

박영진은 김동일 최측근으로 지난번 쿠데타 미수 때 오대우와 최성일을 무력화시킨 일등공신이다. 머리를 끄덕인 서동수가 유병선 뒤에 선 전영주를 보았다. 전영주는 평양에 머물다가 박영진과 함께 온 것이다.

유병선이 서둘러 나갔을 때 전영주가 말했다.

"위원장 동지께서 안부 전하라고 하셨습니다."

전영주는 김동일의 사적 연락원 노릇을 하는 것이다. 한 걸음 다가선 전영주가 나긋나긋한 목소리로 말을 이었다.

"그리고 선물을 주셨습니다. 관사에 갖다 놓았으니까 나중에 보시지요."

"고맙군, 같이 가서 보자."

그때 문이 열리더니 박영진이 들어섰다. 웃음 띤 얼굴의 박영진이 양복 차림인데도 경례를 올려붙이더니 서동수가 내민 손을 잡았다.

"부르셔서 서둘러 왔습니다."

서동수가 김동일에게 상의할 일이 있다면서 대리인을 보내달라고 한 것이다. 인사를 마친 서동수가 박영진과 마주보고 앉았다. 배석자는 비서실장 유병선과 안보특보 안종관까지 둘이다. 전영주가 각자의 앞에 생수병을 놓고 돌아갔을 때 서동수가 말했다.

"이번에 베이징에서 저우커장 총리를 만났는데 신의주 영토를 평안북도 전체로 확대하고 중립국으로 만들자는 안을 내놓았습니다."

정색한 서동수가 말을 이었고 박영진은 긴장한 채 듣기만 한다.

"중국정부 입장은 신의주 영역을 넓히고 중국인과 자본을 대폭 투입해서 자연스럽게 중국 자치령화 시키려는 것입니다. 곧 중국정부가 북한 측에 제의를 할 겁니다."

박영진이 소리죽여 숨을 뱉었다. 이제 막 신의주 영토가 확대되어 어제부터 경계선 작업이 시작되고 있는 것이다. 새 신의주 영역은 평안북도의 4분의 1 정도가 된다. 물병을 들어 한 모금을 삼킨 서동수가 박영진을 보았다.

"지난번에 서울에 갔을 때 대통령님과 이런 상황에 대한 이야기를 한 적이 있습니다. 한국정부는 이런 상황에 대비해서 그동안 정책을 수립해 놓았는데…."

어깨를 편 서동수가 말을 이었다.

"받아들이자는 것이었습니다."

"아니, 그렇다면…."

박영진의 목소리는 갈라져 있다.

"그, 평안북도에 중국인들이 쏟아져 들어오면 나중에는 자치령이 되는 것 아닙니까? 저기 위구르나 티베트, 내몽골처럼…."

"그렇게 될 수도 있겠지요."

머리를 끄덕인 서동수가 말을 이었다.

"하지만 한국 정부는 그 반대의 경우도 가능성이 있다고 판단한 것 같습니다."

"그 반대의 경우라니요?"

"그건 곧 한국 정부에서 위원장님께 밀사를 파견하도록 연락하겠습니다. 전문가들의 이야기를 직접 들어 보시는 것이 낫겠지요."

"그러는 것이 낫겠습니다."

심호흡을 한 박영진이 대놓고 살았다는 표정을 지었다.

"저는 언변이 부족해서 위원장 동지께 어떻게 말씀 드려야 할지 생각만 해도 진땀이 났습니다."

서동수는 쓴웃음만 지었다. 그렇다. 이것도 대세다. 대세는 막으려고 하면 안 된다. 그 대세를 우리가 이용하는 방법을 찾으면 된다. 남북한의 국력이 모아지면 그것이 가능하지 않겠는가? 한반도 5000년 역사에 이런 기운이 처음 아닌가?

"그럼 제가 내일 아침에 평양에 다녀오겠습니다."

서동수의 말이 끝났을 때 전영주가 말했다. 지금 둘은 알몸으로 욕조에 들어가 있다. 욕조는 타원형으로 커서 다섯 명이 들어갈 만했는데 전영주는 서동수의 뒤에 앉아 어깨를 주물러주고 있다. 물이 조금 뜨거워서 둘의 얼굴은 적당하게 상기되었다.

"남한에서 파견된 밀사들의 이야기를 듣고 나면 위원장께서도 동의하시겠군요?"

"위원장님 말씀을 듣고 오도록."

"알겠습니다."

전영주가 뒤에 바짝 붙어 앉아 있었으므로 젖가슴이 등에 닿았다.

"어, 시원하다."

서동수가 몸을 뒤로 눕히면서 만족한 숨을 내쉬었다. 그러자 바짝 좁혀진 전영주의 젖가슴이 밀착되었다.

"보고받으셨죠?"

어깨 주무르기를 포기한 전영주가 두 팔로 서동수의 허리를 당겨 안으면서 물었다. 이제 두 몸은 빈틈없이 붙었다. 둘 다 두 다리를 쭉 뻗고 뒤에서 전영주가 안고 있는 자세다.

"뭘 말이야?"

앞으로 뻗쳐진 전영주의 다리를 잡고 흔들면서 서동수가 물었다. 욕조의 물이 출렁였다. 전영주가 볼을 서동수의 등에 붙이면서 대답했다.

"장 교수님 애인이 있다는 것 말씀입니다."

"……."

"같은 대학의 영문과 교수라고 하는데요. 이번에 같이 미국 여행을 떠난다고 하던데요."

"……."

"1년쯤 전부터 깊은 관계가 된 것 같습니다. 자세한 자료는 모두 제가 갖고 있는데요. 보여 드릴까요?"

"……."

"화나셨어요?"

얼굴을 뗀 전영주가 물었으므로 서동수가 두 다리를 당겨 안았다. 다리가 물 위로 떠오르면서 전영주의 몸이 바짝 붙었다.

"내가 이러고 있는데 무슨 화가 나?"

"참, 나."

전영주의 목소리에도 웃음기가 배었다.

"정말 그러네요."

"어디 여자가 또 하나둘이냐?"

"맞아요."

"다 알면서 왜 싸움을 붙여?"

"남자는 다 그런 거 아닌가요?"

전영주가 서동수의 허리를 바짝 당겨 안더니 얼굴도 다시 등에 붙였다.

"저한테는 괜찮아요. 마음 놓고 화내셔도 돼요."

"그 정보, 나한테 전하라고 하더냐?"

"네, 장관님."

서동수가 팔을 뻗어 전영주의 어깨를 잡아 앞으로 끌어내었다. 욕조 안 물이 출렁대면서 밖으로 쏟아졌고 얼굴이 더 상기된 전영주가 앞으로 끌려 나와 서동수의 품에 안겼다. 이제는 전영주가 서동수의 다리 위에 앉은 셈이다. 서동수가 전영주의 젖가슴을 움켜쥐며 말했다.

"같이 산다면 너하고 둘이 살고 싶다."

"나오미 씨는 어때요?"

"생각 안 해봤어."

서동수가 전영주의 입술에 가볍게 키스를 하고는 웃었다.

"적당한 질투가 자극이 되는군."

"저 좋아하세요?"

"아주."

"민혜영 씨보다 더요?"

"이런."

입맛을 다신 서동수가 전영주를 바짝 끌어당겼다. 그러자 남성이 부딪쳤고 전영주가 몸을 비틀며 말했다.

"물속에선 싫어요. 나가요."

눈을 뜬 서동수는 먼저 가슴에 안겨 있는 전영주부터 느꼈다. 눈이 보이지가 않아서 전영주의 촉감부터 느낀 것이다. 안의 불이 환해서 몇 시가 되었는지 알 수가 없다. 그때 전영주가 말했다.

"오전 네 시 반이 되었어요."

"그런가?"

서동수가 전영주의 알몸을 당겨 안았다. 두 번이나 터트렸지만 다시 머리에 열기가 올랐고 남성에 기운이 뻗쳐지고 있다. 그때 전영주가 몸을 비틀면서 말했다.

"오늘은 그만요. 저, 가봐야 돼요."

"10분만 더 있다가."

"이건 참으세요. 네?"

전영주가 두 손으로 서동수의 남성을 감싸 쥐며 웃었다. 서동수가 전영주의 눈에 입술을 붙였다가 떼고 말했다.

"내 주변에서 네가 가장 순수한 것 같다는 생각이 든다."

"왜요?"

"그저 느낌이야."

"저, 특별지시 받지 않은 지 꽤 오래되었습니다. 요즘은 장관님의 동향보고도 하지 않아요."

"믿어주지."

"정말이에요."

남성에서 손을 뗀 전영주가 서동수의 목을 두 팔로 감아 안았다. 숨결에서 오렌지 냄새가 맡아졌다.

"위원장 동지께서 가장 믿고 의지하시는 분이 바로 장관님이십니다."

"그럴 리가."

"어제 평양으로 돌아가신 박영진 대장도 그렇게 말했습니다."

"내가 인기가 좋구나."

서동수가 전영주의 허리를 당겨 안았다.

"난 이때가 가장 좋다."

"신의주가 더 넓어지면 곧 북남의 중심이 되겠지요?"

"그렇게 되겠지."

"누가 통일 조선을 이끌어 갈까요?"

그때 서동수가 풀썩 웃었다.

"통일 조선이라고 했니?"

"네."

서동수의 목을 감싸 안은 전영주가 정색하고 보았다.

"우린 그렇게 부르고 있어요."

"한국에서는 통일 대한민국이라고 한다."

"그렇군요."

"김 위원장님이 통일 대한민국을 이끌어 갈 수도 있지."

서동수가 전영주의 이마에 턱을 붙인 채 말을 이었다.

"위원장에게도 그렇게 말씀드렸다."

전영주는 대답하지 않았지만 이해할 것이다. 대한민국 체제로 통일된다면 누가 이끌어가든 무슨 상관이란 말인가? 지도자는 국민의 투표에 의해서 선출될 뿐이다. 그때 전영주가 몸을 비틀어 서동수의 품에서 빠져나왔다. 벽시계가 오전 5시를 가리키고 있다.

"저, 다녀올게요."

옷을 챙겨 욕실로 향하면서 전영주가 말했다.

"다시 주무세요."

서동수가 다시 눈을 떴을 때는 오전 7시 반이다. 한동안 천장을 바라본 채 누워 있던 서동수가 인터폰의 버튼을 눌렀다. 그러자 곧 비서 최성갑의 목소리가 울렸다.

"예, 장관님."

"나, 서울에 가야겠어."

"예, 알겠습니다."

"이번에는 비공식, 밀행이야. 그러니 유 실장, 안 특보에게만 이야기하고 준비하게."

어차피 한국 정보기관에서는 알겠지만 밀행을 보호해줄 것이다. 침대에서 일어난 서동수가 혼잣말을 했다.

"욕심을 버리면 즐거워지는 거야."

이번에는 비공식 방문도 아니고 완전 밀행(密行)이다. 그래서 정보기관도 서동수의 동선을 알고 있겠지만 시치미를 떼고 있을 것이다. 오후 2시 반, 서동수는 동성그룹 서울 사무실 현관 안으로 들어섰다. 수행원은 최성갑 하나뿐이다. 옅은 색 선글라스를 끼고 추운 날씨여서 오리털 점퍼를 입은 서동수를 알아보는 사람은 없다. 회장실은 건물 20층에 있었기 때문에 엘리베이터에 탄 서동수와 최성갑은 안쪽으로 들어가 벽에 등을 붙이고 섰다. 동성 소유인 양재동의 20층짜리 이 건물은 3층에서부터 20층까지 동성그룹이 사용하고 있다. 25인승 대형 엘리베이터여서 서동수가 먼저 탄 뒤 10여 명을 더 태운 후에야 출발했다. 그때 앞쪽에 탄 사내가 제법 커다란 목소리로 말했다.

"이봐, 김 부장. 인원 계획 다시 작성해서 보내."

"예, 상무님."

옆쪽 사내가 공손하게 대답했다.

"내일까지야, 알았어?"

"예, 상무님."

엘리베이터 안 분위기가 무거워졌다. 상무라는 사내는 서동수 앞쪽 세 번째였는데 들어올 때 보니까 얼굴이 상기되었고 곧 엘리베이터 안에 술 냄새가 덮였다. 점심을 먹으면서 낮술을 마신 것 같다. 상무 주위에 둘러선 사내들은 대여섯 명으로 위축된 듯 몸을 굳히고 있다. 그때 엘리베이터가 멈추더니 앞쪽 여직원 둘이 내렸고 남자 셋이 탔다. 셋은 일제히 상무라고 불린 사내를 향해 머리를 숙여 인사를 하더니 구석으로 비켜섰다. 다시 엘리베이터가 올라가기 시작했을 때 상무가 말했다. 이제는 거침없이 말한다.

"공장 새끼들이 아직 정신 못 차렸어. 지금이 어떤 때라고."

모두 숨을 죽였고 상무의 말이 이어졌다.

"개새끼들."

그때 다시 엘리베이터가 멈췄다. 10층이다. 서동수는 최성갑의 뒤로 몸을 숨겼다. 문이 열리면서 사내들이 모두 내렸는데 두어 명이 이쪽을 힐끗거렸지만 최성갑 뒤의 서동수는 보이지 않았다. 상무라고 불린 사내는 40대 후반쯤으로 서동수에게는 초면이다. 엘리베이터에 둘이 남았을 때 서동수가 쓴웃음을 지었다.

"모두 술을 마셨군."

아직 버튼을 누르지 않았으므로 20층 버튼을 누른 서동수가 최성갑에게 지시했다.

"저 상무가 누군지, 어떻게 입사했는지 은밀하게 조사해 보도록."

"예, 장관님."

"유 실장한테 상황을 설명하면 금방 알려줄 거야."

엘리베이터가 멈추자 둘은 붉은색 양탄자가 깔린 복도로 나왔다. 이곳은 비서실과 기조실, 대표이사실, 회장실이 있는 곳이다. 서동수가 20층 버튼을 미리 눌렀다면 상무는 큰소리를 치지 않았을 것이다. 둘이 비서실로 다가갔을 때 안내 데스크에 앉아 있던 여직원이 물었다. 인형처럼 매끄러운 곡선의 여직원이다.

"저, 어디서 오셨죠?"

여직원의 시선이 서동수를 스치고 지났지만 모르는 것 같다. 그때 다가선 최성갑이 대답했다.

"저, 회장실에 가려는데요."

무뚝뚝한 표정에다 억양 없는 목소리였고 최성갑은 건장한 체격이다. 여직원의 눈동자가 흔들렸다. 불안해진 표정이다.

"회장님은 안 계시는데요. 실례지만 누구십니까?"

뒤에 서 있던 서동수가 소리 죽여 숨을 뱉었다. 하긴 이곳에는 일 년 만에 왔다.

그때 심호흡을 하고 난 최성갑이 정색하고 말했다. 서동수는 최성갑의 뒤에 서 있다.

"제가 지금 회장님을 모시고 왔습니다."

"네?"

여직원의 인형 같은 얼굴이 찌푸려졌다. 아마 모시러 왔다고 들은 것 같다. 그때 옆쪽 문이 열리면서 남자 직원 둘이 나왔다. 그쪽은 비서실이다.

"무슨 일로 그러시죠?"

다가온 직원 하나가 조금 긴장된 표정으로 물었는데 아마 여직원이 호출 버튼을 누른 것 같다. 마침내 최성갑이 조금 큰 목소리로 말했다.

"내가 지금 회장님을 모시고 왔단 말이오. 이 사람들이 정말."

그때 뒤쪽 사원 하나가 서동수를 보더니 입을 딱 벌렸다. 마침 서동수는 선글라스를 벗어 든 참이었다. 이 사원은 서동수를 알아본 것이다. 이런 우여곡절 끝에 서동수가 회장실에 들어서자 곧 본사 사장 박윤호가 서둘러 따라 들어왔다. 50대 초반의 박윤호는 전문경영인으로 대기업인 대진상사 사장 출신이다.

"회장님 오신다고 말씀해 주셨으면 그런 결례가 없었을 텐데요."

당황한 박윤호가 두 손을 모으고 서서 말했다. 안내 데스크 이야기를 들은 것이다. 쓴웃음을 지은 서동수가 잠자코 박윤호를 보았다. 박윤호는 동성에 채용된 지 1년도 되지 않는다. 창립멤버가 아닌 것이다. 창립멤버 대부분은 계열사 사장이 되어 있다.

서동수가 박윤호로부터 현황 브리핑을 듣고 돌려보냈을 때는 세 시간쯤이 지난 후였다. 방 안에 혼자 남았을 때 최성갑이 들어와 앞쪽 탁자에 프린트된 서류를 내려놓았다.

"유 실장한테서 온 보고서입니다."

서류를 집어 든 서동수에게 최성갑이 말을 이었다.

"엘리베이터에서 보신 상무는 인사담당 중역인 허재영 상무입니다."

서동수가 서류를 펼쳤다. 허재영은 45세, 인사담당 상무가 된 지 6개월쯤 되었다. 입사 경력은 1년 반인데 유진건설의 총무이사를 지내다가 동성상사 총무부 이사로 채용된 것이다. 그때 최성갑의 목소리가 울렸다.

"서류에는 기록되지 않았지만 유 실장이 회장님께 구두로 보고하라고 전했습니다."

"…"

"허재영 상무는 전성남 사장의 처남이라고 합니다."

"…"

"회사에는 비밀로 했지만 소문이 퍼진 것 같습니다. 허재영 상무가 위세를 부리는 바람에 자연스럽게 알게 된 것이죠."

서동수는 머리를 끄덕였다. 전성남은 계열사인 동성유통의 사장이다. 동성유통은 전 세계에 뻗친 동성그룹 유통 사업을 총괄하는 핵심 회사인 것이다. 그때 최성갑이 손에 들고 있던 서류 한 장을 서동수 앞에 내려놓았다.

"여기 전 사장의 인맥이 있습니다."

최성갑이 유병선으로부터 직접 받아 놓은 것 같다. 서동수가 서류에 적힌 내용을 보고는 다시 호흡을 골랐다. 전성남의 인맥이 적혀 있는 것이다. 동성상사는 물론이고 해외 법인에도 대여섯 명씩이나 중역급으로 박혀 있다. 동성유통 본사에는 중역급만 3명, 부장급은 6명이며 대리급 이상은 20여 명이나 된다. 모두 친인척, 그야말로 사돈의 8촌까지 포함되었으며 친구의 동생과 처제, 학교 은사의 딸까지 있다. 전체로는 200여 명, 중역급이 17명, 부장급은 36명이다. 이윽고 머리를 든 서동수가 웃음 띤 얼굴로 최성갑을 보았다. 서동수의 시선을 받은 최성갑이 어깨를 늘어뜨렸다. 전성남은 창립멤버 중 하나인 것이다.

그날 밤, 서동수는 양재동의 한정식 식당 방 안에서 조기택과 둘이 마주 앉아 있다. 조기택은 저녁 무렵에 한국에 도착한 것이다. 상에는 서동수가 좋아하는 한정식 요리가 가득 놓였지만 거의 손을 대지 않았다. 주전자에 담은 소주만 두 주전자째 마시는 중이다. 술잔을 든 서동수가 붉어진 얼굴로 조기택을 보았다.

"당연하다는 생각이 들어요. 내가 그런 식으로 회사를 배신한 셈이니까."

"아닙니다."

얼굴을 굳힌 조기택이 서동수를 보았다.

"회장님께선 동양을 나오실 때 배신하신 것이 아닙니다. 그건 제가 압니다."

서동수는 초점이 먼 시선으로 조기택을 보았다. 그렇게 볼 수도 있다. 도태되기 전의 몸부림이었다. 절박했다. 그때 조기택이 말을 이었다.

"전성남 씨는 회장님께서 동성을 창립하신 지 2년 후에 전문 관리직으로 영입하셨습니다. 전성남 씨는 그 당시에 대호상사 관리부장으로 재직하다가 사표를 낸 지 3개월이 되었지요."

전성남을 소개해준 사람은 고등학교 선배인 임준호다. 전성남은 임준호의 친척이 된다고 했다. 행정고시에 패스해서 상공자원부 공무원이었던 임준호는 고등학교 6년 선배로 가끔 부탁을 들어주었던 관계였다. 조기택이 서동수의 잔에 소주를 따랐다.

"전성남 씨가 대호상사를 그만둔 것도 인사에 부정이 있었기 때문입니다. 회사에서는 그 증거를 갖고서도 전성남 씨가 자진 퇴사하는 것으로 마무리를 지었지요."

"……."

"왜냐하면 전성남 씨가 회사의 약점을 폭로한다면서 협박했기 때문입니다."

머리를 든 서동수가 쓴웃음을 지었다. 조기택은 신의주 행정청의 감찰비서관이다. 서동수로부터 내막을 들은 지 다섯 시간 만에 전성남의 15년 전의 비밀을 추적해낸 것이다.

"하지만 전 사장은 입사 후에 동성의 뼈대를 굳히는 데 일조를 했어요."

"그러면서 재산을 엄청나게 축적했더군요. 처자식 명의로 분산시켜 놓은 부동산이 700억 원대가 됩니다."

조기택이 손에 든 서류를 보았다.

"요즘은 몇 시간이면 추적이 됩니다. 실명제인 데다 컴퓨터 조회가 되니까요."

놀란 서동수가 숨을 들이켰다. 자신보다 부동산이 많은 것이다. 서동수의 재산은 대부분 주식으로 형성되어 있기 때문이다. 머리를 든 조기택이 서동수를 보았다.

"이런 말씀 드리기 거북하지만 회장님께선 암세포를 키우고 계셨습니다. 바로 수술해서 암을 제거해야 할 것 같습니다."

서동수는 다시 잔을 들어 술을 삼켰다. 화가 나지는 않는다. 처음 유병선한테서 전성남의 인맥을 들었을 때는 놀랐지만 그럴 만한 인간이란 생각이 들었다. 조직관리 능력이 뛰어난 위인인 것이다. 이윽고 잔을 내려놓은 서동수가 조기택을 보았다.

"다행히도 난 약점이 없어요. 전성남이 협상을 할 수가 없을 거요."

"어떤 방법으로 처리하시겠습니까?"

조기택이 조심스럽게 묻자 서동수가 긴 숨을 뱉고 대답했다.

"준비를 철저히 해놓고 공개적으로 처리합시다. 회사 결산 자료가 다 노출되어도 돼요."

"예, 회장님."

조기택은 아까부터 회장님이라고 부른다. 지금 동성그룹 회장과 만나고 있다는 것을 스스로 확인하는 것 같다. 조기택이 서동수의 시선을 받고는 머리를 끄덕였다.

"무슨 말씀인지 이해가 갑니다. 동성을 모두 공개하겠다는 생각이시군요."

"방에서 계속 혼자 있었단 말이지?"

다음날 오전, 동성유통의 사장실에서 전성남이 물었다. 이맛살이 찌푸려져 있다. 전성남은 50세, 둥근 얼굴에 건장한 체격이다. 머리가 벗어지기 시작해서 이마가 넓었고 이목구비가 뚜렷한 호남이다. 전성남이 앞에 앉은 허재영을 보았다. 상사에 있던 허재영을 유통 사장실로 불러낸 것이다. 유통 건물도 양재동에 위치하고 있어서 차로 5분 거리다. 머리를 든 허재영이 대답했다.

"예, 회장실에서 아무도 부르지 않고 수행비서 시켜서 이곳저곳에 연락을 하는 것 같더니 7시쯤 혼자 나갔습니다."

"박 사장도 부르지 않고?"

"예, 부를까봐 회의도 취소하고 기다리고 있었는데요."

"하긴 나한테도 연락을 안 했으니까."

어깨를 부풀렸다가 내린 전성남이 쓴웃음을 지었다.

"아마 정치인들하고 연락했겠지, 회사 일에 신경 쓸 여유가 어디 있어?"

"예, 하긴…."

"그런데 이번에 너희들 상사에서 이사 진급은 다섯으로 늘릴 테니까 네가 두 명쯤 더 알아봐."

"그건 염려하지 마십시오."

어깨를 편 허재영의 얼굴에 웃음이 떠올랐다. 정기 인사가 한 달밖에 남지 않은 것이다. 동성상사는 동성그룹의 모(母)회사지만 유통 사장 전성남은 이사 진급 심의위원장인 것이다. 심의위원은 각 계열사 사장 6명으로 구성되었는데 전성남이 조사팀까지 지휘하고 있어서 독주하는 것이나 마찬가지다. 허재영이 목소리를 낮췄다.

"제가 두 명 골라서 각각 3억씩 걷겠습니다."

"잘 하겠지만 증거를 남기지 마라."

"제가 어디 한두 번 합니까?"

"너 혹시 가운데서 빼가는 건 아니지?"

"그럼 제가 천벌을 받습니다."

"천벌이 어디 있어, 인마."

"속일 사람이 없어서 제가 매형을 속입니까?"

"너, 나 팔고 다니지 마."

"아니, 무슨 말씀입니까?"

눈을 치켜뜬 허재영이 전성남을 쏘아보았다. 얼굴까지 굳어져 있다.

"누가 그럽니까? 우리 사이는 아무도 모릅니다. 여기 비서실에서도 10분이나 기다렸다가 들어왔단 말입니다."

"인마, 그건 눈치 채게 하지 않으려고 내가 그런 거야."

쓴웃음을 지은 전성남이 다시 화제를 돌렸다.

"그런데 그 양반이 도대체 어디 간 거야? 나한테는 꼭 연락을 하던 양반이."

"여자 만났을지도 모르지요."

"하긴."

전성남이 소파에 등을 붙였다.

"그 양반이 좀 밝히지."

"신의주 장관으로 오래 갈 것 같은데 동성 경영에는 손을 떼어야 하는 것 아닙니까?"

"곧 그렇게 될 거다."

"그럼 매형이 회장이 되셔야죠."

"야, 시끄러."

얼굴을 굳힌 전성남이 허재영을 노려보았다.

"미래를 생각하고 행동을 조심하란 말이다. 이번 이사 진급 건은 실수 없도록 만전을 기해야 돼."

"절대로 말 새나갈 이유가 없습니다."

머리까지 저은 허재영이 말을 이었다.

"제가 녹음장치까지 확인하고 접촉합니다. 그리고 그들도 걸리면 공멸하는 걸 아니까 저보다도 더 조심한다고요."

그리고 현금도 국내 계좌로 받지 않는 것이다. 해외 계좌다.

동성제과는 연간 매출액이 300억 규모로 동성의 37개 계열사 중 매출 실적으로는 최하위다. 사장은 김창국, 52세로 서동수가 동양전자에서 영업팀장을 할 때 하청공장 공장장을 했던 인연이 있다. 그러다 공장이 부도가 나자 서동수를 찾아왔는데 그것이 10년 전이다. 김창국은 의류 관리부에서부터 시작했다가 3년 전에 동성제과를 맡았다. 그런데 회사가 충남 천안에 있어서 본사가 위치한 서울 왕래가 드물었다. 오후 4시, 천안시 외곽 국도변의 식당 안으로 들어선 김창국이 안쪽 테이블에 앉아 있는 서동수를 향해 허리를 꺾어 절을 했다. 식당은 텅

비어서 손님은 그들 둘뿐이다. 미리 이야기를 해놓아서 김창국이 들어섰어도 종업원들은 나타나지 않았다. 자리에서 일어선 서동수가 웃음 띤 얼굴로 김창국을 맞았다. 서동수가 이곳으로 불러낸 것이다. 누구한테도 알리지 말고 직접 차를 몰고 오라고 했기 때문에 김창국은 잔뜩 긴장하고 있다. 마주보고 앉았을 때 서동수가 김창국 앞에 생수병을 내려놓으면서 물었다.

"멀리 떨어져 있으면 그림이 더 잘 보인다고 하죠. 어떻습니까?"

"뭐가 말씀입니까?"

서동수 앞에서는 팀장과 공장장 관계였을 때도 긴장했던 김창국이다. 조심스레 묻고 나서 김창국은 기다렸다. 신중한 성격이다. 서동수가 차분해진 표정으로 김창국을 보았다.

"동성 말입니다. 사장단 문제, 경영관계, 회사 분위기, 경영진 소문, 인사 문제까지 여기선 어떻게 보입니까?"

김창국이 어깨를 부풀렸다가 내렸지만 시선은 떼지 않았다. 37개 계열사 사장 중에서 야간대 출신은 김창국뿐이다.

고등학교도 검정고시로 졸업했다. 전자부품 공장경력 23년, 18살부터 근무해서 17년 만에 공장장이 되었지만 5년 후에 부도가 났다. 그러고 나서 1년간 공사장 잡부로 일하다 동성에 온 지 10년이다.

서동수는 잠자코 기다렸다. 머리가 반백인 김창국이 두 눈을 깜박이지도 않고 서동수를 응시하고 있다. 검은 피부, 이마의 주름살이 깊다. 영등포의 33평짜리 아파트에 12년째 살고 있는데 큰딸은 경찰 시험에 합격해서 여순경이 되어 있고 둘째 딸은 올해 대학을 졸업하고 초등학교 교사다. 그때 김창국이 말했다.

"동성 주가가 지금은 계속 오르지만 장관께서 회사로 돌아오시면 곤두박질을 칠 것 같습니다."

그것은 증권가에서 진작부터 나온 이야기다. 지금은 너무 자주, 오래 들은 터라 모두 면역이 되어 있다. 다시 김창국이 말을 이었다.

"주인이 없는 회사는 방만해지기 마련입니다. 동성에는 지금 주인이 없지 않습니까?"

한 모금 물병의 물을 삼킨 김창국이 물끄러미 서동수를 보았다.

"제 회사가 아닌데 제 회사처럼 아끼고 아랫사람들에게 모범을 보이기를 바라는 것이 욕심이겠지요."

"……."

"배가 부르면 게을러집니다. 게을러지면 어떻게 되는지 아십니까? 앞을 보는 것이 아니라 옆을, 뒤를 봅니다."

"……."

"2년쯤 전부터 동성이 게을러졌습니다. 지금 매출이 늘어나는 것은 거품입니다. 어느 한순간에 꺼질 수가 있습니다."

서동수가 머리를 끄덕이며 웃었다. 그러고 보면 서동수 자신도 배가 부르고 게을러져 있는 것이다. 배가 고플 때는 앞만 보았고 끊임없이 새로운 방법이 솟아났다. 그런데 지금은 아니다. 서동수의 어금니가 저절로 물어졌다.

그날 밤, 서동수는 고교 동창 강정만과 둘이 서울 방배동의 한식당 방 안에 마주앉아 있다. 온돌방에 놓인 상 위에는 한정식 요리가 가득 차려졌는데 찜과 전, 무침에다 젓갈은 네 종류나 된다. 술은 주전자에 담긴 소주다. 오후 8시 반, 지금은 독립해서 건설회사 사장이 되어 있는 강정만이 문득 물었다.

"야, 미혜가 몇 살이지?"

"스무 살."

"다 컸네."

술잔을 든 서동수의 얼굴에 웃음이 떠올랐다. 미혜는 이제 대학 2학년으로 장학금을 받는다. 아버지가 신의주 장관이라고 장학금을 주는 것이 아니다. 그때 강정만이 다시 물었다.

"장치하고 결혼할 거냐?"

"아니."

서동수가 저절로 뱉어낸 제 말을 제 귀로 듣고 방긋 웃었다. 그러나 강정만은 얼굴이 굳어졌다. 장치와 결혼할 것이라고 세계만방에 보도가 되었기 때문이다.

"안 해? 내가 엊그제에도 신문 보도를 본 것 같은데? 너희 둘이 결혼한다고."

"안 해."

"왜?"

"이 정도면 목적은 달성했으니까 결혼은 필요 없어. 지금처럼 가끔 만나서 회포를 풀어도 돼."

"목적이 뭐였는데?"

"한·중 연합이지."

"나는 도무지……."

그것으로 강정만이 말을 그쳤지만 장치의 남자관계를 언급할 생각은 없다. 배신감도 느껴지지 않았고, 시간이 지나자 오히려 장치에게 미안한 감정이 들었다. 여자의 불륜에 대한 책임의 절반은 남자에게 있는 것이다. 그때 서동수가 강정만을 노려보았다.

"야 인마, VIP 접대가 이 따위냐?"

"가만."

이맛살을 찌푸린 강정만이 손목시계를 보는 시늉을 하더니 말을 이었다.

"내가 너 때문에 얼마나 신경을 썼는지 알아? 야, 아무나 데려올 수가 있느냐고?"

"그 자식, 생색은."

"10분만 기다려 봐."

"도대체 누굴 부른 거야?"

"기다려."

술잔을 든 강정만이 입을 다물었다. 이 식당은 강정만의 단골집인 것이다. 그러나 강정만은 파트너를 다른 곳에서 불렀다고 했다.

"소문이 나면 어때? 내가 여자 밝힌다는 건 세상 사람들이 다 안다. 공짜로 연애하는 놈들이 겁내지, 난 안 그래."

그때 문에서 노크 소리가 들렸으므로 서동수가 입을 다물었다. 곧 문이 열리더니 여자들이 들어섰다.

"아이고, 어서 와."

반색을 한 강정만이 벌떡 일어났다.

"안녕하셨어요?"

앞장선 여자가 강정만과 서동수 사이에 대고 머리를 숙여 인사를 했다.

"아, 예."

엉거주춤 일어선 서동수가 인사를 받으면서 낯익은 얼굴이라는 생각이 들었다. 30대 후반이나 40대 초반쯤으로 미인이다. 뒤쪽 여자는 웃고만 있다. TV에서 보았나?

"자, 앉자고."

강정만이 자리를 권했더니 낯익은 여자가 옆에 앉는다. 그러자 자연스럽게 서동수의 옆에는 뒤쪽 여자가 앉았다.

누구일까? 서동수가 앞에 앉은 강정만의 파트너를 보면서 생각했다. 어디서 만난 여자일까? 하도 많이 겪어서 전에는 가끔 실수를 했다. 같이 잔 여자한테 모르고 작업을 건 적도 있었던 것이다.

"저 모르시죠?"

앞에 앉은 여자가 불쑥 묻는 바람에 서동수의 심장이 철렁 내려앉았다. 숨을 들이켠 서동수는 어설픈 대답은 하지 않기로 작심했다. 솔직해지자.

"미안합니다. 낯은 익은데 기억이 안 나네요."

"21년 만에 뵌 건데요. 장관께서 동양전자에 다니셨을 때."

여자가 생글거리며 말했다. 불빛에 얼굴이 비치자 연륜이 드러났다. 21년이란 선입견 때문이기도 할 것이다. 그때 20대 중반이었다고 해도 지금은 40대 중반이다. 그런데 얼핏 보면 30대 같다. 그때 강정만이 벙글거리며 거들었다.

"기억력은 깡통이군. 네가 김 여사 때문에 나하고 반년쯤 절교했잖아?"

"아."

그 순간 탄성을 뱉은 서동수가 여자를 보았다. 기억이 난 것이다. 21년 전 같은 영어회화 고급반에 다녔던 여자. 외국계 투자회사에 다닌다고 했던가? 그때 강정만과 이 여자의 마음을 얻으려고 치열하게 경쟁했다. 그러나 여자는 결국 강정만의 애인이 되었다.

"흐흐흐."

저절로 서동수의 입에서 웃음이 터졌다.

"이 자식, 이런 식으로 나한테 자존심을 세우는군. 좋다, 졌다."

그러자 강정만이 손을 저으면서 웃었다.

"아냐. 믿을 만한 여자를 고르다 보니까 김선실 씨가 생각난 거야. 나도 그때 보고 처음이다."

"그건 됐고."

서동수가 웃음 띤 얼굴로 옆에 앉은 여자를 보았다. 따라서 웃고 있던 여자가 서동수의 시선을 받더니 말했다.

"전 아녜요."

"뭐가 말입니까?"

"전에 알던 사람이 아니라고요."

"누가 뭐랍니까?"

서동수는 어깨가 가벼워지는 느낌을 받는다. 강정만과 만나기 직전까지 동성의 미래를 심각하게 의논하고 있었던 것이다. 기분 전환하려고 강정만을 불러낸 보람이 있다. 그때 김선실이 말했다.

"제 친구예요. 인사해라."

"유수경이라고 합니다."

여자가 앉은 채로 머리를 숙였는데 귀가 빨개졌다. 서동수가 홀린 듯이 여자를 보았다. 이제 제대로 얼굴이 보인다. 갸름한 얼굴형에 부드러운 눈빛, 입술은 다물어졌지만 웃음을 머금고 있다. 재킷의 벌어진 사이로 가슴골 끝 부분이 보였다.

"수경이는 혼자 사니까 장관님은 걱정하실 것 없어요."

김선실이 말을 이었다.

"장관님 이야기를 했더니 바로 나오겠다는군요. 하긴 안 나올 여자가 없지."

"어이, 그만하셔."

강정만이 김선실의 말을 막았다.

"이제 우리 둘이 오랜만에 회포를 풀자고. 옛날보다 더 아름다워졌어."

하면서 강정만이 바짝 다가앉았으므로 김선실이 눈을 흘겼다.

"누가 강정만 씨 때문에 온 줄 알아요? 서 장관님 보려고 온 거지."

"그걸 내가 모르나?"

강정만도 눈을 치켜떴다.

"떡 본 김에 제사를 지내자는 거지."

쓴웃음을 지은 서동수가 유수경을 보았다. 따라 웃던 유수경이 서동수의 시선을 받더니 물었다.

"전에 선실이 좋아하셨어요?"

"좋아했죠. 그러다 저놈한테 빼앗겼지."

이제는 서동수의 머릿속에 지난 일이 선명하게 떠올랐다. 당시에는 가슴이 미어졌다. 김선실이 강정만을 선택했다는 것을 알고 난 순간 절망했다. 그런데 지금은 도저히 그렇게 될 것 같지가 않다.

"너, 김선실이 좋아하냐?"

서동수가 묻자 강정만은 어깨를 들었다가 내렸다.

"아니, 별로."

종로의 어학원 근처 포장마차 안은 손님으로 가득 차 있다. 오후 9시, 두 시간 강의가 막 끝난 시간이다. 한 모금 소주를 삼킨 서동수가 지그시 강정만을 보았다.

"좋아, 그렇다면 내가 대시할 테니까 옆에서 기웃거리지 마. 신경 쓰인다."

"내가 인마 언제?"

강정만이 눈을 치켜떴다가 내렸다. 둘이 직선적인 성격은 비슷했지만 서동수가 보스 기질이 더 강했다. 보스의 자질은 포용력이다. 둘은 지금 어학원에서 같이 교육을 받는 김선실에 대해서 누가 임자냐를 놓고 논의 중이다. 김선실과는 2개월째 같이 공부를 했는데 셋이 술도 마셨고 영화도 보았다. 손목시계를 본 서동수가 말을 이었다.

"내가 10시에 여기서 만나기로 했으니까 넌 30분만 더 있다가 집에 가."

"시발."

"내가 너보다 더 급해."

"뭐가?"

"넌 인마, 네 회사 경리과 여직원하고 한 달에 두 번은 뛴다며?"

"그거야……."

"아니 이 새끼가."

서동수가 눈을 부릅뜨자 강정만이 술잔을 들고 한 모금에 삼켰다.

"알았다, 알았다. 알았어."

"시발놈, 옆에서 얼쩡대지 마. 앞으로는 둘이 다닐 테니까."

"아줌마, 여기 강정만이 꼼장어 하나 더요."

버럭 소리친 강정만이 손목시계를 보는 시늉을 하더니 다시 소리쳤다.

"국수 하나도 추가요."

서동수가 어깨를 부풀렸지만 참았다. 9시 45분이 되었을 때 강정만이 트림을 하면서 일어섰다.

"나 간다."

그동안 강정만은 닭똥집까지 시켜 먹었는데 먼저 일어날 것이므로 서동수에게 바가지를 씌운 것이다. 둘 다 과장 대기 직급으로 적금에다 학원비 등을 까면 남는 게 별로 없는 총각 신세다. 강정만이 나가고 나서 20분쯤이 지났을 때 포장마차 안으로 김선실이 들어섰다. 김선실은 한 시간 더 강의를 받고 온 것이다.

"어, 배고플 텐데 국수 먹을 거야?"

옆에 앉은 김선실에게 서동수가 물었다.

"정만이가 앉아 있다가 조금 전에 나갔어. 뭐 먹을 거야?"

"술이나 한 잔."

김선실이 앞쪽을 향한 채로 말했다.

"안주는 이걸로 됐어요."

"좋아."

서동수가 김선실의 잔에 술을 따르면서 웃었다.

"앞으로는 우리 둘이 만나기로 했어. 강정만이가 빠진다는 거야."

김선실의 시선을 받은 서동수가 술잔을 들고 건배하는 시늉을 했다.

"자, 밝아오는 새 아침을 위해서 건배."

"참, 나."

쓴웃음을 지은 김선실이 술잔을 들더니 절반을 먹고 내려놓았다.

"저, 지금 가봐야 돼요."

"응? 오늘 밤 시간 있다고 했잖아?"

서동수의 얼굴이 굳어졌다.

"무슨 일 있어?"

"집에서 빨리 오라고 해서."

가방을 집어 든 김선실이 자리에서 일어섰는데 서동수와 시선을 마주치지 않았다. 그리고 그 다음 날부터 김선실은 학원에 나오지 않았는데 강정만한테서 이야기를 들은 것은 닷새쯤 후였다. 두 연놈은 이미 여관방에도 간 사이였던 것이다.

술잔을 든 서동수가 한 모금 소주를 삼켰다. 회상은 눈 깜박하는 사이에 머릿속을 스쳐 지나갔고 다시 21년 후의 현실이 앞에 펼쳐졌다. 인생은 이렇듯 순식간에 흘러간다. 21년 후에 이렇게 모여 앉게 되리라고 아무도 예상하지 못 했다. 서동수가 옆에 앉은 유수경을 보았다.

"혼자 사신다고요?"

"네, 이혼했어요."

유수경이 웃음 띤 얼굴로 대답했다.

"대학 1학년짜리 딸 하나하고 같이 살아요."

"나도 딸 하난데."

"알아요."

유수경이 눈웃음을 쳤고 서동수의 심장박동이 빨라졌다. 눈에 열기가 일어나더니 입안이 마르면서 목구멍이 좁혀지는 느낌이 온다. 서동수가 유수경의 잔에 소주를 따르면서 다시 물었다.

"지금 뭐 하십니까?"

"미술학원에서 강사로 일해요."

유수경의 맑은 얼굴을 보면서 서동수는 이쪽의 21년 전은 어떤 모습일지가 궁금해졌다. 이혼하고 딸과 둘이서 사는 인생도 평탄한 것이 아니다.

"우린 비슷하군요."

서동수가 감동 어린 표정을 짓고 유수경을 보았다.

"이혼하고 딸 하나씩 키우는 데다 각각 하는 일이 있다는 것까지 말입니다. 물론 그쪽 남편도 바람을 피웠겠지요?"

"아녜요."

유수경의 얼굴이 갑자기 빨개졌다. 웃음을 참으려는 듯 부풀린 입을 꾹 다문 유수경이 외면했을 때 앞쪽의 강정만이 물었다. 듣고 있었던 것이다.

"말이 좀 이상한데, 너, 미혜 엄마가 바람피워서 이혼했냐?"

"그런 것 같은데, 아닌가?"

"그게 무슨 말이야?"

그때 김선실이 큭큭 웃었으므로 분위기가 가벼워졌다. 술잔을 든 서동수가 셋을 둘러보며 말했다.

"10년도 더 지났는데 따지면 무슨 소용이냐? 안 그래요? 선실 씨?"

"맞아요."

김선실이 따라 술잔을 들었다.

"지난 일 끄집어내서 뭐해요? 앞일도 많은데."

"둘이 서로 죽이 맞는군."

강정만이 이죽거리자 김선실이 받았다.

"너무 늦게 맞았죠. 21년 전에 이런 분위기였다면 난 장관 사모님이 되어 있었을지도 모르는데."

"어쨌든."

한 모금에 소주를 삼킨 서동수가 유수경에게 말했다.

"만나서 반갑습니다, 유수경 씨."

"선실이한테 이야기 듣고 뵙고 싶었어요. 저는 오늘 정말 좋아요."

서동수의 심장 박동이 다시 빨라졌다. 유수경의 말에 진정성이 느껴진 것이다. 쓴웃음을 지은 서동수가 강정만을 보았다. 강정만 덕분에 인연 하나가 끊겼고 21년 만에 또 하나가 엮어지는 것 같다.

"야, 여기서 계속 앉아 있을 거냐? 분위기 좀 바꿔야 될 것 같지 않아?"

"아, 당연하지. 이제 슬슬 일어날 때가 된 것 같다."

밤의 행사에는 도가 트인 강정만이 손목시계를 보는 시늉을 했다. 오후 9시 20분이 되어가고 있다.

"좋아, 2차는 내 안가로 가자고, 이 강정만이의 별장에서 한잔하는 거야."

강정만이 핸드폰을 들면서 말을 이었다.

"술상은 다 차려 놓았어. 거기서 우리 넷이 마시는 거다."

머리를 든 서동수가 유수경을 보았다. 유수경은 강정만의 말을 듣더니 웃기만 한다. 이의 없다는 표정이다.

"자, 가자."

핸드폰을 귀에서 뗀 강정만이 자리에서 일어섰을 때 서동수가 말했다.

"너 먼저 가."

"뭐야?"

놀란 강정만이 주춤거렸으므로 서동수가 눈으로 김선실을 가리켰다.

"김 여사 모시고."

강정만이 힐끗 김선실을 보고 나서 웃었다. 김선실의 얼굴에도 쓴 웃음이 번졌다.

“그렇군, 둘이 있는 시간을 많이 갖자는 말이지?”

몸을 돌린 강정만이 유수경을 보았다.

“유 여사, 남아 계실 거죠?”

“네, 좀 있다가 갈게요.”

눈 밑이 붉어졌지만 유수경이 확실하게 말했다. 시선은 탁자 끝에 두어서 아무하고도 마주치지 않는다.

“어머나.”

가장 먼저 반응한 것이 김선실이다. 김선실이 눈을 좁혀 뜨고 유수경을 보았다.

“별일이네, 네가 이런 면도 있구나.”

“자, 가자고.”

강정만이 김선실의 옷자락을 당겼다.

“남이야 뭘 하든 초 치지 말고.”

그러나 끌리듯이 나가는 김선실의 안색이 좋지가 않다. 방에 둘이 남았을 때 서동수가 웃음 띤 얼굴로 유수경을 보았다.

“괜찮아요?”

“네, 괜찮아요.”

붉어진 얼굴로 유수경이 대답했다. 서동수가 주머니에서 핸드폰을 꺼냈다. 그동안 유병선한테서 문자가 두 개나 와 있었던 것이다. 서동수가 버튼을 누르면서 유수경에게 말했다.

“저, 잠깐 통화 좀 할게요.”

유수경이 머리를 끄덕이더니 제 잔에 술을 따랐다.

"예, 장관님."

신호음 두 번 만에 유병선이 바로 전화를 받았다. 오후 9시 반이다. 유병선이 이 시간에 전화를 해달라고 했던 것이다. 유병선이 말을 이었다.

"모두 조사를 마쳤고 준비가 끝났습니다, 장관님."

"수고했어요, 유 실장."

"제 책임도 큽니다. 제가 신의주 일만 집중하다 보니까 그렇게 되었습니다."

"둘 중 하나를 놓았어야 해. 내가 그렇게 시작했어야 하는 건데 현실적으로 어려웠어."

"그럼 내일 처리하시겠습니까?"

"그렇게 해야지."

"알겠습니다. 준비하겠습니다."

핸드폰을 귀에서 뗀 서동수가 어깨를 늘어뜨리면서 유수경을 보았다. 유수경은 두 손으로 술잔을 쥐고 있었는데 달아오른 옆얼굴이 보였다. 짧게 자른 머리칼에 파마를 해서 목 뒷부분이 드러났다. 서동수가 유수경에게 물었다.

"집에 애 혼자 있어요?"

"알바 갔어요."

머리를 든 유수경이 웃음 띤 얼굴로 서동수를 보았다.

"장학생인데도 알바로 용돈 벌어서 써요. 착하죠?"

"그렇구먼."

"오늘 엄마가 자고 올지도 모른다고 했더니 남자 생겼느냐고 묻더라고요."

"그래서요?"

"내가 무슨 남자친구냐고 했더니…."

"그랬더니?"

"인생을 즐기라네요, 글쎄."

"그래서 즐기기로 했습니까?"

"어떻게요?"

그때 서동수가 팔을 뻗어 유수경의 허리를 감아 안았다. 부드러운 촉감과 함께 탄력도 느껴졌다. 유수경이 가만있었으므로 서동수가 귀에 대고 물었다.

"자, 이제 2차 갈까요?"

숙소인 성북동의 안가로 들어왔을 때는 오후 10시 반이다. 주택가에 위치한 2층 벽돌집으로, 60평 정도의 건평에 주차장도 없는 골목 끝 집이었지만 아늑했다. 이곳이 신의주 장관이며 동성 회장 서동수의 저택이라고는 옆집도 모를 것이었다. 서동수가 거실 겸 침실인 2층으로 올라왔을 때 유수경이 활짝 웃었다.

"너무 좋아요."

"뭐가 말입니까?"

서동수의 궁금한 표정을 보더니 유수경이 다시 웃었다.

"이 집요."

"지은 지 60년이 되어서 계단도 삐거덕거리는데."

"저, 옷 벗어도 되죠?"

유수경이 재킷 단추를 쥐고 물었지만 서동수가 입을 열기도 전에 풀기 시작했다. 그래서 침을 삼키고 난 서동수가 겨우 말했다.

“말라고 할 남자가 어디 있겠습니까? 미친놈이 아닌 이상.”

재킷을 벗은 유수경이 잘 접더니 소파 옆에 놓았다. 이제 유수경은 반팔 셔츠에 스커트 차림이다. 술기운으로 붉어진 유수경의 얼굴은 요염했다. 콧날이 곧고 눈꼬리가 조금 솟아서 예민한 인상이지만 웃을 때는 얼굴이 환해진다. 얼굴에서 빛이 나는 것 같다.

“자, 한잔 드실까?”

정장 상의를 벗어 던진 서동수가 탁자 위에 놓인 위스키병을 들고 물었다. 탁자 위에는 이미 술상이 차려져 있는 것이다. 오면서 연락을 했기 때문이다. 아래층에는 주방 아줌마가 대기하고 있을 것이었다. 서동수가 유수경이 내민 잔에 술을 채우면서 물었다.

“김선실 씨하고는 고등학교 동창입니까?”

“그래요.”

유수경이 웃음 띤 얼굴로 서동수를 보았다.

“친했죠, 서로 알 건 다 아는 사이죠.”

“아까는 놀라던데, 유수경 씨가 남는다는 말을 듣고.”

“질투한 거죠.”

“질투는? 지 남친이 옆에 있는데”

“오늘 목표는 장관님이었으니까요.”

“웬 목표?”

“강 사장님하고는 오래 전에 끝난 사이였어요. 20년간 만나지도 않았어요.”

“그게 나하고 무슨 상관이죠?”

“나한테 그랬거든요. 장관님 유혹하겠다고. 넷이 2차 갔으면 그렇게 되었을지 몰라요.”

"누구 맘대로."

서동수가 유수경의 허리를 당겨 안았다. 이제는 유수경이 안겨오더니 두 손으로 서동수의 목을 감아 안는다. 유수경의 얼굴이 다가오면서 눈이 감겼다. 턱이 내밀리면서 입술이 솟아올랐다. 서동수는 유수경의 입술에 입을 붙였다. 그 순간 유수경의 입이 열리더니 혀가 빠져나왔다. 기다리고 있던 서동수가 유수경의 혀를 빨았다. 응접실에 가쁜 숨소리가 덮였다. 서동수의 손이 유수경의 셔츠 밑을 들치고 들어가 브래지어를 거칠게 젖히자 젖가슴이 튕겨져 나왔다. 탄력이 강한 젖가슴이다. 서동수는 거칠게 젖가슴을 주물렀다. 땅콩만 한 유두는 이미 단단하게 세워져 있다.

"지금 하실 거예요?"

잠깐 입술을 떼었을 때 유수경이 허덕이며 물었다.

"그럼 씻고 오려고요."

"바빠요?"

다시 젖가슴을 주무르며 서동수가 묻자 유수경이 손을 뻗어 서동수의 바지 혁대를 풀었다.

"저, 자고 온다고 했다니까요."

유수경이 서동수의 단단해진 남성을 움켜쥐더니 웃었다. 두 눈이 반짝이고 있다.

"흥분돼요."

유수경이 가쁜 숨을 뱉으며 말했다.

"저, 이걸 만지는 거 10년도 더 됐어요."

서동수의 남성을 주무르면서 유수경이 말을 이었다. 바로 앞에 떠 있는 눈동자의 초점이 멀다.

"이혼하고 나선 한 번도 남자 안 만났거든요."

"기네스북 감이네."

서동수가 유수경의 스커트 밑의 팬티를 끌어내리면서 말했다.

"당신 같은 여자가 10년 수절을 하다니."

유수경의 팬티는 흰색이다. 팬티가 끌려 내려오자 유수경이 다리를 들어주는 바람에 검은 숲과 선홍빛 골짜기가 다 드러났다. 참을 수가 없어진 서동수가 유수경의 스커트를 젖히고는 소파 위로 밀어 넘어뜨렸다. 그러고는 유수경의 골짜기에 얼굴을 묻었다. 놀란 유수경이 두 손으로 서동수의 머리를 밀려고 하더니 곧 머리칼을 움켜쥐었다.

"아이고, 엄마."

유수경의 신음이 응접실을 울렸다. 서동수는 이미 유수경의 샘에서 애액이 넘쳐흐르고 있는 것을 보았다. 골짜기에 입을 붙인 서동수가 애액을 빨아 삼키기 시작했다. 유수경이 요동을 치는 바람에 스커트가 서동수의 머리를 덮었다. 서동수의 혀가 클리토리스를 건드리자 유수경의 움직임은 더 격렬해졌다. 그 와중에도 유수경이 스커트 훅을 풀고 지퍼를 내렸으므로 서동수의 머리가 조금 편해졌다.

"이제 그만요, 응?"

유수경이 허리를 추켜올리면서 흐느끼듯 말했지만 두 손은 서동수의 어깨를 단단히 움켜쥐고 있다. 떨어지지 말라는 표시인 것이다. 이윽고 유수경의 온몸이 불덩이처럼 달아오르기 시작했다. 입에서 앓는 소리가 가쁜 숨소리와 함께 터지더니 자꾸 서동수의 머리를 골짜기에 넣으려는 시늉을 했다. 서동수가 손을 뻗어 유수경의 젖가슴을 움켜쥐었다. 그때 유수경이 소리쳤다.

"나 왔어요!"

서동수의 입이 골짜기를 덮고 있을 때였다. 다음 순간 유수경이 두 다리로 서동수의 머리를 감아 죄었다. 엄청난 힘이다. 머리를 젖힌 유수경은 이를 악물었으므로 잇새로 신음이 터졌다. 서동수는 숨이 막힌 채로 기다렸다. 서동수의 세상은 뜨겁고 부드러우며 끈적이는 생명수로 가득 차 있는 데다 어둡다. 바로 태어나기 전의 어머니 자궁 속 같다. 서동수는 아기 같은 모습으로 새 세상이 다가오기를 기다렸다. 이윽고 유수경의 신음이 약해지더니 두 다리의 힘이 풀렸다. 그러고 나서 스커트가 위로 젖혀졌으므로 서동수는 환한 세상으로 나왔다. 다시 유수경의 탄성이 그를 맞는다.

"냄새 안 났어요?"

상반신을 든 서동수에게 유수경이 허덕이며 물었다. 손을 뻗친 유수경이 서동수의 얼굴을 손바닥으로 닦아 주었다.

"씻지도 않았는데."

유수경이 몸을 일으키려다가 다시 누우면서 신음했다. 중상을 입은 환자 같다. 아직도 가쁜 숨을 몰아쉬었고 얼굴은 빨갛게 달아올랐다. 셔츠가 겨드랑이까지 올라간 데다 지퍼가 풀린 스커트는 젖가슴 밑에 펼쳐져 있는 것이다. 비행기 추락 사고를 만난 부상자 같다. 그때 서동수가 유수경의 스커트를 발밑으로 끌어내렸다. 유수경이 머리를 들었다가 흐린 눈으로 서동수의 성난 남성을 보더니 입안의 침을 삼켰다.

"여기서요?"

유수경의 목소리가 갈라져 있다.

"침대에서 해줘요. 그래야 마음대로 움직일 수 있으니까요."

다음 날 오전 10시 정각에 동성그룹 본사 20층의 회의실에서 사장단 회의가 개최되었다. 어제 아침에 사장단 회의 통보를 받은 터라 외국에 가 있던 동성 주력회사 14개 사장단은 한 명도 빠짐없이 참석했다. 참석 인원은 회장 서동수를 포함한 18명, 비서실장 겸 사장 직위를 아직도 유지하고 있는 유병선과 주력회사에 포함되지 않은 동성제과의 김창국 사장, 그리고 신의주 행정청에서 왔다고만 소개된 조기택까지 참석해서 그렇다. 이번 회의는 비서실장 유병선이 직접 사회를 본 것도 특별했다. 회의 소집 명분은 '현황 정리'라고만 했기 때문에 사장단은 저희끼리 온갖 궁리를 다한 모양이었다. 그러나 유병선이나 서동수에게 직접 물어볼 수는 없는 노릇이다. 14명 모두 회의에 출석하고 나서야 사장 서열 37위의 김창국과 '듣보잡'인 조기택이란 사내가 참석한 것을 안 것이다.

"그럼 회장님 말씀이 있겠습니다."

유병선이 말했을 때 회의실에서는 숨소리도 들리지 않았다. 그런데 회의실 안 머릿수는 18명이 아니다. 19명이다. 서동수의 뒤쪽 벽에 붙어 앉은 수행비서 민혜영이 있었기 때문이다. 그러나 비서는 그림자다. 발언도 못 하고 회의 인원에 포함되지 않는다. 비서실 차장 민혜영은 숨을 죽이고 서동수의 등판을 보았다. 그때 서동수가 입을 열었다.

"여러분 대부분이 창립 공신이나 같아요. 모두 함께 동성을 이만큼 발전시켰지요."

테이블 앞의 마이크 성능이 깨끗했다.

서동수가 말을 이었다.

"열심히 했어요. 나는 여러분과 함께 일했던 지난날에 긍지를 느끼고 있습니다."

칭찬이었지만 모두 긴장을 풀지 않는다. 좌석 배치는 타원형의 중심에 서동수가 앉았고 좌우에 유병선과 조기택, 그리고 서동수의 정면이 전성남이었다. 전성남의 서열이 2위인 셈이다. 서동수의 시선을 받은 전성남이 웃음 띤 얼굴로 머리를 끄덕였다. 지금까지 서동수는 전문 경영진에게 모든 것을 일임했다. 그것이 동성의 비약적인 성장 비결이기도 했다. 그만큼 믿고 있었던 것이다. 그때 서동수의 말이 이어졌다.

"그래서 오늘 나는 동성의 두 번째 도약을 위한 체제 개편을 합니다."

전성남의 얼굴에 웃음기가 지워졌다.

"그룹 회장에 동성제과의 김창국 사장을 임명하고 기조실 사장에는 여기 앉아 계신 조기택 씨가 일하게 되었습니다. 필요한 법적 조치를 다 해놓았으니 결격 사유가 없습니다, 그럼 이만."

그러고는 서동수가 자리에서 일어났으므로 얼떨결에 모두 따라 일어섰다. 서동수는 정면의 전성남이 맨 나중에 일어나는 것을 보았다. 똑바로 시선을 주었더니 마주치지 않고 외면했다. 몸을 돌린 서동수가 방을 나왔을 때 뒤에서 유병선의 목소리가 울렸다.

"자, 그럼 신임 회장이신 김창국 회장님과 기조실 사장 조기택 사장님의 말씀을 들읍시다."

방문이 닫혔을 때 서동수가 뒤를 따르는 민혜영을 돌아보았다. 이곳은 회장실이다. 방음장치가 잘 되어서 회의실의 이야기 소리는 뚝 끊겼다.

"어떠냐?"

소파에 앉은 서동수가 불쑥 물었더니 민혜영이 옆쪽으로 다가와 섰다. 공기가 흔들리면서 옅은 향내가 맡아졌다.

"숙청이 일어나는 건가요?"

민혜영이 두 손을 모으고 서서 물었는데 시선을 받더니 몸을 꼬았다. 볼이 붉어졌고 두 눈이 반짝였다. 교태다. 서동수가 얼굴을 펴고 웃었다.

"장성택처럼 만들지는 않아. 하지만 더 확실하고 깨끗하게 될 거야."

방으로 들어선 전성남이 서동수를 향해 머리를 숙여 보였지만 건성이다. 얼굴이 굳어졌고 눈동자에 초점이 없다. 오후 4시 반, 전성남은 오후 2시에 면담 신청을 했으므로 빨리 만나게 된 셈이다. 서동수가 웃음 띤 얼굴로 전성남을 보았다. 전성남은 53세, 동성에서 근무한 지 15년이 된다. 서동수가 손으로 앞쪽 자리를 가리켰다.

"앉아요."

"예."

짧게 대답한 전성남이 앞쪽에 앉더니 똑바로 서동수를 보았다. 마음을 굳혔는지 눈동자도 흔들리지 않는다.

"새롭게 동성이 시작해야 한다는 회장님 말씀에 전적으로 공감하고 있습니다."

서동수는 웃음 띤 얼굴로 시선만 주었고 전성남의 말이 이어졌다.

"저도 신임 김창국 회장을 보좌해서 전력투구하겠다는 말씀을 드리려고 왔습니다."

"……."

"그동안 회장님의 기대에 부응하지 못한 것에 대한 반성과 함께 심기일전하는 계기로 삼겠습니다."

서동수가 천천히 머리를 끄덕였다. 얼굴에는 아직도 웃음을 띠고 있다. 이윽고 서동수가 인터폰 버튼을 누르자 민혜영의 목소리가 울렸다.

"네, 회장님."

"유 실장, 조 사장을 오라고 해."

"네, 회장님."

머리를 든 서동수가 전성남을 보았다.

"같이 이야기를 합시다."

시선을 받은 전성남이 숨을 들이켰지만 대답하지는 않았다. 곧 옆쪽 문이 열리면서 유병선과 조기택이 들어섰는데 둘의 얼굴은 굳어져 있다. 둘은 잠자코 전성남의 앞쪽에 나란히 앉았다. 전성남의 면담 신청을 받자 둘이 대기하고 있었던 것이다. 다시 서동수가 입을 열었다.

"전 사장이 새롭게 시작하자는 각오를 말씀하시려고 왔다는데 이 기회에 같이 이야기를 합시다."

"예."

조기택이 먼저 대답하더니 들고 온 서류를 펼쳤다.

"전 사장께서는 이미 오늘 오후 3시에 공금 횡령, 뇌물 착복, 부정 인사 개입 등 7가지 혐의로 검경에 고발되셨습니다. 현재 파악된 전 사장님의 축재 재산은 친인척 명의로 위장 분산한 1250억 원가량의 동산, 부동산이 있더군요. 이것이 동성에서 15년 동안 착복한 금액이 되겠지요."

조기택이 머리를 들었는데 쓴웃음이 떠올라 있다.

"검경은 전문가들이니까 우리보다 더 밝혀낼 가능성이 많습니다. 이건 한동안 한국에서 뉴스거리가 되겠지요."

전성남이 눈을 치켜떴지만 입을 떼지는 않았다. 이를 악물고 있는지 입술 끝이 희미하게 떨리는 것이 보인다. 그때 유병선이 말을 이었다.

"회장님 지시로 동성의 모든 것을 공개하기로 결정했습니다. 그래서 나쁜 놈은 처벌을 받고 억울한 사람이 있으면 구제가 되어야지요."

서동수가 소파에 등을 붙이고 전성남한테서 시선을 뗐다. 전성남이 면담 신청을 한 것은 뭔가 위기의식을 느꼈기 때문일 것이다. 자신한테 상의도 하지 않고 갑자기 수뇌급 인사를 단행한 것에 불길한 예감을 받았을 터다. 이것이 바로 전성남과 서동수의 다른 점이다. 서동수 같은 창립형 인간성은 이쪽저쪽을 옮겨 다닌 이주형 인간과는 사고방식이 다른 것이다. 잘게 장난을 치는 위인들은 큰 칼에 몸통이 잘리는 것을 의식하지 못한다. 서동수가 길게 숨을 뱉었다.

차에서 내린 서동수가 길 건너편의 2층 건물을 보았다. 초등학교 근처여서 아이들이 떼를 지어 앞을 지났다. 오후 2시 반, 하교 시간이 되어 있는 것이다. 옆으로 다가선 수행비서 최성갑이 목소리를 낮추고 말했다.

"장관님, 저는 이곳에 있겠습니다."

이제는 서동수의 분신이나 같은 최성갑이다. 서동수가 머리를 끄덕였다.

"얼마 걸리지 않을 거야, 수업이 3시부터라니까."

발을 뗀 서동수가 길을 건너 2층 건물로 다가갔다. 건물 현관에 '초록미술학원'이라는 간판이 붙여져 있다. 최성갑의 보고서를 보면 2층 건물은 대지 105평 건평 85평인데 미술학원으로 사용되고 있지만 다음 달에는 문을 닫을 예정이다. 건물주가 건물을 매물로 내놓은 데다 임차료도 감당할 수 없었기 때문이다. 현관 안으로 들어서는 서동수의 뒤로 한 무리의 초등학생들이 따라왔다. 좁은 로비가 금방 소음으로 가득 찼다. 안내 데스크도 없어서 두리번거리던 서동수가 눈을 가늘게 뜨고 웃었다. 옆쪽 복도에서 유수경이 나타났기 때문이다.

"어머나."

놀란 유수경이 입을 딱 벌렸다가 곧 손바닥으로 입을 가리더니 서둘러 다가왔다. 유수경은 스웨터에 바지 차림이었는데 화장을 하지 않은 얼굴이 신선하게 느껴졌다. 다가선 유수경이 물었다.

"여기 웬일이세요?"

서동수를 바라보는 눈동자가 반짝였고 볼이 조금 상기되었다.

"어디 잠깐 이야기할 곳이 있을까?"

서동수가 주위를 둘러보는 시늉을 하면서 묻자 유수경이 팔을 끌었다. 아이들이 지나면서 떠들썩하게 인사를 했다. 건성으로 인사를 받던 유수경이 복도 옆쪽 문을 열었다. 10평쯤의 교실인데 석고상 서너 개가 놓여있을 뿐 비어 있다. 문을 닫은 유수경이 문을 등지고 서서 서동수를 보았다.

"연락도 안 하시고 이렇게 오시면 어떻게 해요? 준비도 못 하게."

"내가 뭐라고 준비를 해?"

다가선 서동수가 웃음 띤 얼굴로 유수경을 보았다.

"여기 선생님이 몇 명이야?"

"저까지 여섯 명."

"학생은 꽤 많네."

"학교 옆이니까요."

"이달 말까지 하고 문 닫는다면서?"

"임차료가 비싸요. 건물도 매물로 내놨고."

그때 서동수가 쥐고 있던 서류봉투를 유수경에게 내밀었다.

"이 토지하고 건물을 내가 샀어. 이게 권리증이야."

유수경이 눈앞에서 흔들리는 봉투만 보았고 서동수가 말을 이었다.

"다음 달부터 유수경 씨가 새 미술학원을 개업하도록 해. 권리증을 갖고 있으니까 임차료를 낼 필요가 없겠지."

서동수가 봉투를 옆쪽 책상 위에 놓더니 다시 작은 봉투를 꺼내 위에 놓았다.

"이건 새로 개업하는 데 필요한 경비로 써. 한번 멋있게 해봐."

"잠깐만요."

유수경이 갈라진 목소리로 서동수를 불렀다. 얼굴이 하얗게 굳어져 있다.

"왜 이러세요?"

"어제 회사에서 숙청 작업을 했어. 그러다가 문득 이런 생각이 들었어. 이 인간들이 횡령한 금액의 백분의 일만 투자를 해도 즐거운 인생을 살게 되는 사람도 있을 텐데 하고 말이야."

서동수가 발을 떼어 유수경 옆의 문고리를 잡았다.

"가끔 나는 이런 순간이 즐거워. 바쁘게 살다 보니까 이런 것이 내 취미야."

지도자

신의주는 급속히 팽창했다. 성장이란 말이 어울리지 않아서 팽창했다고 표현할 정도였다. 신의주령이 평안북도 전역으로 확장된 데다 인구는 당장에 500여만 명이 되었다. 북한 인구의 5분의 1이다. 그것을 제의한 중국 측이 놀랄 정도로 북한은 신의주 확장을 결정한 것이다. 이러니 중국 측은 약속한 투자를 미룰 수가 없게 되었다. 5개년 계획으로 2000억 달러를 투자한다는 통 큰 계획을 발표했다. 이것이 기폭제 역할을 해서 미국과 일본, 러시아, 유럽의 투자가 쏟아졌다. 경쟁적인 투자였다. 뻔히 알고 있으면서도 어쩔 수 없이 끌려 들어가는 경우도 있는 법이다. 중국 측은 투자와 함께 이주민을 증가시켜 중국계는 1년 만에 50만 명에 육박했다. 한국계 150만 명과 합쳐 신의주는 인구 700여만 명의 국가가 되어간다. 장관실로 비서실장 유병선과 특별보좌관 안종관이 들어섰을 때는 오후 3시쯤이다.

"김 위원장이 영접 절차까지 생략하고 바로 만찬장으로 가시겠답니다."

유병선이 보고하자 서동수가 머리를 끄덕였다.

"그렇게 하지, 만찬 인원은?"

서동수가 둘에게 소파 앞쪽 자리를 권하면서 물었다. 자리에 앉은 유병선의 얼굴에 쓴웃음이 떠올랐다.

"김 위원장이 장관님과 둘이서만 식사하고 싶다고 합니다."

"그러지 뭐."

서동수가 웃음 띤 얼굴로 둘을 번갈아 보았다.

"나도 그러고 싶을 때가 있으니까, 당신들은 김 위원장 수행원들과 같이 식사하세요."

그때 안종관이 말했다.

"김 위원장은 10개월 앞으로 다가온 한국 대통령 선거에 관해서 이야기할 것 같습니다."

예상하고 있었던 터라 서동수는 머리만 끄덕였고 안종관이 말을 이었다.

"장관님께 대통령에 입후보하시라고 직접 권할 것 같은데요. 납득할 만한 이유를 말씀해 주셔야 할 것 같습니다."

"나아, 참."

입맛을 다신 서동수가 웃음 띤 얼굴로 둘을 번갈아 보았다. 둘은 이제 서동수의 복심과 같다. 그래서 좌병선 우종관이란 말도 들리고 있다.

"내가 그렇게 말했는데도 이해를 못 한단 말인가?"

그동안 한국 대통령 한대성은 물론이고 여당 중진, 정치, 종교계 원로로부터 수많은 권고를 받았던 서동수다. 그러나 서동수는 일관되게 사양했다. 신의주 장관 임기를 끝내면 기업가로 돌아가겠다는 것이다.

정치는 정치인에게 맡겨야 한다고도 했다. 자신보다 나은 지도자감이 얼마든지 있으며 자신은 과대평가되었다고까지 했다. 그러고는 한국당 원내총무 박세중을 추천했지만 당내에서 강력한 반발에 부딪혔다. 경쟁자가 둘이나 나타난 것이다. 어쨌든 여당인 한국당에서 대통령이 선출되는 것은 확실했지만 현재 누가 후보가 될지는 알 수 없는 상황이다. 그때 안종관이 대답했다.

"저도 이해를 못 하는데 김 위원장이 이해를 하겠습니까?"

놀란 유병선이 머리를 돌려 안종관을 보았고 서동수는 쓴웃음을 지었다. 둘 다 직언을 서슴지 않는 성격이지만 안종관의 발언은 도를 넘었다. 어깨를 늘어뜨린 안종관이 시선을 내리면서 말을 이었다.

"죄송합니다. 솔직히 말씀드린 것입니다. 제 생각입니다만, 장관께서는 정치를 싫어하십니다. 권력을 잡기 위한 이전투구를 경멸하십니다. 이유가 그것 때문이라면 너무 이기적이십니다."

그때 유병선이 긴 한숨 소리를 냈다. 숨을 참고 있었던 것 같다.

결점 없는 인간은 없다. 그러나 세상은 없는 결점도 조작해서 매장을 시키고, 있지도 않은 장점을 내세워서 영웅으로 만들기도 한다. 시간이 해결해 줄 것이라고 자위하느니 차라리 패배했다고 인정하는 것이 낫다.

역사가 바로 그렇지 않은가? 역사는 이긴 자의 기록이며 지금도 그렇게 이어져 온다. 언론이, 매스컴이 만든 악인과 영웅의 이면을 들여다볼 사이도 없이 시간이 지난다. 그 사이에 또 다른 영웅과 악인이 대중을 사로잡는 것이다. 서동수가 김동일 위원장과 둘이 저녁 식탁에 마주 앉았을 때는 오후 7시 반이다. 김동일은 평양에서 전용 헬기로 날아온 것이다. 수행원들도 헬기를 이용한 터라 만찬장인 한국관 근처는 한동안 헬기 소음에 덮여 있었다. 시중드는 사람도 나간 다섯 평짜리 밀실에 둘이 되었을 때 서동수가 먼저 입을 열었다.

"갑자기 웬일이십니까?"

이럴 때는 자연스러운 말투가 낫다. 그때 김동일이 젓가락을 내려놓고 서동수를 보았다.

"누가 대통령이 될 것 같습니까?"

"글쎄요."

쓴웃음을 지은 서동수가 식탁을 내려다보았다. 작년 말에 후보 제의를 일축하면서 박세중을 추천했다가 한국당 내부의 격렬한 비난을 받았다. 그래서 서동수는 중립을 선언하고 물러앉은 상태인 것이다. 지금 한국당은 박세중과 한국당 대표인 임종규, 국무총리 조수만까지 셋이 피 튀기는 후보 경쟁을 하는 중이다.

야당인 민족당은 지난번 김동일이 건네준 간첩 연루자 숙청으로 치명상을 입고 나서 조직을 정비하고 있지만 역부족이다. 통일이 눈앞에 다가왔다고 믿는 국민 여론은 80퍼센트 이상이 한국당을 지지하고 있었기 때문이다. 서동수가 입을 열었다.

"한국당 후보가 차기 대통령이 되는 것은 확실합니다. 이제 후보가 되면 전열이 정비되고 일사불란하게 움직일 것입니다."

"그렇게 될까요?"

머리를 기울였던 김동일이 똑바로 서동수를 보았다. 맑은 눈이다. 눈동자는 또렷했다.

"요즘은 북남 간 소통이 잘 되어서 여러 채널로 저에게 연락이 옵니다, 장관님."

김동일의 얼굴에 희미하게 웃음이 떠올랐다.

“제가 직접 연락을 받지는 않았지만 한국당 후보 세 분이 각각 연락을 해왔습니다.”

“…….”

“모두 지원해 달라는 내용인데 그 대가로 여러 가지를 주겠다고 하더군요. 세 분이 조금씩 달랐지만 비슷했습니다.”

서동수가 소리 죽여 폐 안에 담겨 있던 숨을 뱉었다. 한국당 후보가 김동일의 지원을 받는다면 당선은 따놓은 당상이다. 지금은 옛날과 달라서 북한 역풍은 있을 수가 없는 것이다. 통일에 대한 열망이 머리꼭대기까지 차오른 상황이다. 따라서 김동일의 한마디에 당선이 된다. 머리를 든 서동수가 김동일을 보았다.

“위원장께서는 염두에 두고 계신 후보가 있습니까?”

“셋 다 믿을 수가 없습니다.”

바로 대답한 김동일이 엽차 잔을 들어 한 모금 마시고는 말을 이었다.

“지금 현실과는 맞지 않지만 그 세 분의 이야기를 듣고 임진왜란 전에 일본에 사신으로 다녀온 황윤길, 김성일의 보고가 떠올랐습니다.”

“…….”

“위기를 앞에 두고도 서로 다른 이야기를 하는 신하들이 떠오르더란 말씀입니다. 그래서 제가 좀 걱정이 되어서 왔습니다.”

김동일의 얼굴에 다시 웃음이 떠올랐다.

“이번에 밀어준다면 차기에는 제가 통일 한국의 대통령이 되는 것을 약속했습니다.”

“…….”

“구체적인 계획까지 보내왔습니다.”

"누군지 말씀해 주실 수 있습니까?"

"그럼요."

서동수의 시선을 받은 김동일이 입맛을 다셨다.

"셋이 다 그렇습니다."

민심이 그렇다. 차기 대통령의 임기 내에 남북 간 대타협이 이루어지고 차차기 대통령은 남북연방의 대통령이 되는 것이다.

이것은 모두 신의주 덕분이다. 신의주가 남북한의 독소를 다 빨아들여 희석시켰다. 김동일이 말을 이었다.

"나는 젊지만 남조선의 어떤 정치인보다 권력의 생리를 잘 압니다. 그것은 제 아버지한테서 집중적으로 배우고 보아왔기 때문이지요."

김동일이 똑바로 서동수를 보았다. 이제 얼굴이 굳어 있다.

"그리고 겪었습니다. 내가 지도자로 겪어온 3년은 아마 보통 정치인의 30년어치는 되겠지요."

"자, 그럼 지도자 동지의 의견을 듣고 싶습니다."

서동수가 말을 잘랐다. 김동일에게 이런 식으로 말을 하는 인간은 세계에서 서동수뿐일 것이다. 그때 김동일이 천천히 머리를 끄덕였다.

"예. 난 셋 다 믿을 수 없습니다."

"그럼 민족당 후보를…?"

"말도 안 되지요."

쓴웃음을 지은 김동일이 서동수를 보았다.

"서 장관께서 5년 동안 기반을 굳혀 주시지요. 시작을 하셨으니 매듭을 지어주시길 바랍니다."

서동수가 숨을 들이켰다. 지금까지 수십 명으로부터 수백 가지 권유를 받았지만 지금처럼 가슴에 파고든 순간이 없었기 때문이다. 내용이야 다 비슷했지만 화자(話者)의 진정성 때문인 것 같다.

"나는 그런 그릇이 못 됩니다."

다시 서동수가 수백 번째 같은 말을 되풀이했다. 그러나 시선은 내렸다.

"나는 과대평가된 인간입니다. 대업을 마무리할 자신도 없습니다."

"그럼 저는요?"

불쑥 김동일이 물었으므로 서동수가 머리를 들었다. 김동일의 두 눈이 번들거리고 있었으므로 서동수는 몸을 굳혔다. 김동일이 한마디씩 또박또박 말을 이었다.

"저도 좋아서 이 자리에 앉은 것이 아닙니다. 아버지, 할아버지가 이루려고 하신 과업을 물려받은 것이지요. 어쩔 수 없이 말입니다."

서동수가 숨을 죽였고 김동일의 말이 이어졌다.

"저보다 뛰어난 인재는 얼마든지 있을 것입니다. 그렇지 않습니까?"

말문이 막힌 서동수는 눈도 껌벅이지 못했고 김동일의 목소리에 열기가 더해졌다.

"인간은 각각 과업을 지고 태어납니다. 능력이 모자란다고 싫다고, 그 과업을 피하면 안 됩니다. 이것이 내 소신입니다."

서동수가 길게 숨을 뱉었다. 이것이 온갖 호사를 누린다고 보도되는 김동일의 이면이다. 도망칠 수도 없는 현실인 것이다. 이윽고 서동수가 말했다.

"잘 알겠습니다. 이 문제를 한국 대통령과 함께 상의해도 되겠습니까?"

잠시 서동수를 응시하던 김동일이 머리를 끄덕였다.

"그렇게 하시지요."

"한국 대통령도 위원장님을 믿고 계셔서 그럽니다."

제3자의 역할은 이럴 때 중요하다. 그리고 이렇게 덕(德)이 쌓이는 것이다.

"잘하셨습니다."

안종관이 말했다.

"김 위원장도 진심을 털어놓으신 것입니다. 이런 기회가 자주 만들어져야 합니다."

오후 9시 반, 저녁을 먹으면서 이야기를 마친 김동일은 바로 돌아갔으므로 머문 시간은 두 시간도 되지 않는다. 관사의 응접실에 둘러앉은 유병선과 안종관에게 서동수가 내용을 말해준 것이다. 유병선도 거들었다.

"아직 대선까지는 10개월 남았습니다. 결정하실 시간은 석 달쯤 있습니다."

둘에게서 시선을 뗀 서동수가 말했다.

"대통령님을 만나야겠어. 위원장의 신뢰를 얻도록 하는 것이 우선이야."

"그 방법은 이미 위원장이 제시했지 않습니까?"

안종관이 똑바로 서동수를 보았다.

"장관님이라고 말씀입니다."

"위원장은 인간은 제각기 과업을 갖고 태어난다고 했지만, 난 아니오."

쓴웃음을 지은 서동수가 머리를 저었다.

"위원장한테 차마 말은 못 했지만 지금까지 내 인생은 내가 만들었어. 내가 내키지 않는데 휩쓸려 들어가기 싫어."

"국가와 민족을 위하는 과업인데도 말씀입니까?"

"말은 거창하지만 난 이순신 같은 위인이 아니오. 난 속물이오."

서동수가 안종관을 노려보았다.

"그동안 나보다 능력이 있는 분을 얼마든지 찾아낼 수 있을 거요."

그때 유병선이 부드러운 표정으로 서동수를 보았다.

"장관님께선 회사로 돌아오실 수가 있지 않습니까?"

"무슨 말이야?"

서동수가 미간을 좁히고 유병선을 보았다.

"회사로 돌아오다니?"

"대통령직을 마치시고 말씀입니다."

정색한 유병선이 말을 이었다.

"그래서 욕심을 버리실 수가 있는 것입니다. 욕심을 버리면 멀리, 통 크게 보실 수가 있고 사심 없는 결단을 내리게 됩니다. 그래서 장관님이 적격이라고 생각합니다."

"누군 돌아갈 곳이 없나?"

"장관님하고는 다르지요. 잘 생각해 보시지요."

"생각은 무슨 생각."

그때 안종관이 나섰다.

"어쨌든 위원장께도 그렇게 말씀 하셨으니 대통령과 상의를 해 보시지요."

"역사고 민족이고 국가고 그런 거창한 말은 앞으로 내 연설문에서도 빼도록 해요. 그런 걸 의식하고 행동하는 건 마치 각본 읽고 연극을 하는 것 같으니까."

소파에 등을 붙인 서동수가 앞쪽의 벽을 보았다. 먼 곳을 보는 시선이었으므로 둘은 입을 다물었다. 그때 서동수가 혼잣소리처럼 말했다.

"그러고 보니 난 하나뿐인 내 딸한테 제대로 아버지 노릇도 못 해주었어."

둘은 숨을 죽였고 서동수의 말이 이어졌다.

"돈으로 보상을 해주었지만 내 딸은 할머니와 큰어머니가 키웠어. 이것이 인간 서동수의 현실이야."

그러고는 서동수가 눈동자의 초점을 잡고 둘을 보았다.

"자, 오늘은 이만합시다."

자리에서 일어선 서동수가 웃음 띤 얼굴로 둘을 보았다.

"난 이런 이야기를 나눌 수 있는 두 분이 있어서 행복합니다."

둘이 방을 나갔을 때 심호흡을 한 서동수가 자리에 앉아 핸드폰을 들었다. 연락처 버튼을 누르자 번호와 이름이 주르르 떴다. 서동수의 시선이 서미혜에 머물렀다. 그런데 시선은 밑으로 내려갔다.

이윽고 서동수의 시선이 머문 곳은 한수정이다. 한수정이 누구인가? 경성건설의 상속자이며 대주주로 서동수와 함께 카이로에서 고락을 함께한 사이였다. 그동안 한수정이 경성건설의 회장으로 취임했으며 회사가 성장하고 있다는 말만 들었다. 서동수는 한동안 한수정의 이름을 응시한 채 움직이지 않았다. 갑자기 딸 미혜 생각이 나서 핸드폰을 들었다가 한수정을 본 것이다. 오랫동안 소식이 끊긴 것도 궁금했다. 서동수는 한수정의 번호를 누르고는 핸드폰을 귀에 붙였다. 오후 10시 반, 늦은 시간이지만 이 시간대가 사적 대화를 나누기에는 적당할 것이었다. 신호음이 두 번 울리고 나서 한수정의 목소리가 울렸다.

"어머, 오빠 웬일이래? 나한테 전화를 해주고?"

한수정의 밝은 목소리를 듣자 서동수의 얼굴에 웃음이 떠올랐다.

"갑자기 네 생각이 나서, 회사 잘 된다면서?"

"응, 건설 경기가 살아나고 있으니까."

"그런데 왜 신의주에는 안 오냐? 네 회사가 말이야."

"아휴."

짧게 웃은 한수정이 말을 이었다.

"오빠가 장관인데 어떻게 가? 차라리 공사 안 따고 말지."

"왜?"

"오빠가 특혜 주었다는 소문이 나기 쉬워. 그렇게까지 해서 오더 따기 싫어."

"너, 남자 생겼냐?"

"오빠하고 그거 한 것이 마지막이야."

"아이고."

"그동안 오빠는 백 번도 더 했겠지, 그건 내가 안 봐도 알지."

"그런데 너한테 물어볼 말이 있다."

갑자기 서동수가 말을 바꿨다. 이야기를 하다가 저도 모르게 튀어나온 것이다.

"뭔데?"

한수정이 묻자 서동수는 심호흡부터 했다.

"너, 내가 대통령 선거에 나가는 거, 어떻게 생각하니?"

"……"

"날 아는 사람으로 솔직한 네 생각을 듣고 싶다. 세상 사람들은 소문이나 듣고 허상을 믿는 것 같아서 말이다."

"……"

"주변에서도 권하는데 난 자격이 없다고 했고. 어디, 네 생각 한번 듣자."

"오빠는 솔직해."

"그거야, 숨기는 것보다 털어놓는 것이 낫다는 계산을 한 적도 많아."

"돈에 정직한 점도 있고."

"아, 돈이 좀 있으니까 밝히진 않지."

"융통성, 포용력도 있어."

"약간은."

"오빠 인기가 최고야, 어느 누구도 상대가 안 돼. 오빠가 지금 최전성기라고."

"알았다."

"대통령에 입후보하면 바로 될 거야. 그럼 역사에 남지."

"우리, 만날까?"

"언제?"

"내가 전화할 테니까."

"언제든지."

"고맙다. 곧 연락할게."

핸드폰을 귀에서 뗀 서동수가 길게 숨을 뱉었다. 그러고는 이제는 전화기를 들고 버튼을 눌렀다.

"예, 장관님."

유병선이 바로 전화를 받는다.

"청와대하고 연락되었나?"

"예, 내일 오후 6시에 대통령님하고 약속이 잡혔습니다."

바로 면담 약속이 잡힌 셈이다. 한국대통령도 김동일이 다녀간 것을 알 것이다.

다음 날 오후 6시 정각, 청와대 대통령 집무실의 장방형 테이블에 세 사내가 둘러앉아 있다. 대통령 한대성과 비서실장 양용식, 그리고 서동수다. 이것이 한대성의 독대(獨對)다. 양용식을 증인으로 참석시킨 것이다. 서동수가 김동일의 이야기를 전하는 동안 한대성은 머리만 끄덕였다. 묻지도 않고 끝까지 듣기만 했다. 이야기가 끝났을 때 한대성이 먼저 긴 숨부터 뱉었다.

"임진란 전의 황윤길, 김성일의 사례까지 꺼내다니 김 위원장의 충격이 컸던 것 같군요."

이번에는 서동수가 눈만 껌뻑였고 한대성의 말이 이어졌다.

"김 위원장이 믿는 사람은 서 장관뿐인 것 같습니다. 그러니 이 기회에 결심을 하시지요."

"예, 결심을 했습니다."

그 순간 한대성이 몸을 굳혔고 양용식이 숨을 들이켜는 소리가 들렸다. 두 쌍의 시선을 받은 서동수가 말을 이었다.

"이런 상황이 계속될 수는 없습니다. 그래서 저는 내일자로 한국당에 가입하겠습니다."

"옳지."

한대성이 얼굴을 펴고 웃었다. 환한 웃음이다. 양용식도 커다랗게 머리를 끄덕이며 웃었다. 그때 서동수가 정색하고 둘을 번갈아 보았다.

"그리고 당원으로서 각 의원들의 중지를 모으도록 하겠습니다."

"당연히 그래야지요."

한대성이 동의했다.

"그러신다면 거의 모든 의원이 장관님께 호응할 것입니다."

"그러면 의원들의 중지를 모아 개헌을 추진하겠습니다."

둘이 숨을 죽였고 서동수가 말을 이었다.

"대통령의 임기를 이번부터 재선이 되도록 개헌하는 것입니다. 야당도 대부분의 의원이 찬성할 것입니다."

"……."

"그럼 대통령님께서는 4년 연임을 더 하시고 그 사이에 남북한 연방이 성사될 것입니다."

그때 한대성이 숨을 들이켜더니 손을 들었다. 얼굴이 굳어져 있다.

"서 장관, 잠깐만, 그것은…."

"그것이 순리인 것 같습니다."

서동수가 한대성의 말을 잘랐다.

"대통령님께서는 신의주를 탄생시킨 주역이십니다. 김동일 위원장만 부각이 되었지만 대통령님께서 적극적으로 나서주시지 않았다면 신의주는 성사되지 않았습니다."

"서 장관…."

"지금까지 무난하게 국정을 이끄신 주역이 대통령님이십니다. 저는 국민들의 기분은 즐겁게 해주었을지는 몰라도 잠깐의 바람입니다."

"서 장관, 왜 이러시는 거요?"

정색한 한대성이 말렸지만 서동수는 머리를 저었다.

"대통령님께서는 공기 같은 분이십니다. 바람은 안 불어도 살지만 공기는 꼭 필요합니다."

서동수의 시선이 양용식에게로 옮겨졌다.

"제가 내일 세 후보를 만나 개헌 약속을 받아내겠습니다. 그리고 김동일 위원장의 동의도 받아내지요."

그렇게 된다면 누가 반대하겠는가? 어깨를 부풀렸다가 내린 양용식이 상기된 얼굴로 서동수를 보았다. 두 눈도 번들거리고 있다.

"장관님의 뜻이 그러시다면…."

"대통령제 연임은 이번에 확정해야 됩니다."

단호한 표정으로 말한 서동수가 얼굴을 펴고 웃었다. 환한 웃음이다. 그것을 본 둘은 눈이 부신 것처럼 눈이 가늘어졌다.

청와대에서 돌아오는 차 안은 한동안 정적에 덮여 있다. 밴에 탑승한 인원은 운전사를 제외하고 넷, 서동수와 비서실장 유병선, 특보 안종관과 수행비서 최성갑이다. 모두 서동수가 어떤 대화를 나누고 나왔는지를 아는 것이다. 오후 7시, 회의 시간은 30여 분밖에 걸리지 않았다. 이윽고 머리를 든 서동수가 유병선을 보았다.

"박세중 의원하고 약속은?"

"네, 기다리고 계십니다."

유병선이 잠에서 깬 것 같은 얼굴로 서동수를 보았다.

"지금 약속을 정할까요?"

서동수가 머리를 끄덕이자 유병선이 핸드폰을 집어 들었다. 의자에 등을 붙인 서동수가 앞쪽 자리에 앉은 안종관을 보았다. 안종관은 서동수의 결심을 듣자 실망한 것 같았지만 반대는 하지 않았다.

"안 특보, 내가 아니면 안 된다는 생각이 바로 독재의 시작이오."

불쑥 서동수가 말하자 안종관의 얼굴에 웃음이 떠올랐다.

"제가 얼마 전에 동성에 오래 계신 분으로부터 우연히 장관님 이야기를 들었습니다."

서동수는 듣기만 했고 안종관의 말이 이어졌다.

"장관님은 지도자로서의 특징을 갖고 계셨습니다. 그것이 장관님의 장점이라고 하더군요."

"뭐라고 합디까?"

웃음 띤 얼굴로 서동수가 묻자 안종관이 정색했다.

"그것은 저도 공감을 했습니다. 저도 장관님을 모신 지가 꽤 되었으니까요."

그때 전화를 마친 유병선도 웃음 띤 얼굴로 경청하고 있다. 안종관이 말을 이었다.

"장관님의 지시는 짧습니다. 회의도 전혀 길지가 않습니다. 전화 통화도 짧은 것이 특징입니다."

"난 잠자리에서는 긴데."

그때 뒤쪽에서 숨 들이켜는 소리가 났다. 최성갑이다. 잠깐 말을 멈췄던 안종관이 서동수를 보았다.

"그것이 지시를 듣는 사람들의 잠재력을 키워주는 효과가 있는 것 같습니다. 저는 그것이 장관님이 지니신 지도자의 자질이라는 생각이 들었습니다."

회의와 지시는 짧을수록 좋다는 것이 서동수의 지론이다. 짧게 지시하고 길게 듣는다. 특별한 일이 아니면 회의는 소집하지를 않기 때문에 얼굴 잊어먹은 사람도 있을 정도였다. 그때 유병선이 말했다.

"8시 반에 청운에서 박 의원하고 약속이 되었습니다, 장관님."

"실망하겠군."

서동수가 말하자 유병선의 얼굴에 쓴웃음이 번졌다.

"하지만 대세를 거스르지는 않을 것입니다."

서동수는 박세중의 후원자였던 것이다. 박세중이 서동수와 대통령의 생각을 거스를 수는 없을 것이었다. 밴이 서초동의 한정식집 청운에 도착했을 때는 8시 20분이다. 미리 연락을 받은 마담이 현관에서 기다리고 있다가 서동수를 맞았다. 서동수는 유병선, 안종관과 함께 안으로 들어섰다.

"총무님께선 조금 전에 오셨습니다."

마담이 사근사근한 목소리로 말했다. 한복 차림의 마담은 40대쯤으로 보였는데 요염했다. 서동수가 앞장서 걷는 마담의 등에 대고 은근하게 물었다.

"마담, 아가씨 준비는 되었소?"

걸음을 늦춘 마담이 서동수를 보았는데 눈동자가 흔들렸다. 마담한테서 옅은 향내가 맡아졌다. 이것이 바로 색향이다.

"잘 알겠습니다."

이야기를 들은 박세중이 머리를 끄덕이며 말했다. 얼굴에 웃음까지 떠올라 있다. 박세중은 54세, 4선 의원이며 원내총무이니 산전수전 다 겪은 정치인이다.

"그것이 순리인 것 같습니다."

박세중이 술잔을 들고는 서동수를 보았다.

"등잔 밑이 어둡다는 말도 실감이 나는군요. 멀리 보지를 못했습니다."

"그렇게까지 말씀해 주시니 고맙습니다."

서동수가 치하했다.

"김 위원장도 이의가 없으실 것입니다."

그것은 서동수의 몫이지만 이해시킬 수가 있을 것이었다. 이해시키는 정도로 그쳐야지 그 이상은 월권이다. 한 모금 술을 삼킨 박세중이 말을 이었다.

"다른 사람들도 이의가 없으리라고 생각합니다. 당장 내일부터 바빠지겠군요."

다른 사람이란 대선 후보들을 말한다. 그들에게는 난데없는 일이겠지만 거역할 수는 없을 것이었다. 당장에 대통령과 서동수, 박세중이 대세를 몰아가면 따를 수밖에 없다. 아직 대선 후보를 내지 못하고 있는 야당 측에서도 반대할 명분을 찾기 힘들 것이었다.

"당분간 유 실장과 안 특보가 한국에 남아 있을 것입니다. 그러니 박 총무께서 도와주시지요."

서동수가 부탁했을 때 방문이 열리더니 마담과 함께 아가씨들이 들어섰다. 때맞춰서 들어오는 셈이다.

"자, 그럼 회의는 끝났고 한잔하지요."

술잔을 든 서동수가 옆에 앉은 마담부터 보았다.

"마담은 초면인데, 왜 이제야 당신을 만나게 되었지?"

"그러게요."

마담이 눈웃음을 쳤다. 바로 오른쪽에 앉아 있어서 눈가의 주름까지 다 보인다. 화장이 엷었기 때문이다. 둥근 얼굴, 머리는 뒤로 묶어

옥비녀를 꽂아서 긴 목이 드러났다. 그때 마담이 머리를 돌려 서동수를 보았다. 앞에 떠 있는 마담 얼굴이 삼십 센티미터밖에 되지 않는다.

"왼쪽에 앉은 파트너한테 이야기 좀 해주세요."

"말 대신 지금 만지고 있으니까 신경 쓰시지 않아도 돼."

그때야 치마 속으로 손을 넣어 파트너의 허리를 안으면서 서동수가 말을 이었다.

"감히 나한테 교육을 하려고 들다니, 세종대왕한테 한글 교육을 하려는 꼴이구나."

"아이고, 이제 곧 대통령 되실 테니 이런 곳에서 뵐 날도 얼마 남지 않았네요?"

마담이 생글거리며 말을 받자 안종관의 얼굴은 굳어졌지만 유병선은 웃었다. 그때 박세중이 말했다.

"그러게 말이야. 그러니까 오늘 서비스 잘해. 잘 모시란 말이야."

"말씀만 하세요."

마담이 웃음 띤 얼굴로 서동수를 보았다.

40대 중반쯤 되었을까? 청운은 특급 요정이다. 정치인, 대기업 총수들의 단골로 유명한 곳이었는데 유병선이 오늘 처음 예약을 했다. 마담에 대한 사전지식도 없었지만 서동수는 신선함이 느껴졌다. 마담은 아직 제 소개도 안 한 것이다.

그것도 새롭게 느껴진다. 그때 박세중이 마담에게 물었다.

"마담, 오늘 누구 안 왔나? 우리 쪽에서 온 사람은 없어?"

우리 쪽이란 한국당을 말하는 것이다. 마담의 얼굴에 다시 웃음이 떠올랐다.

"아유, 전 모르겠어요. 늦게 나와서요."

"알면서도 말 못 하겠지."

서동수는 파트너의 허리를 당겨 안고 나서 술잔을 내밀었다. 술을 따르라는 표시였는데 마담이 잔을 받아 버린다.

서동수의 시선을 받은 마담이 빙긋 웃었다. 가지런한 흰 이가 드러나면서 얼굴이 환해졌다.

"제가 마실게요."

잔을 가져간 마담이 제 손으로 술을 따르려고 했으므로 유병선이 주전자를 빼앗았다.

"아이고, 제가 따라 드리지요."

"감사합니다."

마담이 머리를 숙였을 때 유병선이 인사를 했다.

"제가 신의주 장관 비서실장 유병선입니다."

"죄송합니다."

술잔을 두 손으로 쥔 마담의 얼굴이 빨개졌다.

"제가 경황이 없어 인사를 못 드렸습니다. 마담 정유선입니다."

"여기 주인입니다."

하고 박세중이 거들었다.

"정계(政界)의 대모(代母)로 통하지요. 이 사람을 통하면 간첩까지 만날 수 있지요."

그때 유병선이 웃음 띤 얼굴로 안종관을 보았다.

"그래서 안 특보가 이곳을 추천하셨지요."

마담의 시선이 안종관을 스치고 지나갔다. 여전히 상기된 얼굴이다.

"안 특보님은 저하고 초면이시지만 국가정보원 계실 때 제 이야기를 많이 들으셨을 것 같은데요."

안종관이 입을 꾹 다물고 있는 것이 우스워 서동수가 짧게 웃었다.

"이렇게 얽히는 걸 보면 세상은 좁아요. 그렇지 않습니까?"

"그렇습니다. 그리고…"

술잔을 든 박세중이 따라 웃었다.

"인생은 한순간이지요. 화무십일홍 권불십년입니다, 장관님."

그때 마담이 한 모금 술을 삼키더니 서동수를 보았다.

"이렇게 뵙게 되어서 영광입니다, 장관님."

"나도 일찍 마담을 만났다면 대통령 후보로 진즉 나섰을 텐데, 남북연방 작업도 지금보다 더 빨리 진행되었을 것이고."

"하하하."

박세중이 소리 내어 웃었을 때 마담이 웃음이 지워진 얼굴로 서동수를 보았다.

"저도 장관님 지지자예요."

"이런, 고맙군."

서동수가 팔을 뻗어 마담의 허리를 당겨 안았다.

"오늘 밤에도 날 지지해 주었으면 좋겠는데 어떻게 미리 안 될까?"

"생각해 보고요."

박세중이 술을 빨리 마시는 바람에 술 주전자가 다섯 개째 들어왔다. 상에는 한정식 요리가 수십 가지 놓여 있었지만 거의 손을 대지 않는다. 제각기 감회가 새로웠기 때문일 것이다. 밤 11시 반이 되었을 때 서동수는 방에 자신과 박세중 둘이 앉아 있는 것을 깨달았다. 파트너 둘까지 넷이다. 마담이야 가끔 들락거리는 터라 신경 쓰지 않았지만 안종관과 유병선은 화장실에 가는 것 같더니 들어오지 않는다. 그때 박세중이 말했다.

"장관께서는 보좌역이 강하다는 소문을 들었습니다. 부럽습니다."

"그런가요? 감사합니다."

유병선과 안종관을 말하는 것 같다. 둘이 유능하기도 했지만, 적재적소에 배치하는 것은 지도자의 능력이다. 부하들의 능력을 발휘시키고 잠재력을 배양하는 것 또한 지도자의 몫인 것이다. 지도자는 하늘에서 뚝 떨어지지 않는다. 성공한 지도자는 운이 만들어 주지 않는다. 지도자는 경륜이 필요하다. 아랫사람을 포용하고 윗사람을 받드는 습성이 몸에 밴 후에 정의감과 불굴의 의지, 애국심까지 곁들여야 된다. 그런 과정을 겪는 데는 직장이나 군대가 적당하기는 하다. 그때 방문이 열리더니 마담이 들어섰다.

서동수의 옆자리에 앉은 마담이 낮게 말했다.

"실장님과 특보께서는 먼저 가셨습니다."

마담이 상기된 얼굴로 서동수를 보았다.

"애들 내보낼까요?"

"아, 갈 때가 되었다는 말이군."

머리를 끄덕인 서동수가 지갑을 꺼냈더니 마담이 웃음 띤 얼굴로 말했다.

"실장님이 계산하고 가셨습니다."

"여기 오신 손님들은 제 손으로 계산하지 않나?"

서동수가 묻자 박세중이 소리 내서 웃었다.

"다 대기업 총수에다 높으신 분들이니까요. 솔직히 저도 지갑 꺼낸 적이 없습니다, 장관님."

"난 이 재미로 돈 버는데."

지갑에서 100만 원짜리 수표를 꺼낸 서동수가 박세중과 자신의 파트너에게 한 장씩 나눠주고 마담에게는 세 장을 주면서 말했다.

"실장, 특보 파트너한테 한 장씩 줘요."

"한 장 남는데요?"

마담이 묻자 서동수가 정색했다.

"그건 마담 팁."

"제 거요?"

"이거 내 개인 돈이야, 좀 씁시다."

"저도 주시는 거죠?"

"돈은 쓰라고 버는 거야. 소비가 많아져야 경제가 살아나."

"잘 쓸게요."

마담이 일어나면서 파트너들에게 눈짓을 했다. 그러고는 셋이 방을 나갔으므로 안에는 둘이 남았다. 그때 술잔을 든 서동수가 박세중을 보았다.

"박 의원님."

"예, 장관님."

박세중이 똑바로 서동수를 보았다. 눈동자가 흔들리지 않는다. 서동수는 그 눈빛에 믿음이 담겨 있는 것을 느꼈다.

이쪽도 그렇게 보일 것이었다. 정치인 중에서 서동수가 가장 신뢰해온 사람이다. 그것을 박세중도 알고 있는 것이다.

"이건 내가 누구한테도 말하지 않았습니다. 비서실장, 특보한테도 말입니다."

한 모금 술을 삼킨 서동수가 말을 이었다.

"신의주에 기반이 잡히면 난 장관직도 그만두고 기업으로 돌아갑니다."

숨을 죽인 박세중을 향해 서동수가 빙그레 웃었다.

"그때 박 의원께서 신의주 장관직을 맡으시지요. 그러고 나서 한 대통령님과 호흡을 맞춰 나가시는 것입니다."

"장관님."

박세중이 갈라진 목소리로 불렀을 때 서동수가 말을 이었다.

"김동일 위원장도 내가 추천한 분은 거부하지 않으실 것입니다."

"아니. 저는……."

"그렇게만 알고 계시지요. 짐을 넘기는 것 같아서 오히려 제가 송구합니다."

그때 방문이 열리더니 남자 지배인이 몸을 반쯤만 보이고 말했다.

"준비되었습니다. 나오시지요."

"자, 그럼."

자리에서 일어선 박세중이 서동수에게 손을 내밀었다.

"장관님, 그럼 다시 뵙겠습니다."

술을 같이 마셨다고 대문까지 나란히 나갈 필요는 없는 것이다. 박세중이 먼저 나갔고 서동수는 10초쯤 늦게 방을 나왔다. 복도에서 기다리던 남자 지배인이 잠자코 앞장을 서더니 옆쪽 토방으로 나왔다. 구두가 토방 아래에 놓여 있다. 구두를 신은 서동수가 인적 없는 정원을 건너 지배인의 뒤를 따라 옆문으로 나왔다. 골목 안에 서동수의 차가 기다리고 있다. 최성갑이 서 있다가 문을 열었다. 차 안으로 들어서던 서동수가 숨을 들이켰다. 여자 하나가 앉아 있었기 때문이다. 마담이다. 정유선이라고 했던가?

성북동의 안가에서 서동수와 정유선이 탁자를 사이에 두고 앉았다. 오늘도 아래층의 주방 아줌마가 차려놓은 술과 안주가 탁자 위에 가득 놓였다. 벽시계는 밤 12시 반을 가리키고 있다. 집 안은 조용하다. 베란다의 문을 열고 커튼을 쳐놓아서 바람결에 커튼이 작게 흔들렸다. 정유선은 코트를 벗고 헐렁한 원피스 차림이었는데 며칠 전에 그 자리에 앉았던 유수경과 분위기가 다르다. 유수경이 정원에 핀 꽃이라면 정유선은 야생화다. 황무지에서 강한 생명력으로 피어난 야생화, 화류계가 바로 황무지일 것이었다. 술잔을 든 서동수가 정유선을 보았다.

"와 줘서 고마워, 마담."

"아뇨, 제가 좋아서 온 건데요."

정유선이 긴 머리를 쓸어 젖히면서 웃었다. 이제는 머리를 풀어서 긴 머리가 어깨를 덮었다. 서동수가 한 모금 술을 삼켰다. 정유선은 2차를 따라 나가는 여자가 아니다. 그랬다면 정계의 대모라고 불릴 정도의 위치가 되지 않았다. 그렇다고 정유선이 따라 나온 이유가 팁을 후하게 주었기 때문이 아니다. 서동수보다 돈을 펑펑 더 잘 쓰는 인간도 부지기수다. 술잔을 내려놓은 서동수가 문득 쓴웃음을 지었다. 정유선이 자신의 인간적인 매력에 끌려 나왔다고 생각한다면 치매가 왔다고 봐도 될 것이다. 그렇다면 무엇 때문인가? 좋아서 왔다는 말은 자진해서 왔다는 말일 뿐이다. 그때 정유선이 웃음 띤 얼굴로 서동수를 보았다.

"뵙게 될 기회를 기다리고 있었어요."

"저런."

정신이 든 서동수가 똑바로 앉았다.

"연락이라도 하시지 그랬어? 언제라도 만날 수 있을 텐데."

대답 대신 풀썩 웃은 정유선이 말을 이었다.

"저는 전생의 인연을 믿어요. 장관님하고 인연이 있었다면 만나게 되리라고 믿었지요."

"전생의 인연이 있었군."

"모두 장관님 이야기를 해요. 장관님처럼 화제의 주인공이 된 인물은 제가 처음 보았어요."

서동수가 숨을 들이켰다. 지금 정유선이 본론을 꺼내고 있다. 따라온 이유가 바로 이 말을 하기 위해서인가? 정유선의 말이 이어졌다.

"여당이건 야당이건, 기업가, 공무원은 말할 것도 없고 언론, 종교, 문화계까지."

"날 씹어?"

"각양각색이죠. 하지만 특징이 있어요."

"조루가 있는 놈들이 씹겠지."

"장관님이 시대를 잘 만났다는 것이죠. 모두 그 말에는 공감하고 있더군요."

잔에 술을 채웠던 서동수가 정유선의 빈 잔에도 술을 따랐다.

"시대가 영웅을 만든다고 하더구먼. 소설에서 읽었어."

술잔을 든 서동수가 지그시 정유선을 보았다. 다음 말을 기다리는 것이다. 정유선이 한 모금에 술을 삼켰다. 목이 깊게 파인 원피스여서 젖가슴의 윗부분이 다 드러났다.

"이번 대선에 나오실 건가요?"

불쑥 정유선이 물었으므로 서동수가 한 모금 술을 삼키고는 말했다.

"나는 대선보다 지금 더 급한 것이 있는데, 정유선 씨."

"뭔데요?"

"욕조의 물이 식고 있을 거야. 같이 들어가는 게 어때?"

"그러죠."

머리를 끄덕인 정유선이 자리에서 일어섰다. 얼굴은 적당히 상기되었고 두 눈이 번들거리고 있다.

"이야기만 하려고 온 것이 아니니까요."

욕조에 나란히 기대앉은 둘의 얼굴은 더운 기운에 상기되었다. 물이 어깨까지 닿았지만 정유선의 풍만한 젖가슴과 아래쪽의 검은 숲이 맑은 물속에서 환하게 드러났다.

"참, 나."

두 손으로 얼굴을 씻으면서 정유선이 웃었다. 머리에 비닐 캡을 써서 목의 솜털도 보인다.

"내가 이러고 있을 줄은 상상도 하지 못했네."

"자, 나한테 하고 싶었던 이야기를 해봐. 지금이 가장 좋은 분위기야."

팔을 뻗어 정유선의 어깨를 당겨 안으면서 서동수가 말했다.

"그래서 날 따라 나온 것 같지만 말이야."

"꼭 그렇지는 않아요."

서동수에게 안긴 정유선이 몸을 비틀어 남성을 감싸 쥐었다. 이미 서동수의 남성은 물속에서 솟아 있는 것이다.

"그렇지."

칭찬한 서동수의 한 손이 정유선의 다리 한쪽을 당기고는 골짜기를 더듬었다. 욕조 안에서 둘의 사지가 엉켰고 빈틈없이 붙여졌다. 정유선이 입을 열었다.

"대선에 나오시지 않으세요?"

"안 나간다고 했잖아."

욕조의 물이 출렁였고 정유선의 숨소리가 높아졌다. 정유선이 말을 이었다.

"결국은 장관님이 나오신다고 하는 사람들이 많아요."

"왜?"

"시대의 요청."

"웃기고 있네, 말은 잘도 만들어내."

"뵙고 싶었어요."

"지금 만지고 있지 않아?"

"이것 말고."

하면서 정유선이 문지르던 남성을 힘주어 움켜쥐었으므로 서동수가 입을 딱 벌렸다. 서동수가 골짜기에서 손을 떼고 젖가슴을 움켜쥐었다. 작게 비명을 질렀던 정유선이 몸을 비틀며 말했다.

"대선에 나가지 않는 이유를 한 가지만 말해봐요."

"그것이 듣고 싶어서 온 건가?"

"그래요."

"나한테 이 선물을 가져왔으니 나도 말해주지."

서동수의 손가락이 동굴 안으로 깊숙이 들어갔다. 정유선이 다리를 비틀었지만 시선을 떼지 않았다.

"말해줘요."

"내 역할은 여기까지라고 생각했기 때문이지, 더 이상은 안 돼."

정유선이 눈만 깜빡였으므로 서동수가 빙그레 웃었다.

"양에 차지 않는 것 같구먼, 하지만 어쩔 수 없어, 그것으로 만족

해줘.”

“나가요.”

“옳지.”

물을 뿌리며 일어선 서동수가 정유선의 허리를 감아 안고 욕조를 나왔다.

“가만 서 있어요.”

정유선이 서동수를 세우더니 타월로 몸의 물기를 닦으면서 물었다.

“서울에 여자가 몇 명 있어요?”

“글쎄, 한 500만 명 되나?”

“아니.”

눈을 흘긴 정유선이 다시 서동수의 남성을 움켜쥐었다.

“얘가 좋아하는 여자 말이에요.”

“이런.”

서동수가 정유선의 허리를 당겨 안고는 입술을 붙였다. 정유선이 두 팔로 목을 감아 안더니 입을 열어 주었다. 욕실에선 둘의 숨소리가 거칠어졌고 하반신을 비벼대던 정유선이 허덕이며 말했다.

“침대로 가요.”

그러더니 두 팔로 서동수의 목을 감았다.

“날 안고.”

두 다리를 치켜든 정유선의 신음이 높아지고 있다. 아름답다. 얼굴을 일그러뜨렸지만 이때의 얼굴이 가장 감동적이다. 가장 기억에 남는 얼굴이기도 하다.

“아이구, 여보.”

마침내 정유선이 폭발하려고 한다. 너무 적극적이지도, 그렇다고 수동적이지도 않은 적당한 태도. 그리고 한 몸처럼 움직이는 완벽한 조화, 서동수도 어느덧 빨려 들어가듯이 정유선과 함께 절정을 향해 솟아오른다. 침대 위에 엉켜 있는 두 쌍의 알몸이 격렬하게 꿈틀거렸고 정유선의 신음은 비명처럼 높아졌다. 서동수는 어금니를 물었다.

"아아악."

정유선이 터졌다. 허리를 추켜올리면서 비명을 지른 정유선의 몸이 경련을 일으켰다. 그러고는 굳어지기 시작한다. 숨도 딱 멈추더니 치켜뜬 눈빛도 흐려졌다. 그 순간 서동수도 분출했다. 다시 정유선의 비명이 거친 숨과 함께 쏟아졌다. 서동수는 정유선의 숨이 가라앉기를 기다리며 한동안 움직이지 않았다. 여자의 몸은 다 다르다. 구조뿐만이 아니라 호흡, 움직임까지 분위기에 따라서도 다른 반응을 한다. 정유선의 몸도 다른 여자처럼 특별했다. 서동수의 관점에서 보면 어느 한 군데도 같은 점이 없이 특별한 것이다. 이윽고 정유선의 신음이 가라앉았고 동굴의 수축성이 약해졌을 때 서동수는 몸을 떼었다. 정유선이 아쉬운 신음으로 매듭을 짓는다. 확실한 여자다. 이 한순간의 반응만으로도 성격을 알 수가 있다.

"아주 좋았어."

몸을 굴려 옆에 누운 서동수가 정유선의 젖가슴을 쓰다듬고는 땀이 밴 이마에 입술을 붙였다.

"특별한 몸이야, 당신은."

어깨를 당겨 안으면서 말했더니 정유선이 가슴에 얼굴을 붙였다.

"오늘 섹스가 최고였어."

"무슨 말이야?"

"지금까지 내가 한 섹스 중에서……."

"이런."

쓴웃음을 지은 서동수가 정유선의 엉덩이를 움켜쥐고 당겨 안았다.

"그 거짓말, 정말이야?"

"응."

정유선이 서동수의 늘어진 남성을 쥐더니 주물렀다.

"특별한 남자와의 섹스는 몇 단계 업그레이드가 되는 법이야. 지금 나를 박고 있는 남자가 서동수구나 하는 생각이 들면 폭죽이 터지는 것처럼 몸이 뜨거워져."

"또 한 번 터져볼래?"

"조금 있다가."

정유선이 서동수의 가슴에 입술을 붙였다가 떼었다.

"당신하고 한번 하고 싶었어."

"오늘 밤 세 번은 더 해야지."

"나, 2차 안 나가는 여자야. 이거 한 지도 10년이 더 되었어."

"그 거짓말, 믿어주지."

"당신은 정말 이 시대가 요구하는 지도자감이야."

숨을 들이켠 서동수가 정유선을 내려다보았지만 표정이 보이지 않았다. 정유선이 얼굴을 가슴에 붙이고 있었기 때문이다. 정유선이 말을 이었다.

"이제 국민은 솔직하고 서민적이면서도 눈치 안 보고 나가는 지도자를 원하는 것 같아. 내가 주위에서 들은 결과가 그래."

정유선의 반말이 오히려 더 자연스럽고 친근감이 느껴졌다. 어느덧 정유선의 손에 잡힌 남성이 단단해져 있다.

"당신이 안 한다고 하니까 더 안타까워, 한번 해줬으면 좋겠는데."

"그래, 한 번 더 하자."

서동수가 정유선의 몸 위에 오르면서 말했다.

다음 날 오전, 서동수는 승용차 편으로 평양에 도착했다. 자유로를 거쳐 평양까지 걸린 시간은 3시간이 조금 넘었을 뿐이다. 서울 시내와 자유로가 막히지 않았다면 30분은 절약할 수 있었을 것이었다. 서울 일을 유병선과 안종관에게 맡기고 온 터라 서동수는 수행비서 최성갑만을 대동했다. 오후 12시 반, 서동수는 기다리고 있던 국방위원장 김동일과 주석궁의 주석용 식당에서 둘이 마주앉았다. 작은 원탁에는 점심상이 차려져 있었는데 단둘의 독대다. 전에는 옆에 증인처럼 한두 사람씩을 참석시켰지만 이제 김동일은 혼자 온다. 그만큼 자신이 있다는 표시인 것 같다. 둘은 점심을 먹는 시늉을 했지만 건성이다. 서너 번 밥을 떠먹은 서동수가 수저를 내려놓고 김동일을 보았다.

"제가 대통령께 제의를 했습니다."

그러고는 한대성과 이야기한 내용을 들려주었더니 김동일이 크게 머리를 끄덕였다.

"잘하셨습니다. 잘 되기를 바랍니다."

김동일의 얼굴에 웃음이 떠올랐다.

"장관 동무께서 큰일을 하셨습니다."

"대통령이 이해를 해주셨기 때문이지요."

한대성과 김동일의 관계는 원만하다. 함께 신의주를 만들고 화해 분위기를 이룬 주역들인 것이다. 그때 김동일이 웃음 띤 얼굴로 서동수를 보았다.

"남조선 대통령은 그만두고 나서 대개 뭘 합니까?"

"글쎄요."

서동수가 시선을 내리고는 숨을 골랐다. 김동일은 3대째 이어온 집권자다. 부친과 조부는 각각 죽어서야 권좌에서 내려왔다. 김동일이 이런 질문을 한 것부터가 의미가 있는 것인지도 모른다. 김동일이 연방대통령이 된다고 해도 임기를 채우면 물러나야만 하기 때문이다. 머리를 든 서동수가 김동일을 보았다.

"대개 자서전을 써서 후대 사람들에게 참고되어 도움을 주거나 제각기 취미생활을 하시지요."

"내가 알아보았더니 전직 대통령을 감옥에 보내거나 조사한 경우도 있더군요."

"그거야 뭐, 재임 중에 아들을 감옥에 보낸 경우도 있었으니까요."

"그렇군요."

김동일의 눈동자가 잠깐 초점이 멀어졌다가 돌아왔다.

"내가 그만두면 뭘 하면 좋을까요?"

다시 김동일이 물었을 때 서동수는 소리 죽여 숨을 뱉었다. 한국에서, 아니 전 세계에서 장기집권이니 뭐니 해대지만 권좌에서 내려왔을 때의 김동일을 생각해준 사람이 있었는가? 서동수조차도 그 생각을 해본 적이 없었던 것이다. 그때 김동일이 빙그레 웃었으므로 서동수의 심장이 철렁했다.

"그 생각은 안 해보신 것 같군요."

"예, 솔직히……."

"끌어내리는 것만 생각했겠지요."

"아닙니다. 저는……."

당황한 서동수가 머리까지 저었을 때 김동일의 얼굴에 어느덧 웃음기가 지워져 있다.

“나도 서 장관처럼 사업이나 할까요?”

‘이나’라는 표현이 거슬렸지만 서동수는 머리를 끄덕였다.

“가능하십니다.”

북한산 광물만 가져다 팔아도 수백억 불이 될 것이다. 그때 김동일이 말을 이었다.

“돌아가실 곳이 있는 서 장관이 부러워서 그럽니다.”

“지금부터라도 사업체를 만드시지요. 제가 적극 협조하겠습니다.”

서동수의 머릿속에 말보다 빨리 북한산 제품이 주마등처럼 스치고 지나갔다. 이런 머리 회전으로는 서동수가 세계적인 지도자감이다.

“어떻게 말입니까?”

정색한 김동일이 묻자 서동수가 심호흡부터 했다. ‘그렇지, 내가 동성을 창립할 때의 이야기부터 하는 것이 낫겠다. 허심탄회하게 내가 리베이트 먹은 기법까지 다 털어놓자.’ 1시 반에 끝날 예정이었던 점심이 3시까지 늦춰졌다. 둘이 식당에서 나온 것은 의자가 불편했기 때문이다. 주석실 옆쪽 소파가 있는 주석용 휴게실로 옮아간 둘은 이야기를 계속했다.

창업(創業)은 개국(開國)의 축소판과 같다. 그러나 창업자의 임기는 무한대다. 죽거나 치매에 걸리지 않는 한 대주주의 권리를 행사한다. 이윽고 동성의 사업 분야와 자산 규모까지 설명을 마쳤을 때 김동일이 머리를 끄덕이며 말했다.

“내가 장관께 사업을 맡기지요.”

“완벽하게 만들어 드리겠습니다.”

결연한 표정으로 대답한 서동수가 김동일을 보았다.

"사업으로도 조국과 인민을 위해 얼마든지 봉사하실 수 있을 것입니다."

"장관 덕분에 새 희망이 솟는 것 같습니다. 의욕이 일어납니다."

김동일이 얼굴을 펴고 웃었다.

"정치를 마치면 돌아갈 곳이 있다는 것이 말입니다."

"그렇죠."

갑자기 가슴이 멘 서동수가 숨을 들이켰다. 김동일이 돈이 부족해서 이러겠는가? 언제부터인지는 모르지만 불확실한 미래에 대해서 불안했을 것이었다. 그것을 상의할 상대가 등장한 셈이다. 아직 한낮이었지만 김동일이 술을 가져오라고 시키더니 서동수의 잔에 황금빛 코냑을 따라주었다.

"장관, 난 아직 배울 것이 많아요."

김동일이 차분해진 얼굴로 서동수를 보았다.

"그동안 장관하고 자주 만났으면 좋겠습니다. 다른 사람들은 불편해서……."

"언제든지 부르시지요, 바로 달려오겠습니다."

"내가 고칠 것이 있습니까? 장관이 보시는 관점에서 기탄없이 말씀해주시지요."

다시 서동수의 숨이 저절로 들이켜졌다. 믿는 상대에게는 김동일이 다 벗어던지고 다가오는 것이다. 이것은 주변 분위기가 그렇게 만들었다. 서동수는 기탄없이 말해주기로 마음먹었다. 설령 듣기가 거북하더라도 이런 자세라면 머릿속에 넣어둘 사람이다.

"TV 화면에 위원장께서 말씀하시는 장면만 나옵니다. 앞으로는 들으시는 장면을 늘리시지요."

"아아."

김동일이 머리를 끄덕였다.

"촬영기사 놈들이 아부꾼이어서 그렇습니다. 당장 지시하겠습니다."

"옆에서 노인 장군들이 수첩을 들고 다니면서 모두 적는 모습이 보기에 좋지 않습니다. 분명히 위원장께서 시키신 것이 아닐 텐데요."

"그것도 아부꾼들이 시작하니까 너도나도 따라서 한 것입니다. 당장 없애라고 하지요."

"장군들이 모두 노인인데 그 사람들 앞에서 담배를 피우시는 것도 좀……."

"아, 남조선은 모두 금연이지요? 그럴 만합니다. 까짓것, 카메라 앞에서는 참지요."

"잘하셨습니다. 아니, 들어주셔서 고맙습니다."

충신이라면 목숨을 걸고 직언을 해야만 한다. 젊은 지도자의 버릇을 잘못 들인 것이 측근이다. 그때 김동일이 서동수를 보았다.

"장관께 부탁이 있습니다."

"예, 말씀하시지요."

"우리 이렇게 둘이 있을 때는 형님, 동생 하고 그럽시다. 의형제를 맺자는 말씀입니다."

서동수는 입안에 고인 침을 삼켰다. '대답하자.'

"알았어, 동생."

마침내 서동수가 대답했다. 그 순간 갑자기 눈이 화끈거렸으므로 서동수는 눈을 크게 떴다. 감동을 한 것이다.

"형님."

김동일이 부르더니 손을 뻗어 탁자 위에 놓인 서동수의 손을 쥐었다. 따뜻한 손이다.

"우리 의리 변치 맙시다, 형님."

"염려하지 마, 동생."

"날 좀 많이 충고해 줘요."

"걱정하지 마."

서동수의 가슴이 부글부글 끓어올랐다. 앞으로 김동일에 대해서 욕이라도 한마디 하는 놈이 있다면 주둥이에 똥을 집어넣으리라. 외면만 보고 사람을 판단하면 안 되는 것이다. 숨을 들이켠 서동수가 한마디씩 분명하게 말했다.

"난 결코 신의를 배신하지 않을 거야. 동생을 위해서 내 모든 것을 던질 수도 있어."

결연한 표정으로 말한 서동수의 눈에서 마침내 한 방울쯤 눈물이 흘러내렸다. 그것을 본 김동일의 눈에도 금방 눈물이 고였다.

"힘들어요, 형님."

"알아, 고생이 많을 거야."

한국에서 듣고 보는 김동일의 시행착오가 어디 악의에 의한 것인가? 선입견만 버리면 얼마든지 따뜻한 시선이 될 수 있을 것이다. 그때 손등으로 눈을 닦은 김동일이 불쑥 말했다.

"요즘 일본이 우리한테 자꾸 밀사를 보냅니다. 미국이 배후에 있는 것 같고요."

정색한 김동일이 말을 이었다.

"경제협력단을 보낸다고 해요. 대신 납북자 확인을 해달라고, 핵 문제는 그 후에 언급하겠다는데 우리한테는 좋은 조건이죠."

그것은 서동수도 아는 사실이다. 한국 언론에서 매일 보도되는 터라 바쁜 시장 아줌마들도 다 안다.

아베 총리는 역사교과서를 완전히 수정했다. 위안부에 대한 사과는커녕 위안부 자체를 부인했으며, 혐한 분위기를 조성해 한국에 대한 반감을 증폭시킴으로써 과거사 문제를 상쇄시켰다. 따라서 우익 분위기에 휩쓸린 일본 여론은 압도적으로 아베를 지지했지만 한·일 관계는 역대 최악이다. 그 사이에 일본은 북한과의 우호 협력 관계를 굳히려는 것이다. 남북한 이간 전술이다. 서동수가 입을 열었다.

"동생이 일본 정부에 대마도 반환을 요구하면 아마 한국의 영웅이 될 것이네."

"예? 대마도요?"

김동일이 눈을 가늘게 떴다.

"부산 밑에 있는 섬 말입니까?"

"그게 본래 한국령이었다네."

"……."

"1945년 해방이 되고 나서 1948년에 대한민국 정부가 수립되었지?"

김동일의 벌어졌던 입이 닫혔지만 내친김이다. 서동수가 말을 이었다.

"1948년 8월 15일 정부가 수립되고 나서 이승만 대통령은 일본 정부에 수십 번이나 대마도 반환 청구를 했다네. 당시 일본을 점령하고 있던 맥아더 사령부에도 말이지. 당시 요시다 총리는 반환 청구에 진절머리를 내다가 6·25전쟁이 일어나자 만세를 불렀다는 소문이 났네."

"……."

"전쟁 때문에 반환 청구를 할 수 없게 되었으니까 말이지."

"……."

"지금 독도에 대한 일본의 영토 주장은 대마도를 덮기 위한 선제 작업이라는 말도 있네. 미국도 확대를 원치 않고 말이야."

그때 김동일이 심호흡을 하고 나서 말했다.

"좋습니다. 남조선이 미국 때문에 그 주장을 못 한다면 제가 하지요. 대마도가 우리 땅이라고."

"어? 언제 왔어?"

문이 열렸을 때 소파에 앉아 있던 서동수가 탄성 같은 외침을 뱉었다. 전영주가 들어섰기 때문이다. 오후 9시 40분, 김동일과 저녁 식사까지 마치고 초대소의 방에서 막 씻고 나온 참이었다. 서동수의 표정을 본 전영주가 생글생글 웃었다.

"신의주에서 오후 3시쯤 도착했는데 혼자 계실 때까지 기다리고 있었어요."

"반갑다. 잘 왔어."

"아유, 이렇게 반기시는 건 처음 봐요."

다가온 전영주가 옆쪽에 단정히 앉았다.

"일 잘 끝내셨어요?"

"아, 그럼."

팔을 뻗은 서동수가 전영주의 어깨를 당겨 안았다. 전영주가 쓰러지듯 서동수의 가슴에 안기면서 놀라는 시늉을 했다.

"어머, 정말 오늘은 왜 이러세요?"

"왜?"

"들뜨신 거 같아요."

서동수가 손을 뻗어 전영주의 스커트 밑으로 집어넣으면서 웃었다.

"그래, 널 봐서 흥분해서 그래."

"서두르시지 않아도 되는데."

그러면서도 전영주가 엉덩이를 들고 서동수와 함께 팬티를 벗어내었다. 검정 실크 팬티다. 스커트를 걷어 올린 서동수의 두 눈이 번들거렸다. 전영주의 알몸이 눈부시게 펼쳐져 있었기 때문이다.

"아이고, 참"

전영주가 몸을 비틀었지만 스커트를 내리지는 않았다.

"음, 네 몸은 언제 봐도 눈이 부셔."

서동수가 전영주의 숲과 골짜기를 내려다보면서 감탄했다.

"난 이 순간이 가장 행복하단다."

"그런 말씀 전에도 하셨어요."

"언제?"

서동수가 전영주의 골짜기 위쪽 작은 콩알을 건드렸다.

"아유."

하체를 비튼 전영주가 빨갛게 상기된 얼굴로 서동수의 허리를 감싸안았다.

"저, 다 벗을게요."

"너도 급해진 거야?"

서동수가 손을 떼었더니 일어선 전영주가 눈을 흘겼다.

"저, 시간이 남아서 씻었어요. 됐죠?"

"뭐가?"

"시간을 절약해서."

"역시 넌 효율적이야."

"장관님의 이런 분위기는 처음 봐요."

서동수 옆에 선 전영주가 옷을 벗으면서 말을 이었다.

"청사에 있는데 위원장 동지께서 급하게 오라시는 연락을 받고 놀라서 달려왔거든요."

재킷을 벗은 전영주가 소파 옆에 개어 놓더니 스커트를 벗었다. 그러자 팬티는 미리 벗은 터라 하반신은 알몸이 되었다. 그때 서동수가 입고 있던 가운을 벗어 던지고는 남은 팬티까지 벗었다. 순식간에 알몸이 드러났다.

"여기서요?"

이미 눈이 흐려진 전영주가 브래지어를 벗어 던졌으므로 알몸이 드러났다. 눈부신 알몸이다. 혼잣소리처럼 물은 전영주가 다가오더니 서동수 앞에 무릎을 꿇고 앉았다. 그러고는 서동수의 남성을 입에 넣었다. 거침없는 동작이었지만 자연스럽다. 두 손으로 서동수의 남성을 입에 넣은 전영주가 천천히 머리를 흔들기 시작했다. 서동수는 소파에 등을 붙이고 앉아 전영주를 내려다보았다. 그러다가 두 손을 뻗어 전영주의 머리칼을 움켜쥐었다. 그때 전영주가 시선을 들더니 눈웃음을 쳤다. 흐린 눈동자가 번들거리고 있다. 서동수는 두 손으로 전영주의 볼을 감싸 쥐었다. 감동한 것이다.

서동수가 자신의 왼팔을 베고 누운 전영주를 물끄러미 보았다. 모로 누운 전영주의 얼굴이 서동수의 가슴에 붙여져 있다. 밤 11시 반, 침실의 TV도 켜놓았지만 음을 소거해 북한 기예단의 현란한 서커스가 소리 없이 화면에서 방영되는 중이다. 전영주의 숨결이 서동수의 가슴을 스치고 지나갔다. 다리 한 짝이 서동수의 하반신 위로 비스듬히 걸쳐져 있는 것이 오히려 안정감을 준다. 둘 다 알몸이었고 방 안에는 아직도 열기가 가시지 않았다. 전영주의 콧등에 조그만 땀방울이 솟았고 숨소리도 아직 가쁘다. 땀과 애액이 섞인 비린 냄새가 달콤하게 느껴졌다. 서동수가 전영주의 어깨를 당겨 안자 얼굴이 가슴에 바짝 붙여졌다. 전영주는 손을 뻗어 서동수의 남성을 감싸 쥐었다.

"너한테만 알려주지."

서동수가 오른손으로 전영주의 젖가슴을 움켜쥐며 말했다.

"이제 한국 대통령은 4년 연임을 하게 될 거다. 내가 남북한 수뇌부를 만나 그렇게 합의를 했어."

숨을 죽인 전영주가 남성을 주무르던 손을 멈췄다.

"뭐 해? 계속해."

서동수의 질책을 받은 전영주가 정신을 차리고 다시 주무르기 시작했다.

"그럼 연임 임기 4년 동안 남북한 연방제가 만들어지고 5년 후에는 연방대통령이 탄생하는 거지."

"……."

"그래야 돼. 지금 대통령이 마무리를 짓는 것이 순리다."

"장관님은요?"

"두 손으로 주물러."

다시 단단해진 남성을 전영주가 두 손으로 주무르기 시작했다.

"시대에 맞는 지도자가 있는 법이야."

남성을 전영주에게 맡긴 채 서동수가 말을 이었다.

"난세에는 난세에 맞는 지도자가, 평시에는 평시에 맞는 지도자가."

"저도 좀 만져주세요."

전영주가 눈을 흘겼으므로 서동수의 손이 골짜기로 옮아갔다.

"여기는 벌써 전쟁 준비가 되었군."

골짜기가 뜨겁게 젖어 있었던 것이다.

"여기 대포도 발사 준비가 되었네요."

전영주가 남성을 손으로 감싸 쥐면서 웃었다.

"그럼 이게 남북전쟁이냐?"

상반신을 세운 서동수가 전영주의 몸 위로 오르면서 웃었다.

"이런 전쟁은 밤새도록 해도 좋지?"

"아유, 난 몰라."

눈을 흘긴 전영주가 누우면서 두 손으로 서동수의 어깨를 쥐었다. 서동수는 전영주의 상기된 얼굴을 내려다보면서 심호흡을 했다. 농담처럼 말했지만 진심이다. 난세에는 난세에 맞는 지도자가 있다. 난세에 우유부단하고 자비로운 지도자는 맞지 않는 것이다. 평화와 화합의 시대에 독선적이고 폐쇄적인 지도자는 원망을 받는다. '그럼 나는 무엇인가?' 서동수는 불끈 허리에 힘을 주어 전영주의 몸 안으로 진입했다.

"아악."

전영주가 비명 같은 탄성을 뱉으면서 서동수의 어깨를 당기려는 시늉을 했다.

"아이고, 나 죽어."

무릎을 굽혔다가 다리를 추켜올리면서 전영주가 서동수와 동작을 맞춘다. '나는 내 분수를 안다. 나는 지도자의 그릇이 아니다. 어쩌다 보니 여기까지 온 것이다.'

"아아악."

전영주의 신음이 높아졌지만 서동수는 계속했다. '그리고 모든 것을 내놓기도 싫다. 이것이 내 진면목인 것이다.'

이번에는 김동일의 전용 헬기 편으로 서울로 내려왔다. 주석궁과 청와대를 제 별장처럼 왔다 갔다 하는 인간은 서동수밖에 없을 것이다. 오전 10시 반, 청와대 헬기장에 착륙한 구소련제 헬기에서 신의주 장관 서동수가 내린다. 비서실장 양용식이 마중 나왔다가 헬기를 보더니 눈을 가늘게 뜨고 웃었다.

"청와대에 김 위원장 헬기가 착륙하다니, 봄날이 오기는 오는 것 같습니다."

양용식의 시선이 서동수 옆에 선 전영주를 스치고 지나갔다. 전영주가 누군지 최고급 정보를 쥐고 있는 양용식이 모를 리가 없지만 예의를 지켜야 한다. 대통령이 기다리고 있었으므로 양용식과 서동수는 곧장 차에 올라 집무실로 달린다. 아침에 양용식에게 급한 전갈이 있다면서 대통령 면담을 요청한 것이다. 대통령은 일정을 미루고 서동수를 기다리고 있다. 양용식은 내용을 묻지 않았고 차 안에서도 입을 다물고 있다. 이윽고 10분쯤 후에 서동수는 대통령 집무실에서 대통령 한대성과 양용식까지 셋이 독대를 한다. 한대성은 긴장한 듯 얼굴이 굳어져 있다. 그도 그럴 것이 연임제 개헌 합의를 김동일에게 알리러 갔다가 바로 면담 신청을 했기 때문이다. 서동수가 권한 음료수에 손도 대지 않고 입을 열었다.

"대통령께서 연임하시는 것은 북한 측도 이의가 있을 리가 없지요. 김 위원장은 잘되었다고 하셨습니다."

한대성이 머리만 끄덕였고 서동수가 말을 이었다.

"대일관계 때문입니다."

그러고는 서동수가 김동일한테서 들은 일본과의 상황을 설명하고 나서 호흡을 조정했다.

"오늘 오후에 북한은 일본 측에 성명을 발표할 것입니다."

한대성의 눈빛이 강해졌고 양용식은 입안에 고인 침을 삼켰다. 본론인 것이다.

"일본정부에 한국령인 대마도를 반환하라는 성명을 발표할 것입니다. 그것이 당장은 한국령이 되겠지만 곧 남북한 연방령이 될 테니까요."

"대, 대마도를……."

놀란 양용식이 먼저 말을 꺼냈다가 헛기침을 하고 한대성을 보았다.

"죄송합니다, 대통령님."

그때 한대성이 서동수를 보았다.

"일본의 각개 격파. 아니, 남북한 이간질에 말려들지 않겠다는 의지시군. 우리로선 고마운 일이지요."

"그래서 한국 측도 호흡을 맞출 필요가 있을 것 같습니다."

서동수가 말하자 한대성이 커다랗게 머리를 끄덕였다. 어느덧 얼굴이 조금 상기되어 있다.

"당연하지요. 완벽하게 남북 공조를 이루도록 하겠습니다."

"그럼, 관계 장관 회의를……."

양용식이 반쯤 엉덩이를 들면서 한대성을 보았는데 노련하고 차분했던 그가 이렇게 덤벙거리는 모습은 처음 보았다. 이런 허점은 인간적으로 보인다. 한대성이 머리를 끄덕이자 양용식이 완전히 일어나면서 말했다.

"북한 측과도 조율할 필요가 있을 것 같아서 그럽니다. 누구한테 연락을 하면 될까요?"

"통일전선부장이 기다리고 있을 것입니다."

서동수가 말하자 교통정리는 한대성이 했다.

"그럼 통일부 장관이 연락하도록 하세요."

"예, 대통령님."

기운차게 대답한 양용식이 서둘러 집무실을 나갔을 때 한대성이 길게 숨을 뱉었다. 감동한 표정이다.

"김 위원장이 그렇게까지 해주다니. 고맙군요."

오후 2시 55분. 서울역 대합실의 대형 TV 앞에 수백 명의 시민이 모여 있다. 3시에 북한의 성명 발표가 있을 것이라고 여러 번 예고가 되었기 때문이다. 그동안 북한 TV 방송의 발표는 나중에야 한국에서 녹화했다가 틀어 줬지만 지금은 생방송이라는 것이다. 거기에다 무슨 내용인지를 말해 주지 않아 갖가지 추측이 난무했다. 역시 이번에도 증권가 찌라시는 김동일 위원장의 유고라는 소문을 퍼뜨렸고 김동일이 한국에서 약속한 100억 불을 못 받자 신의주를 동결시킨다는 찌라시도 나왔다. 서동수가 초대소에서 복상사했다는 찌라시가 나왔다가 금방 사라졌는데 퍼 나르는 놈이 없었기 때문일 것이다.

이윽고 3시 정각이 되자 광고도 없이 TV 화면에 북한 여자 아나운서가 나왔다. 그 아줌마다. 국제시장 시절의 파마머리, 붕어빵을 파는 아줌마의 얼굴, 오늘은 피로 물들인 것 같은 치마를 입고 앉았다. 뒤쪽 배경은 백두산 천지 그림, 아줌마가 눈을 치켜뜨고 대합실의 한국인들을 보았으므로 모두 숨을 죽였다. 저 입으로 무자비하게 쏟아내는 대남 비방을 모두 들어왔기 때문이다. 도대체 위아래도 없지, 이쪽을 노려보면서 반말을 떡떡 갈기는 그 배짱, 그 오만, 그 싸가지를 당해 본 한국 시청자들은 모두 진저리를 냈던 그 주인공이다. 그때 아줌마가 소리치듯 말했다.

"일본 총리 아베에게 경고하안다."

뜬금없었기 때문에 이곳저곳에서 숨을 들이켜는 소리가 들렸다. 주위가 조용해졌고 아줌마의 목소리가 더 크게 울렸다.

"대마도는 조선령이었으며 지금은 남조선령이 되어야 맞다. 일본 정부는 대마도를 즉시 남조선에 반환하여야 할 거어시다."

한 마디 한 마디가 힘이 차 있었으며 그렇게 분명할 수가 없다. 남조선의 어느 아줌마도 이렇게 말하지 못할 것이라고 대부분의 시청자는 믿는다. 다시 아줌마의 목소리가 이어졌다.

"따라서 조선민주주의인민공화국은 모든 국제기구에 대마도의 남조선 반환 청구 소송을 낼 것이며, 남조선과 함께 대마도 반환을 위해 수단과 방법을 가리지 않을 것임을 세계만방에 선포하는 바이다."

그때 이곳저곳에서 박수 소리가 터졌는데 그것이 금방 전체 시청자에게로 번졌다. 대합실이 박수 소리로 덮여 안내 방송 소리도 묻혔다. 그때 화면이 바뀌더니 한국의 여자 아나운서가 나왔다. 눈이 번쩍 뜨이는 미모에 허벅지까지 드러난 몸매가 다른 때 같으면 감동을 주었겠지만 대합실 시청자들에게는 조화처럼 느껴졌다. 그것을 의식했는지 아나운서가 기죽은 표정으로 말했다.

"곧 통일부 장관의 성명서 발표가 있겠습니다."

서동수는 안가의 응접실에서 TV를 보고 있다. 좌우에는 안종관과 전영주가 앉아 있었는데 막 통일부 장관 윤병준이 화면에 나왔다. 윤병준이 굳은 표정으로 입을 열었다.

"대마도는 건국된 후부터 한국 정부가 줄기차게 일본 정부에 반환을 요구했던 한국 영토입니다."

윤병준이 손에 들고 있던 서류를 들어 보이고는 말을 이었다.

"그래서 초대 이승만 대통령은 기회가 있을 때마다 대마도 반환을 요구했던 것입니다. 한일병합 후 일본은 대마도가 한국령이라는 자료를 지우려고 기를 썼지만 아직도 수많은 증거가 남아 있습니다."

점점 열기를 띠는 윤병준의 목소리를 들으면서 서동수가 머리를 돌려 안종관에게 물었다.

"이제, 남북한이 연합하면 대마도 수복은 가능하겠지요?"

"인기가 하늘로 치솟는군요."

민족당 정책위의장 백기현이 한숨과 함께 말했다. 오후 8시, 여의도의 한식당 안이다. 본래 일식당을 예약해 놓았다가 오후의 사건이 터지는 바람에 부랴부랴 식당까지 바꾼 상황이다. 정치인은 여론에 민감할 수밖에 없는 것이다. 소주잔을 든 백기현이 한 모금을 삼키고는 앞에 앉은 민족당 대표 오경복을 보았다.

"이번 대마도 사건은 신의 한 수인 것 같습니다. 그렇지 않습니까?"

오경복이 시선을 들었다가 내리더니 쓴웃음을 지었다. 5선 의원인 오경복은 이번에 민족당 대선후보로 선출될 가능성이 많았던 것이다. 그러나 갑자기 대통령 연임 개헌이 대두되면서 날벼락을 맞았다. 사분오열이 되어 있던 민족당 의원 대부분이 개헌 찬성으로 몰렸기 때문이다. '대세'다. 이것은 천지개벽 수준의 변화가 없으면 그대로 진행된다. 거기에 오늘 오후 3시의 대마도 반환 성명이 '대세'를 철벽같이 만들어 버렸다. 오경복이 혼잣소리처럼 말했다.

"맞아, 신의 한 수야. 한대성과 김동일이 함께 놓은 신의 한 수지."

"중간에서 서동수가 심부름을 했다고 합니다."

서동수가 헬기로 청와대에 내린 것도 언론에 보도가 된 것이다. 서동수와 악연이 있는 백기현이 입맛을 다셨다.

"서동수가 한대성 이후의 연방 대통령을 노리는 것 같습니다. 김동일은 제쳐 두고 말이지요."

"……."

"이 분위기로 가면 서동수가 신의주를 기반으로 북한 지배층을 장악하게 되지 않겠습니까?"

"……."

"지금도 신의주의 반란세력을 끌어안고 있는 데다 북한 군부하고도 관계가 좋지요. 그리고 그놈은 처세의 달인입니다. 돈 먹고 매수하는 데는 귀신이죠."

"……."

"김동일은 허수아비가 되는 거죠. 지금도 서동수가 김동일을 갖고 놀고 있을 겁니다."

"글쎄."

술잔을 내려놓은 오경복이 긴 숨을 뱉었다. 오경복은 62세, 행정고시에 합격한 후에 공무원으로 15년을 보낸 경력이 있다.

"내가 알기로는 서동수는 정치에 뜻이 없는 것 같아. 신의주 장관을 끝으로 다시 기업가로 돌아갈 것 같네."

오경복이 제 잔에 술을 채우더니 허탈하게 웃었다.

"나는 서동수를 보면 기운이 빠져. 그자의 행동을 보면 정치를 경멸

하고 있는 것 같아. 아마 우리가 그 경멸 대상이 되어 있을 거야."

"그놈이 말입니까?"

"당연하지."

한 모금에 소주를 삼킨 오경복이 말을 이었다.

"난 그자가 대통령이 되었을 때를 가끔 생각해 보았어."

"무슨 말씀을……."

"재미있거든."

눈을 가늘게 뜬 오경복이 초점이 먼 시선으로 앞쪽 벽을 보았다

"그자는 아마 일을 다 총리나 장관한테 맡기고 오입질이나 하러 다닐 거야."

"나라가 개판 되는 거죠."

백기현이 얼른 말을 받았지만 오경복은 머리를 저었다.

"잘될 거네. 서동수의 인기는 높을 거고."

"오입질이나 하는데도요?"

"측근들이 충성을 바칠 거고."

한 모금 소주를 삼킨 오경복이 혼잣소리처럼 말했다.

"목표는 신바람이고 감동이야. 서동수는 그걸 만들 줄 알아."

조국

신의주로 돌아온 서동수가 제일 먼저 만난 사람이 나오미다. 오전 11시경, 서울에서 전용기 편으로 곧장 신의주에 도착하고 나서 나오미에게 연락을 한 것이다. 장관 집무실로 들어선 나오미의 얼굴이 굳어 있다. 당연한 일이다. CNN은 평양과 서울에서 동시에 일본으로 핵 공격을 했다고 평할 정도였다. 세계가 놀란 것이다. 오늘 아침에 미국의 오바마 대통령은 특별 성명을 발표했다. 남북한, 일본 3국이 각각 자중하길 바란다는 내용이다. 러시아, 유럽 각국도 우려한다는 논평을 냈지만 아직 입을 꾹 다물고 있는 주요국이 두 개다. 그것은 당사자인 일본과 인접국 중국이다. 세계가 떠들썩한 상황이었으니 지금 나오미와 서동수의 면담도 언론의 주목을 받을지 모른다. 그러나 이곳은 신의주다. 북한 같지는 않지만 그렇다고 한국처럼 기자들이 막 덤비지도 않는다. 서동수는 특보 안종관과 함께 나오미를 맞았다. 건성으로 인사를 마친 셋이 자리 잡고 앉았을 때 먼저 서동수가 말했다.

"나오미 씨, 대마도 문제는 지금까지 한국인의 가슴속에 담겨 있었던 거요."

서동수가 손바닥으로 가슴을 짚고 웃었다.

"독도는 무인도여서 말이 없지만 대마도는 천 년 전부터 유인도였지. 그래서 우리 땅이라고 언제든지 주장할 수 있었던 겁니다."

"장관님."

나오미는 한국어를 한다. 작게 기침을 한 나오미가 굳은 얼굴로 서동수를 보았다.

"시기가 좋지 않습니다. 그리고 전혀 실현 불가능한 주장입니다. 이것은 일·한 관계를 급랭시키고 동북아 정세에 심각한 영향을 끼칠 수 있습니다. 특히 신의주가……."

"잠깐만."

말을 막은 서동수가 부드러운 시선으로 나오미를 보았다.

"아베 총리는 왜 북한에서 먼저 대마도 문제를 꺼냈는지 이해할 것입니다. 일본은 남북한을 각개 격파 대상으로 보고 분열을 조장했지요."

"총리는 그럴 의도가 아니었다고 말씀하셨습니다."

나오미의 얼굴이 상기되었다.

"이건 심각한 위협입니다. 우방국 간 이런 사례가 없었다고 총리실에서 연락이 왔습니다."

"나오미 씨한테?"

불쑥 서동수가 묻자 호흡을 고른 나오미의 눈빛이 조금 가라앉았다.

"외무성에서 여러 통로를 통해 김동일 위원장의 진의를 알려고 시도했지만 꽉 막혔다고 합니다."

"화가 단단히 나셨습니다. 그분은 대마도가 한국령이라고 믿고 계시더군요."

서동수가 말했더니 나오미가 긴장했다.

"그럼 장관께서는 진행 과정을 아셨군요?"

"두 지도자가 하시는 일에 내가 나설 수는 없었지요."

그때 듣기만 하던 안종관이 상체를 세우고 말했다.

"장관께서 일본 공관장님을 부르신 것은 신의주의 일본 기업들은 이번 일에 전혀 영향을 받지 않을 거라는 말씀을 하시려는 것입니다. 공관장께서 그렇게 전해 주시길 바랍니다."

"알겠습니다."

머리를 숙여 보인 나오미가 다시 서동수를 보았다.

"총리께서 장관께 드릴 말씀이 있다고 하셨는데요. 이번 일에 장관께서 조정자 역할을 해주시기를 바라고 계십니다."

서동수가 길게 숨을 뱉었다. 이것도 예상하고 있었다. 병 주고 약 주는 셈이었지만 아베는 그것까지 알고 있을지도 모른다.

일본은 관방장관 이케다가 성명을 발표하는 것으로 대응했다. 남북한이 얼토당토않은 궤변으로 독도 문제를 덮는다는 것이었다. '적반하장'이라고도 했다. '국제법'을 네 번이나 사용했고 '위협'을 세 번이나 강조하면서 자위대를 언급했다. 일본이 대마도 문제에 맞대응한 것이다. 이것은 마침내 일본이 남북한의 '작전'에 끌려든 셈이나 같다. 가만히 있을 수도 없었으니 남북한의 절묘한 작전이다.

그동안 한국 측은 문화일보가 '대마도는 한국령이었다'는 증거를 특집으로 계속해서 보도하는 중이었으며 각종 언론 매체와 학술단체,

부산·울산·포항·통영시 등 지방자치단체에서도 번갈아 대마도 반환 결의안이 터져 나오는 상황이었던 것이다. '대마도붐'이다. 일본은 한국인의 대마도 입국을 슬그머니 금지하면서 사건이 확대되는 것을 피했지만 불난 집에 부채질을 해버린 꼴이 되었다.

"이럴 때 북한이 한방 터뜨려 주면 좋을 텐데."

불쑥 서동수가 말했으므로 안종관과 유병선이 머리를 들었다. 오전 10시 반, 창밖으로 맑은 하늘이 보였다. 신의주의 행정청 안이다. 장관 집무실에는 셋이 둘러앉아 있었는데 '대마도 사건'이 일어난 지 8일째 되는 날이다. 남북한이 성명을 발표한 지 8일이 된 것이다. 어제 이케다가 반박 성명을 발표함으로써 세상은 남북한과 일본이 '언론전'의 단계로 진입했다고 추측하고 있다. 둘의 시선을 받은 서동수가 슬쩍 웃었다.

"북한이 원체 기습전의 대가여서 말이오."

그 '기습전'이란 6·25전쟁에서부터 천안함 격침, 연평도 포격 사건까지 다양하고 셀 수도 없다. 둘이 따라 웃자 서동수가 말을 이었다.

"내 말은 전쟁이 아니니까 오해하지 마시도록."

"압니다, 장관님."

안종관이 웃음 띤 얼굴로 서동수를 보았다.

"하지만 가만히 있어도 든든하지 않습니까? 이제 대마도가 테이블 위에 올려진 셈입니다."

그때 노크 소리가 들리더니 전영주가 들어섰다. 전영주는 시치미를 뚝 떼고 있었지만 서동수의 눈에는 뭔가 어색하게 보였고 그것이 다른 사람들 눈에 띌까봐 불안하다. 바로 도둑이 제 발 저리는 경우지만 인과응보다. 다가온 전영주가 서동수와 안종관 사이에다 초점을 두고 말을 하는 것도 그렇다.

"장관님, 잠시 후에 북한 방송에서 성명서를 발표한다는 통보가 왔습니다."

"TV를 켤까요?"

"아, 그럼."

고쳐 앉은 서동수가 말하자 전영주가 리모컨으로 TV를 켰다. 셋이 일제히 TV를 향해 돌아앉았을 때 북한 방송이 펼쳐지면서 "곧 조선인민공화국의 특별성명이 발표 된다"는 자막이 떴다. 한국 같으면 통닭에서 햄버거까지 온갖 광고가 떴다가 난데없는 성명이 발표되어 김을 빼게 될 것이다. 이윽고 자막이 걷히면서 '아줌마'의 모습이 드러났다. 이제는 서동수에게 친숙한 느낌을 주는 아줌마다. 그때 아줌마가 눈을 똑바로 뜨고 이쪽을 보았으므로 서동수는 침을 삼켰다.

"일본의 아베에게 고오한다."

'고'한다를 강조하느라고 고스톱의 '고오'가 되었지만 상관없다. 아줌마의 목소리가 높아졌다.

"대마도를 반환하지 않으면 우리는 핵을 폐기하지 않을 거어시다. 대마도와 핵을 맞교환하는 것을 제안하안다."

아베 신조는 야마구치현 시모노세키 출신이다. 야마구치현은 막부를 타도하고 메이지 유신을 성사시킨 세력들의 거점이며 그 핵심 인물인 요시다 쇼인, 다카스키 신사쿠의 고향이기도 하다. 아베는 요시다 쇼인과 다카스키 신사쿠를 존경해 왔으며 아베 신조의 '신'도 다카스키 '신'사쿠의 이름을 따서 붙일 정도였다. 요시다 쇼인은 정한론과 대동아공영론을 주장한 인물이었던 것이다. 따라서 조선은 정복의 대상이라는 사상이 아베에게 전이되었을 가능성도 충분하다. 아베의 외조부인 기시 노부스케는 종전 후 A급 전범으로 분류되었지만 56대, 57대 총리를 지냈으며 기시의 동생인 사토 에이사쿠도 61대, 63대 총리를 지냈으니 이런 명문(名門)도 없다. 그러니 아베가 한국에 대해 거침없이 말해온 것도 배경을 보면 이해가 간다.

"침략에 대한 정의는 어느 관점에서 보느냐에 따라서 다를 수 있다."

"한국에는 기생집이 있어서 위안부가 생활 속에 녹아 있는 것 같다."

"일본군이 위안부를 강제 연행했다는 문서로 된 증거와 일본군 증인이 없다."

아베는 90대에 이어서 96대 총리로 재임 중인데 지난번 총리 때 야스쿠니 신사를 참배하지 못 한 것을 통탄하고 있었다면서 이번에는 계속해서 참배를 하고 있다. 또한 1997년 '일본의 앞날과 역사교육을 생각하는 젊은 의원 모임'을 결성하여 초대 사무국장을 맡았는데 주 목적은 "저지른 과거에 대한 후세 교육은 부끄럽고 미래에 필요 없다. 자학사관일 뿐이다. 역사교과서를 개정해야 한다"는 것이었다. 아베가 이런 망언을 퍼붓는 이유는 명백하다. 그것은 한국이 승전국이 아니기 때문이다. 패전국 독일은 승전국인 영국과 프랑스, 소련에 둘러싸여 철저한 배상처리, 처벌을 받았고 지금도 반성 중이다. 그러나 일본은 한국은 물론 미국으로부터 침략과 만행, 수탈에 대한 처벌을 받지 않고 오히려 공산세력의 확장에 대한 방어선 역할을 맡게 되었다. 따라서 전범국으로 처리가 미흡했으며 책임 추궁을 덜 당한 상태에서 미국의 동맹국이 된 것이 아베의 기를 살려준 원인이 되었다.

"이것도 죄다 미국놈들 때문이구먼."

김일성대 역사학부 교수 이차만으로부터 교육을 받던 김동일이 어깨를 부풀렸다가 내리면서 말했다. 눈썹이 치켜 올라갔고 볼의 근육이 굳어 있다. 주석궁의 소접견실 안이다. 교육을 받는 김동일은 소파에 비스듬히 앉았고 이차만은 앞쪽에 부동자세로 서 있다.

"그 누구라고 했지? 에디슨 라인이라고 했나?"

김동일이 묻자 이차만은 대답하기 전에 심호흡부터 했다. 잘못하면 총살당할지도 모른다는 생각이 주석궁에 올 때부터 머릿속에 꽉 박혀서 지금 제정신이 아니다.

"예, 애치슨 라인이라고 말씀드렸습니다."

"그 애치슨이 미국 극동방위선을 필리핀, 오키나와, 일본으로 설정했단 말이지?"

"예, 위원장 동지."

"그럼 남한은 우리가 먹으라는 말 아닌가? 그렇지?"

"예, 그렇습니다. 위원장 동지."

"그래서 우리가 먹으려고 처내려갔는데 미군을 보내?"

"예, 위원장 동지."

"그놈들이 병 주고 약 주는 것 아냐?"

"그렇습니다, 위원장 동지."

김동일은 오늘 교육은 이 정도면 되었다는 생각을 했다. 어쨌든 일본놈들을 이대로 두면 안 되겠다는 결심이 더 굳어졌다. 김동일이 머리를 끄덕였다.

"아베는 제 외조부 벌까지 받아야 돼."

"우리는 총폭탄이 되어서 대마도로 돌진할 거어시다!"

이상하게 생긴 여자의 목소리는 우렁찼고 눈빛은 강했다. 아베가 아래쪽에 적힌 자막을 읽었을 때 성명서 발표가 끝났다.

"저것들이 테러단이야. 뭐야?"

투덜거린 아베가 옆쪽에 앉은 아소 다로 부총리 겸 재무상을 보았다. 아소 다로는 1940년생이니 올해 76세, 1954년생인 아베보다 14년 연상이다. 쓴웃음을 지은 아소가 입을 열었다.

"북한판 가미카제를 하겠다는 모양이군."

그 순간 아베가 숨을 들이켰고 제 입으로 말을 뱉었던 아소도 입을 다물었다. 생각나는 대로 말을 뱉었다가 말뜻을 되새기는 경우가 되었다. 총리 관저의 응접실 안이다. 오전 11시, 북한 측의 성명서 발표가 있다고 해서 아베가 아소를 불러 둘이 듣고 있다. 아베가 머리를 돌려 아소를 보았다.

"저 미친놈들이 설마 그러진 않겠지요?"

"내가 말을 뱉다가 가슴이 철렁하는데."

이맛살을 찌푸린 아소가 머리를 기울였다.

"그럴 가능성이 가장 많은 놈들이오."

"……."

"저것들이 열을 받으면 아랍 테러단은 저리 가라 할 거요."

"……."

"얼마 전까지만 해도 강압된 충성이라 금방 흩어질 분위기였는데 지금은 아냐. 진짜로 폭탄을 안고 부딪칠 거요."

"아니, 대마도는 남조선으로 들어갈 텐데 북조선이 그렇게까지……."

"북조선이 남조선에 보여줄 건 그것이란 말입니다."

"……."

"아마 총폭탄 서너 발만 대마도로 보내면 김동일의 인기는 폭등할 거요. 한국연방 대통령이 되는 건 틀림없게 되겠지."

아베가 어금니를 물면서 눈만 껌벅였다. 어깨를 늘어뜨린 아소가 길게 숨을 뱉었다. 아소 다로 또한 경력과 가문(家門)이 아베 신조에 뒤지지 않는다. 아소는 92대 총리를 지냈으며 아소가(家)는 대대로 탄광을 경영해온 갑부 가문이다. 아소의 증조부 아소 다카시는 일제강점기인 1942년부터 아소 탄광에 조선인을 1만여 명이나 강제 징용으로 끌고 가 노동력을 착취했으며, 안면도의 적송 1억3000만 그루를 베어가 광산 갱목으로 사용했다. 1927년 안면도 임업소를 세우고 82만3000원을 주고 권리를 산 것이다. 가문의 영향을 받았기 때문인지 아소도 거침없이 조선관(觀)을 피력했다.

"조선인의 창씨 개명은 조선인의 희망에 의해 이루어졌다."

아소가 한 말이다. 그때 아소가 생각이 났다는 듯이 머리를 들고 아베를 보았다.

"참, 어젯밤 미국 바이든 부통령의 전화를 받으셨다면서요?"

"예, 그것이."

아베가 아소를 보았는데 눈의 초점이 잡히지 않았다. 방 안에는 이제 둘뿐이다. 비서관이 TV를 끄고 나갔기 때문에 방 안은 조용하다. 아소의 시선을 받은 아베가 말을 이었다.

"좀 화가 났습니다."

"아니, 왜요?"

"맥아더가 점령군 사령관 시절에 남한의 대통령이 대마도 반환 요구를 했던 기록이 있었다는 겁니다. 그래서 내가 갑자기 그런 이야기는 왜 꺼내느냐고 했습니다."

"그 새끼 노망이 든 것 같구먼."

아소가 어깨를 부풀렸다.

"그런 기록 이야기는 왜 꺼내는 거야? 개자식이."

"핵하고 대마도를 바꾸자는 북조선 요구가 당기는 모양입니다, 병신이."

이제 둘은 거침없이 욕을 뱉는다.

그동안 한국 국회는 대통령 연임제 개헌안을 통과시켰다. 현직 대통령부터 시행하도록 개헌이 되어서 한대성 대통령의 연임은 확정적인 상황이다. 야당인 민족당은 후보를 내겠지만 서로 양보를 하는 통에 당 대표가 나갈 확률이 컸다.

"건국 이래로 이렇게 안정된 정국은 처음이라고 합니다, 대통령님."

비서실장 양용식이 한 대성에게 말했다.

"올해 경제성장률이 10퍼센트가 될 예정이라니 제가 꿈을 꾸는 것 같습니다."

청와대 집무실 안이다. 대통령은 집무실을 비서동으로 옮겼고 전(前) 집무실은 비워 놓았다. 지금은 리모델링 중이다. 한대성이 웃음 띤 얼굴로 양용식을 보았다.

"남북한이 제각기 숙청을 한 덕분이요."

"그렇지요."

"서동수 공이 큽니다."

"맞습니다."

양용식이 한대성의 눈치를 보았다. 한대성의 공도 큰 것이다. 남북한은 제각기 쿠데타에 비교할 만큼 커다란 격동을 겪었다. 먼저 북한의 군부 강경파가 쿠데타를 일으켰다가 모두 신의주로 추방되었으며 남한은 김동일이 넘겨준 간첩, 반역 세력을 모조리 법의 심판대에 세웠다. 이것으로 남북한은 제각기 정화되었고 서로 믿게 되었다. 두 정화된 집단의 연방제 합의, 또는 통일 합의야말로 진정한 합의인 것이다. 이러니 기업의 투자가, 국민의 소비가 살아나지 않을 수가 없다. 한국은 또 한 번의 부흥기를, 이번에는 거대한 부흥기를 맞게 될 것이었다. 그때 한대성이 말했다.

"김 위원장이 부산에 잠수함 전단을 파견하는 것이 어떻겠냐고 했어요."

오후 3시 반, 조금 전에 김동일이 한대성과 통화를 한 것이다. 오늘은 김동일이 전화를 했는데 통화시간이 25분이나 걸렸다. 김동일이 대마도 역사에 대한 이야기를 해주는 바람에 그렇게 시간이 오래 걸렸다. 이야기 끝에 김동일이 잠수함 전단 이야기를 꺼낸 것이다.

"잠수함 전단을 파견하다니요? 일본 측에 시위하자는 것인가요?"

양용식이 묻자 한대성의 얼굴에 웃음이 떠올랐다.

"김 위원장은 통화 내용이 도청될 것을 염두에 두고 말한 것 같아요. 부산에서 남북한 잠수함 전단 합동 훈련을 하자는 거요. 대마도 코앞에서 말이요."

"일본, 미국이 질색을 할 텐데요."

"아마 곧 반응이 있겠지요. 도청하라고 일부러 그런 말을 했을 테니까."

한대성이 다시 얼굴을 펴고 웃었다.

"김 위원장하고 손발이 맞아요."

"정치에 대해서 많이 교육을 시켜드려야 될 것 같습니다."

정색한 양용식이 말을 이었다.

"한국 체제에 대한 이해도 필요하고요."

양용식은 김동일이 남북한연방 지도자가 될 경우를 염두에 두고 말하는 것이다.

"어쨌든 대마도가 부각되면서 국민들의 조국에 대한 애국심이 높아졌습니다."

양용식의 말에 한대성은 머리만 끄덕였다. 한대성은 여론조사에 일희일비하는 성품이 아니다. 여론조사는 참조할 뿐이다. 한대성이 입을 열었다.

"미국이 대마도와 핵을 바꾸자는 제의를 웃고 넘기는 것 같더니 분위기가 조금 바뀌는 것 같지 않습니까?"

"예, 대통령님."

양용식의 얼굴에 쓴웃음이 번졌다. 어제저녁에도 외교장관이 와서 한대성과 한 시간이나 이야기하고 간 것이다. 미국 측에서 대마도를 자주 물어본다고 했다.

"외교장관한테 담배 끊으라고는 못하겠고, 자꾸 담배 피우려고 밖에 나갔다가 오는 통에 대화가 자주 끊겨서……."

한대성이 불평을 했다. 장관을 자주 만나서 그런다.

"일본이 지금 곤경에 처해 있구먼."

저우커장 총리가 말하자 리정산 산둥성 당서기와 외교부장 우린이 동시에 머리를 끄덕였다.

"예, 그렇습니다."

대답은 우린이 했다. 이화원 근처의 안가 응접실에 셋이 둘러앉아 있다. 오후 3시 반, 서울과 일본 시간은 4시 반이 돼 있을 것이다. 오늘은 저우커장이 외교현안에 대한 의견을 듣는 자리다. 매사에 신중한 성품인 저우커장은 회의에 나가기 전이나 주석을 만나기 전에 실무책임자로부터 의견을 듣는다. 공식 보고서에 기록되지 않는 내면(內面)도 이때 알 수가 있기 때문이다. 그래서 안가 회동 때 실무책임자들은 이야기할 것을 미리 준비해 온다. 우린이 말을 이었다.

"이 모든 일의 배후에 서동수가 있습니다. 이번 대마도 사건은 서동수가 일으킨 것입니다."

이것은 정보부서의 보고를 받았다는 것을 의미한다. 저우커장이 표정 없는 얼굴로 머리만 끄덕였다. 그 또한 다른 라인으로부터 보고를 받은 것이다.

"대마도 문제가 예상외로 부각되면서 일본의 우리 정부에 대한 접촉이 많아지고 있습니다."

"흥, 이젠 우린가?"

쓴웃음을 지은 저우커장이 소파에 등을 붙였다. 대일 관계에서 중국은 한국보다 더 아픈 과거가 있다. 난징대학살 사건 하나만 보더라도 일본군이 난징 시민 30만 명을 학살했다. 히틀러의 유대인 학살과 비견될 만하지만 일본은 지금도 과장됐다고 부인하고 있다. 저우커장이 긴 숨을 뱉으면서 말했다.

"한국은 식민지 상태에 있다가 연합군의 승전으로 해방을 맞았고 중국 또한 연합군 덕분으로 대륙에서 일본군을 몰아낼 수 있었지. 이것이 전후에 중국과 한국이 일본으로부터 철저한 배상과 사과를 받아낼 수 없었던 이유였소."

다 알고 있는 사실이었지만 리정산과 우린의 얼굴이 숙연해졌다.

그때 저우커장이 우린에게 물었다.

"그, 대마도가 정말 한국령이요?"

"예, 맞습니다."

대번에 대답한 우린이 앞에 놓인 자료를 들고 읽었다.

"여기, 조선의 초대 일본 총독이었던 데라우치 마사타케(寺內正毅)가 총독이 되자마자 1910년 11월부터 10년 계획으로 조선 역사 말살 계획을 세웠다는 증거가 있습니다."

"으음."

저우커장이 앞에 놓인 서류를 보더니 신음했다.

"조선사편찬위원회를 세웠군. 역시 일본인들은 철저해. 전국의 고서(古書), 고화(古畵), 기록문을 샅샅이 수거해 소각했군."

"조선사편찬위원회가 1923년 7월, 대마도주의 저택 창고에 보관되고 있던 증거물을 모두 소각했다는 기록이 일본 자료에도 남아 있습니다."

저우커장이 머리를 끄덕였다. 방대한 양이다. 고문서가 66,469장, 고기록류 문서 3576책, 고지도 34장, 기타 다수의 문서라고 적혀 있다. 그때 리정산이 거들었다.

"그렇군요. 대마도가 조선총독부 관할이니 조선사편찬위원회가 내려가서 이렇게 자료를 없앴겠지요. 일본령이었다면 조선사편찬위원회가 내려갔을 리가 없지요."

"대마도가 한국령이 맞구먼."

저우커장이 서류를 들춰 보며 말을 이었다.

"한국 초대 대통령 이승만이 간절하게 대마도 반환을 주장하다가 북한이 남침하는 바람에 허사가 되었군그래."

"그래서 김동일이 그 빚을 갚아주는 것 같습니다."

리정산이 웃자고 한 말 같았지만 아무도 웃지 않았다.

신의주의 경제 발전은 모든 기록을 경신하고 있다. 머지않아 홍콩, 상하이, 싱가포르를 추월할 것이라는 경제학자들의 전망이 줄을 이었다. 그런데 모든 경제학자들이 빼놓지 않고 내세우는 신의주 발전의 이유가 있다. 바로 장관 서동수의 경영 정책이었다. 이것이 신의주의 기적을 만들어 냈다는 것이다. 그들은 서동수를 분석하고 상황에 맞춰 짜깁기까지 해서 치켜세웠다. 그러나 사람들에게 가장 공감을 주는 분석이 있다. 독일 경제학자가 분석한 서동수의 성공 요인은 '자유방임' 정책이었다. 서동수는 틀만 만들어 놓고 각 부문의 책임자에게 전권을 주었던 것이다. 성실하고 싼 노동력에 자유로운 환경, 노사대립이 전혀 없는 새 세상이 펼쳐졌다. 투자가 쏟아지고 유흥단지가 가동되면서 동남아는 물론, 세계의 돈이 쏟아져 들어오고 있다. 이제는 한국의 퇴직자, 자본가가 신의주로 들어와 제2의 인생을 시작하는 것이 유행이 되었다.

신의주는 남북한의 엑기스만 뽑아내서 세계 제1의 경제, 유흥국으로 발전하고 있다. 신의주는 남북한 통일이 되더라도 정화제 역할을 하면서 더욱 발전될 것이었다. 신의주가 남북한 연방의 단초가 되었으며 한민족 번영의 원동력이기 때문이다. 나오미가 찾아 왔을 때는 오후 5시경이다. 서동수는 장관실에서 나오미를 맞았다. 서울에서 돌아온 지 이틀째가 되었다.

"나오미 씨, 오랜만입니다."

특보 안종관도 배석한 공식 면담이어서 서동수가 정중하게 나오미를 맞았다.

"안녕하셨습니까?"

나오미가 한국어로 인사를 했지만 표정이 굳어 있다. 소파에 자리 잡고 앉았을 때 서동수가 먼저 물었다.

"무슨 일입니까?"

"대마도 문제로 뵙자고 했습니다."

나오미가 두 손을 무릎 위에 단정히 놓고는 서동수를 보았다.

"북한의 망동을 억제시킬 수 있는 분은 장관님뿐이라고 총리께서 말씀하시더군요. 그래서……."

"잠깐만."

나오미의 말을 막은 서동수가 쓴웃음을 지은 얼굴로 물었다.

"총리께서 북한의 망동이라고 표현하시던가요?"

"네."

정색한 나오미가 바로 대답했을 때 안종관이 소리 죽여 숨을 뱉는 소리가 들렸다. 서동수가 머리를 끄덕였다.

"그러셨군요. 분명히 그렇게 전하라고도 말씀하신 것 같군요."

"네, 도저히 있을 수 없는 일이라고도 하셨습니다."

북한은 어제 한국 측에 남북한 합동 잠수함 작전을 제의한 것이다. 아무리 남북한 관계가 좋아지고 있다고 해도 아직 휴전선이 존재했고 양쪽 군대가 대치하고 있는 상황이다. 또한 동맹국인 미국과 상의 없이 가상 적국인 북한과 공동 군사훈련을 할 수도 없다. 더구나 군사훈련 위치가 동해안이다. 울릉도에서 '동해안 영토방위' 훈련을 하자는 것이다. 그때 나오미가 말을 이었다.

"장관님께서 김동일 위원장을 설득해 주시면 고맙겠다고 전하셨습니다. 이제는 서로 진정을 할 때가 되었다고도 하셨습니다, 장관님."

"난 그럴 능력이 없는데요."

서동수가 부드러운 시선으로 나오미를 보았다.

"내가 남북한 두 분 지도자를 뵈었지만 의외로 두 분의 의지가 굳으셨습니다. 이 기회에 대마도는 꼭 회복하겠다고 하시더군요."

실제로도 그렇다. 그리고 국민의 열기도 갈수록 뜨거워진다.

나오미가 돌아간 지 20분쯤 지났을 때 서동수는 탁자 위에 놓인 휴대폰이 진동으로 떠는 것을 보았다. 휴대폰을 든 서동수는 잠깐 움직임을 멈췄다. 나오미한테서 문자가 왔기 때문이다.

"오늘 밤에 뵐 수 있어요?"

한동안 문자를 내려다보던 서동수가 곧 한글을 찍었다.

"10시쯤 비서가 모시러 갈 테니까 준비하고 있도록."

경호원이자 수행비서인 최성갑은 서동수의 그림자나 같다. 나오미는 서동수한테만 할 말이 있는 모양이다. 그날 밤, 10시 30분이 되었을 때 나오미가 관저 2층의 응접실로 들어섰다. 관저는 주택가 위쪽의 한적한 골짜기에 위치하고 있었는데 2층 저택 본관에 경호동과 부속 건물까지 3개 동이다.

"이렇게 만나면서 체면 차릴 건 없겠지."

서동수가 탁자에 차려놓은 술과 안주를 눈으로 가리키며 웃었다.

"그럼요."

따라 웃은 나오미도 진한 자주색 패딩 코트를 벗자 선홍빛 원피스가 드러났다. 소파에 앉은 서동수가 나오미의 잔에 위스키를 따르면서 물었다.

"극비 정보라도 있는 거야?"

"대마도 카드는 전혀 예상하지 못하고 있었어요."

술잔을 든 나오미가 서동수를 보았다.

"그래서 장관께 그런 부탁을 드리라고 하면서도 큰 기대는 하지 않는 것 같아요."

머리를 끄덕인 서동수가 빙긋 웃었다.

"날 밤에 만나서 내 속셈을 알아내라고는 하지 않았어?"

"일본 정부도 저를 신임하지는 않아요."

서동수와 시선을 부딪친 나오미가 입술 끝을 올리며 웃었다.

"한국 측도 같겠지요."

"무슨 말이야?"

"저는 한국과 일본에 절반씩 나눠진 몸이니까요."

"딱 절반이 되기는 힘들지."

그러자 나오미가 머리를 끄덕였다.

"절 믿지 않으시죠?"

"나오미 씨는 본래부터 그런 역할이야. 양쪽에서 다 예상하고 있었던 거야."

서동수의 얼굴에 웃음이 떠올랐다.

"나오미의 몸은 정직했지. 아름다웠고."

"대마도가 끝까지 갈까요?"

나오미가 알고 싶었던 것이 이것인 것 같다. 한 모금에 술을 삼킨 서동수가 지그시 나오미를 보았다. 나오미의 조상은 백제시대에 대마도로 이주했다는 것이다. 바로 눈앞에 대마도가 한국땅이라는 산 증거가 있다. 야스쿠니 신사에는 나오미의 할아버지가 묻혀 있다고 했던가?

“일본이 계산을 잘못했어.”

빈 잔에 술을 따르면서 서동수가 말을 이었다.

“이건 내 생각이지만 종전 후 70년간 일본은 너무 순탄하게 지나는 바람에 역경에 대한 반응력이 떨어진 것 같아. 미국한테 너무 의존해서 그런가?”

“…….”

“반면에 남북한은 휴전선을 사이에 두고 온갖 곡절을 다 겪고 중국, 러시아, 일본 등 주변 강국으로부터도 수모와 시련을 겪었지. 그래서 단련이 된 것 같아. 상처투성이의 싸움꾼이 된 것이지.”

다시 한 모금에 술을 삼킨 서동수가 입을 벌리고 더운 김을 뿜었다.

“반응력이 빨라. 남북한이 원수로 지내다가 신의주를 만들고 위기에 재빨리 연합해서 대마도로 달려드는 것. 이제 한민족의 본색이 드러나는 것이지.”

“모두 장관님이 각본을 쓰신 것 아녜요?”

“천만에.”

서동수가 머리를 저었다.

“내 조국, 이 시대의 흐름이 그렇게 만든 거야.”

“자고 가도 되죠?”

나오미가 불쑥 묻는 바람에 잔에 술을 채우려던 서동수가 술병을 내려놓았다. 벽시계가 밤 11시 반을 가리키고 있다.

“아침 일찍 돌아갈게요.”

손바닥으로 상기된 볼을 덮은 나오미의 눈동자가 반짝였다.

“나야 언제나 환영이지.”

서동수가 다시 잔에 술을 따르면서 웃었다.

"그러고 보면 만난 지 꽤 되었지?"

"기억도 안 나시나 봐."

나오미가 눈을 흘겼다.

"하긴 너무 바쁘셔서요."

"그거, 여자관계를 말하는 건가?"

"아니, 요즘 바쁘시잖아요?"

"그쪽에서도 나하고의 관계를 다 알고 있겠지?"

잔을 든 서동수가 묻자 나오미의 얼굴에 웃음이 떠올랐다.

"알겠지요."

"지금도 우리 머리 위의 인공위성에서 찍고 있을까?"

"설마요."

"그렇게 생각하면 더 자극이 일어나는 것 같지 않아?"

"그게 성 노출증 증세 아닌가요?"

"나오미 씨는 그거 아니지?"

"그럴 리가요."

다시 눈을 흘긴 나오미가 자리에서 일어섰다.

"아까운 시간, 앉아서 허비하기 싫어요. 씻을래요."

"같이 들어갈까?"

"욕조에 물 받아 놓을까요?"

"술 많이 마셨어. 샤워나 하지."

서동수가 욕실로 다가가는 나오미의 뒷모습을 보면서 다시 술을 한 모금 삼켰다. 어느덧 섹스에 대한 기대감으로 온몸에 열기가 번졌다. 나오미의 역할을 정의하라면 바로 이것이다. 연결고리다. 서로 다 알면서 상대 측에게 심중을 드러내 보여주는 것이다. 그것이 막힌 곳을 뚫어 주는 역할도 하며 상대방 입장을 이해하는 데도 도움이 된다. 이윽고 술잔을 내려놓은 서동수가 옷을 벗어던지고 욕실로 들어섰다.

"아유."

샤워기 밑에 서 있던 나오미가 웃음 띤 얼굴로 몸을 비켰다. 물에 젖은 알몸이 눈부셨으므로 서동수가 눈을 가늘게 떴다.

"여전히 아름답군."

다가선 서동수가 나오미의 어깨에 이어 젖가슴, 허리와 엉덩이까지를 두 손으로 쓸어내렸다.

"당신도요."

나오미가 대뜸 두 손으로 서동수의 남성을 감싸 쥐면서 웃었다. 캡을 쓴 머리에 물줄기가 부서졌다.

"이게 언제 내 차지가 될까 하고 기다렸어요."

"우리는 붙어 있는 상태야. 부산에서 49㎞밖에 떨어지지 않았다고."

대마도다. 머리를 든 나오미가 이를 드러내고 웃었다.

"날 안을 때마다 대마도를 떠올릴 작정이군요."

"네가 처음부터 조상 이야기를 했잖아. 이것도 인연이지."

서동수가 나오미의 허리를 당겨 안고는 젖은 입술에 키스했다. 나오미가 두 팔로 서동수의 목을 감아 안더니 하반신을 밀착시켰다. 서동수는 꿈틀거리는 나오미의 혀를 갈증 난 사람처럼 빨아들였다. 나오미가 하반신을 비벼대면서 가쁜 숨을 뱉는다. 물줄기가 둘의 머리 위로, 등으로 쏟아져 내리고 있다. 그때 입을 뗀 나오미가 가쁜 숨을 뱉으며 말했다.

"총리는 전쟁도 불사하겠대요."

나오미의 겨드랑이는 매끄럽게 제모가 되었지만, 입술 끝에 꺼칠한 촉감이 잡혔다. 지금 나오미는 두 팔을 치켜든 상태였고 자연스럽게 서동수의 입술이 겨드랑이로 파고든 것이다.

"아, 아, 아."

단발성 신음을 계속해서 뱉어내던 나오미가 참을 수 없었는지 팔을 내렸지만 서동수는 얼굴을 떼지 않았다. 나오미의 겨드랑이에서 시큼한 땀 냄새가 배어 나왔고 혀에 닿는 맛이 쓰다.

"아유우."

두 다리를 추켜올린 나오미가 절규했다. 방 안은 비린 애액의 냄새로 가득 찼다. 자세를 세 번째 바꿔 다시 정상위로 된 상황, 후배위에서 한번 터졌던 나오미가 다시 분출하려고 정상으로 솟아오르는 중이다. 나오미의 겨드랑이는 성감대의 하나인 것 같다. 상반신을 거칠게 뒤치면서도 다른 손으로 서동수의 머리를 감싸 안으려고 하는 것을 보면 그렇다. 나오미가 엉덩이를 거칠게 추켜올렸다가 서동수와 호흡이 맞지 않아서 미끄러졌다.

"아앗!"

뜨겁다. 다시 들어온 나오미의 몸이 열렬하게 서동수를 반긴다.

"아아앗!"

나오미가 상반신을 격렬히 비틀면서 흐느껴 울기 시작했다. 겨드랑이, 서동수는 머리를 떼어 방심한 다른 쪽 겨드랑이에 머리를 묻었다.

"아앗."

새로운 시도, 두 팔, 두 다리, 두 쪽의 젖가슴, 겨드랑이 두 개, 두 개의 무릎, 두 개의 젖꼭지, 그때 나오미가 허리를 추켜올려 서동수의 몸을 받더니 두 다리를 쭉 뻗으며 절규했다. 대폭발, 서동수의 마지막 공격이 시작됐다. 입을 딱 벌린 나오미의 목구멍에서 소리가 그쳤다. 숨도 뱉어지지 않는다. 절정, 겨드랑이에서 얼굴을 뗀 서동수가 나오미의 벌어진 입에 입을 맞추면서 폭발했다. 그때 턱을 치켜들면서 입을 뗀 나오미가 신음을 터뜨렸다. 경직됐던 두 다리가 이제는 빈틈없이 서동수의 하반신을 감아 안는다. 완벽한 조화, 이제 한 덩어리로 굳어진 두 알몸이 침대 위에서 움직이지 않는다. 나오미의 신음이 계속해서 이어지는데 가만 들으면 노래 같다. 절정의 노래, 폭발이 끝났어도 서동수는 완벽한 기쁨을 느낀다. 떼어지기 싫다는 아쉬움, 나오미도 마찬가지로 밀착된 사지를 펴지 않는다. 이윽고 나오미의 숨결이 가라앉았고 서동수의 등으로 식은 공기가 덮였다. 서동수가 몸을 굴려 옆으로 눕자 나오미는 신음을 뱉더니 가슴에 얼굴을 붙였다. 이제는 옆으로 누운 자세로 엉켜 안았다.

"우리 완벽하죠?"

"그렇구나."

서동수가 나오미의 이마에 입술을 붙이고 말했다.

"내가 보기에는 한국도 물러서지 않을 거다. 특히 북한이."

나오미가 손을 뻗어 서동수의 남성을 부드럽게 쓸었다.

"김동일 씨 인기가 한국에서 폭발적으로 올라가고 있더군요."

"연방대통령이 될 가능성이 많아."

"설마 그렇게 될까요? 한국처럼 복잡한 체제에서……."

"글쎄, 예전의 한국이 아니라니까?"

"그럴까요?"

"일본이 한국 역사를 많이 만들었지. 당파싸움, 분열된 국민성, 허약한 왕조."

그때 나오미가 쥐고 있던 남성이 어느덧 단단해졌으므로 서동수가 바짝 하반신을 붙였다. 이 말은 아베한테 전해질 것이다.

"선입관을 버리지 않으면 큰일 나."

김동일 위원장이 신의주를 방문했을 때는 오후 3시경이다. 평양에서 신형 헬기 편으로 날아온 김동일의 표정은 밝다. 헬기장으로 마중 나간 서동수에게 활짝 웃는 얼굴로 말했다.

"신의주가 볼 때마다 달라집니다."

"감사합니다, 위원장 동지."

김동일이 서동수의 손을 잡더니 귀에 입을 붙이고 낮게 말했다.

"형님도 얼굴 좋아지셨소."

서동수는 정색한 채 웃지도 않았으므로 김동일이 무슨 말을 했는지 아무도 모를 것이었다. 김동일은 신의주에 자주 오는 편이어서 지리에도 익숙하다. 숙소로 삼은 고려호텔 헬기장에 내린 터라 그들은 곧장 귀빈실로 옮겨 갔다. 김동일의 오늘 방문은 서동수가 '신의주 현안'에 대한 보고를 하는 것으로 알려졌지만, 은밀하게 요청했기 때문이다. 나오미하고 만난 지 이틀째가 되는 날이었으니 일본 측은 짐작하고 있을 것이었다. 귀빈실의 소파에는 서동수와 김동일이 마주보고 앉았으며 배석자는 셋이다. 신의주 측에서는 특보 안종관이, 북한 측에는 호위총국 사령관이며 최측근인 박영진이 참석했다. 그리고 또 한 사람은 귀빈실에 먼저 와 기다리고 있었는데 한국의 국정원장 박기출이다. 신의주에서 대마도 관련 3자회담을 하려는 것이다. 박기출은 한국 대통령 한대성의 대리인 역할이다. 모두 자리를 잡았을 때 서동수가 바로 본론을 꺼내었다.

"일본은 전쟁도 불사하겠다는 통고를 해왔습니다. 물론 비공식 통고지만 오늘 우리가 그 일 때문에 만나는 것도 짐작하고 있을 겁니다."

서동수가 나오미한테서 들은 이야기를 간략하게 설명하자 김동일이 옆에 앉은 박영진을 보았다. 턱을 들어 보이는 것은 발언하라는 표시다.

"예상하고 있었습니다."

박영진이 양복 차림의 어깨를 부풀렸다가 내리면서 말을 이었다.

"일본은 해군, 공군력은 막강하지요. 그럴 만합니다."

모두 잠자코 박영진의 입을 보고 있다. 박영진은 60대 중반의 대장이니 북한 군부의 장성 기준으로 보면 젊다. 영계다. 지금도 북한국 장성은 70대가 많다. 박영진이 손에 든 서류를 읽는다.

"하지만 한반도에 전쟁을 일으키지는 못합니다. 어림없지요. 대마도 앞에 떠 있는 우리 군함 한 척이라도 손상이 되면 바로 핵이 날아갑니다."

모두 숨을 죽였다. 그 핵이다. 만날 핵핵거리다가 숨이 막힐 뻔했던 그 핵. 그런데 서동수가 오늘은 그 핵 소리가 참 시원하게 들린다는 생각을 했다. 서동수는 길게 숨을 뱉었다. 그런 일은 일어나지 않을 것이기 때문이다. 일본에서 전쟁을 불사하겠다고 한 것처럼 이 말도 전시용이다. 미국과 중국이 각각 일본과 북한의 동맹국으로 남아 있는 상황이며 한국 또한 그렇다. 미국과 중국의 중재를 무시할 수 없는 것이다. 그때 박기출이 헛기침을 했다.

"미국 측에서 적극적으로 개입하기 시작했습니다. 곧 부통령이 한국에 올 겁니다."

그러자 김동일이 씩 웃었다.

"우리도 중국 총리가 방문하겠다는 연락을 받았어요."

김동일의 시선이 박기출에게 옮아갔다.

"자, 이만하면 대마도 문제를 국제적으로 공론화하는 데 성공한 셈이 되겠지요?"

"예, 그렇습니다."

박기출이 고분고분 대답했다. 어느새 독도 문제는 쏙 들어갔다. 이번에도 북한 외교 전술의 승리다. 그러자 어깨를 편 김동일이 말했다.

"6·25전쟁만 없었다면 대마도를 우리가 가져올 수 있었는데 안타까워요."

"한국 국격이 배나 높아졌습니다."

김동일과 저녁 식사까지 마치고 공관으로 돌아가는 차 안에서 안종관이 불쑥 말했다. 오후 10시 반이 되어가고 있다.

"전에 한국 내부는 친북, 종북, 반(反)대한민국 세력이 버젓이 존재하고 있었지요. 사회의 모든 요소에 암세포처럼 박혀 있던 그 세력들 때문에 국력(國力)이 절반 이상이나 깎여 있었습니다."

안종관은 김동일이 따라주는 백두산 위스키를 주는 대로 먹더니 얼굴이 상기되어 있다. 그러나 목소리는 분명했고 열기가 달아올랐을 뿐이다.

"그래서 대외(對外) 영향력이 감소되었을 뿐만 아니라 국론은 분열되었고 북한이 6·25 직전처럼 오판하도록 만들었습니다. 한국 내에 종북, 반대한민국 세력이 목소리를 탕탕 치고 반대로 군과 검경까지 위축되어 있는 걸 보면 북한 측으로서는 총 한 발만 쏴도 무너질 것 같다는 생각이 들지 않았겠습니까?"

그래서 천안함을 격침하고 연평도에 포탄을 날렸는지 모른다. 길게 숨을 뱉은 안종관이 서동수를 보았다.

"장관님, 보십시오. 정화된 대한민국을 누가 무시합니까? 현재의 남북한 자체만으로도 이미 강국입니다. 남북한이 한목소리로 대마도 반환을 요구하니까 당사자인 일본은 물론 미국과 중국도 무시하지 못하고 있지 않습니까?"

안종관의 감동에 전염된 서동수는 숨을 들이켰다. 이것만으로도 대단한 소득이다. 대마도를 찾지 않았어도 이미 독도 문제는 자취를 감추었지 않은가?

미국은 벌써부터 북한의 핵과 대마도를 바꾸는 문제에 관심을 갖기 시작했고 중국도 호의적이다.

"미국과 중국도 어려운 상대요."

좌석에 등을 붙이고 앉은 서동수가 창밖의 야경을 바라보면서 말했다.

"나는 요즘 고종의 밀서를 품고 미국으로 떠난 젊은 이승만이 가끔 떠오릅니다."

서동수는 무심결에 자신의 독서 자랑을 한 셈이었는데 옆에 앉은 안종관이 숨을 들이켜는 소리를 내었다. 안종관이 눈을 크게 뜨고 서동수를 보았다.

"책을 읽으셨습니까?"

"이승만이 갑신정변의 주역인 박영효 일파로 몰려 고종의 폐위에 가담했다는 혐의를 받고 체포되었다가 탈옥을 했지요. 그러고는 잡혀서 종신형 언도를 받고 5년 7개월 동안 한성감옥서에서 형을 살았지 않습니까?"

창밖으로 신의주의 야경이 펼쳐졌고 서동수의 목소리에도 열기가 더해졌다.

"수감기간 동안 이승만은 '독립정신'을 집필했고 '청일전쟁'을 번역했으며 영어를 독학합니다. 그리고 29살 때 석방되지요."

"……."

"석방된 이승만은 민영환의 주선으로 미국으로 떠납니다. 고종의 밀사 자격이지요. 시어도어 루스벨트 대통령을 만나 대한제국의 독립을 지켜달라는 부탁을 하려는 것이었죠."

서동수가 안종관을 향해 빙그레 웃었다.

"1882년 한미수호조약에 따라 미국이 일본에 개입해서 대한제국의 독립을 지켜달라는 청원을 한 것인데…."

그때 안종관이 길게 숨을 뱉고 말했다.

"하지만 이승만이 루스벨트를 만나기 전에 미국은 도쿄에서 가쓰라-태프트 밀약을 했지요. 기가 막힙니다."

이것이 약육강식의 국제사회인 것이다. 차 안에 정적이 덮였다. 가쓰라-태프트 밀약이란 1905년 7월 29일 일본 총리대신 가쓰라 다로와 미국 육군장관 윌리엄 태프트가 도쿄에서 일본은 미국이 필리핀을 식민지로 삼는 것을 인정하는 대신 미국도 일본이 한반도를 식민지로 삼는 것을 용인한다는 밀약이었던 것이다.

그 시간에 베이징 이화원 근처의 안가에서 미국 부통령 바이든과 중국 총리 저우커장이 환담을 나누고 있다. 중국 시간은 오후 9시 45분, 저녁을 마치고 다실로 자리를 옮긴 것이다. 다실은 탁자를 사이에 두고 양측이 소파에 마주앉는 구도였는데 바이든은 국무장관 헤이스,

백악관 안보보좌관 제임스 우드까지 수행시켰다. 중국도 격에 맞도록 저우커장과 외교부장 우린, 주석실 비서실장 왕원이 참석했다. 날씨에 이어서 황사 이야기를 했다가 바이든이 먼저 본론을 꺼냈다. 오늘 오후 3시에 이 문제로 날아온 것이다.

"총리 각하, 요즘 한일 관계가 악화되어서 불안합니다."

통역사의 통역이 끝나기를 기다렸다가 바이든이 말을 이었다.

"한국과 일본은 각각 미국의 동맹국이기도 해서 말입니다."

"이해합니다."

저우커장이 웃음 띤 얼굴로 말을 이었다.

"북한은 저희와 동맹국이기도 하니까요."

"중국이 북한을 달랠 수 없을까요?"

바이든이 물었지만 웃음 띤 얼굴이다. 정색한 통역사와 바이든의 표정을 번갈아 본 저우커장의 얼굴에도 웃음이 떠올랐다.

"미국이 일본을 달랠 수 없는 것하고 마찬가지죠."

"그래도 북한은 남의 일에 끼어드는 것 아닙니까? 더구나 대마도는 일본령으로 오래 되어 있었지 않습니까?"

통역사가 진땀을 흘리며 통역을 마쳤을 때 저우커장이 천천히 머리를 저었다.

"한국 측 주장에도 일리가 있습니다. 부통령각하, 지금까지 한국은 대마도 반환요구를 꺼낼 기회가 없었던 것뿐입니다."

"아니, 그런 식으로 옛날 일을 끄집어내기 시작하면 세계 각국에서 영토 분쟁이 일어날 것 같은데요."

바이든이 말했을 때 저우커장이 헛기침을 했다.

"옛날 일이 아닙니다. 중국도 한국과 마찬가지로 2차 세계대전이 끝난 후에 제대로 되찾지 못한 영토가 있지 않습니까? 그래서 한국 입장이 이해가 된다는 것입니다."

바로 중국명 댜오위다오, 일본명 센카쿠섬이다. 지금도 일본이 실효지배 중이니 중국으로서는 되찾지 못한 영토다. 댜오위다오는 오키나와 남서쪽 동중국해상의 섬으로 명나라 시대의 역사서에도 중국 영토로 기록되어 있다. 그러나 1895년 청일전쟁에서 청이 패한 후에 일본령으로 귀속되었다. 그리고 이번에는 2차 세계대전 후 일본이 항복하고 나서 1951년 미일강화조약에서 미국이 이양 받았다가 일본의 영유권 주장에 다시 넘겨준 것이 현재에 이른 것이다. 바이든이 대답 대신 입맛을 다셨을 때 헤이스가 나섰다.

"총리 각하, 북한이 대마도와 핵을 바꾼다는 말, 김동일의 농담이겠지요?"

통역사의 말을 들은 저우커장이 입을 딱 벌리고 소리 없이 웃었다. 옆에 앉은 우린과 왕원도 따라 웃는다. 저우커장이 자세를 바로잡더니 헤이스를 보았다.

"국무장관 각하, 우리는 김동일 위원장이 농담을 했다고 생각하지 않습니다."

미국 측 인사들은 통역사의 말이 끝나자 긴장했다. 바이든은 이맛살까지 찌푸리고 있다. 저우커장이 말을 이었다.

"남북한 연합이 되었을 때까지 핵을 보유하게 된다면 일본뿐만 아니라 중국에도 재앙이 될 것입니다. 김 위원장은 그 해결 방법을 제시했다고 보고 있습니다."

말이 끝났을 때 우린이 거들었다.

"전후 70년 동안 일본은 제대로 된 배상을 하지 않고 진심으로 참회

하는 모습을 보인 적도 없습니다. 지금 남북한이 일본에 그 기회를 만들어준 것 같습니다."

신의주 남쪽 지역은 각각 구역명이 있지만 '유흥구'로 불린다. 남쪽 지역의 대부분이 호텔과 카지노, 식당과 룸살롱, 카페가 들어차서 밤에는 불야성을 이루기 때문이다. 오후 8시 반, 유흥구의 에덴호텔 뒤쪽에 위치한 카페로 세 사내가 들어섰다. 종업원의 안내를 받은 셋은 곧 밀실에 자리 잡고 앉았다. 조용하고 고급스러운 분위기의 카페다. 카페 이름은 '백령도'. 이제는 남북한 분쟁사의 추억담에나 나오는 이름이지만 백령도에 포탄이 떨어진 지 10년도 되지 않았다.

"유흥구의 손님 절반이 중국인입니다."

행정청 경제부장 오영복이 말했다.

"아시아와 중동, 유럽, 미국계 관광객이 나머지 절반을 차지하고 있는데 일본은 그중에서 7퍼센트 정도가 됩니다."

서동수가 잠자코 머리를 끄덕였다. 그리고 요즘 대마도 사건으로 일본 관광객은 감소하고 있다. 그때 특보 안종관이 입을 열었다.

"한국 국민성은 참 착하고 순진하다는 생각이 듭니다. 냄비 근성이라고 비웃는 자들도 있지만 잊고 포용하는 성품은 세계 어느 나라 국민성보다 뛰어납니다."

서동수의 시선을 받은 안종관의 입가에 희미하게 웃음이 떠올랐다.

"우리는 일본 국민 대부분이 아베의 생각과는 다르다는 둥, 식자들의 의견은 어떻다는 둥 하면서 한일 관계가 냉각되는 것을 막으려고 해왔습니다. 이제는 현실을 정확하게 분석해 봐야 할 것입니다.

"……."

"한국의 전자제품, 자동차 등이 세계 최고 수출량을 보이는데도 일본에서의 판매량은 연도별로 어떻게 되어 있는지, 밝혀봐야죠."

안종관의 두 눈이 열기를 띠고 번들거렸다.

"한일 관계가 험악한 데도 한국에서의 일본 자동차 선전이 대서특필되고 일본상품은 여전히 잘 팔립니다."

"……."

"일본 국민성이 은근히 한국산 제품을 무시하고 있는지, 또는 견제하고 있는지도 알아봐야 합니다."

그때 오영복이 거들었다.

"일본이 우방이라면 먼저 손을 내밀어야 합니다. 지난날을 진심으로 사과하면 한국 국민들은 포용할 준비가 되어 있습니다. 일본 지도자들이 그렇게 일본 국민들을 인도해야지요. 제가 보기에는 일본은 군국시대로 돌아가고 있는 것 같습니다."

그때 문이 열리더니 종업원들이 술과 안주를 가져왔다. 종업원들은 서동수를 몰라보는 것 같다. 오늘은 경제현장 방문을 마친 후에 술을 마시려고 이곳에 들른 것이다. 가벼운 기분으로 들어왔다가 일본 이야기가 나오는 바람에 분위기가 무거워졌다. 종업원들이 나갔을 때 서동수가 입을 열었다.

"2차 세계대전에서 일본이 항복하지 않았다면 지금도 한반도는 일본의 식민지가 되어 있겠지요."

안종관이 따라준 술잔을 든 서동수의 얼굴에 쓴웃음이 번졌다.

"나는 가끔 그런 상상을 해요. 원자폭탄을 쓰지 않고 일본이 일본열도와 한반도를 움켜쥔 채 미·소와 정전협정을 맺었을 경우를 말입니다."

둘은 눈만 껌벅였고 서동수가 말을 이었다.

"시간을 조금 끌면 소련의 공산화 세력에 위협을 느낀 미국이 일본과 합의해서 한반도를 일본령으로 해놓고 공산세력에 대한 보루로 삼았을 수도 있었을 겁니다."

둘은 그런 상상은 해보지 않은 것 같다. 사업가 출신인 서동수가 둘과 다른 점이 이것이다. 사업에는 수많은 예외가 발생한다. 그러니 망하지 않으려면 그 예외에 대비해야 한다.

그때 방문이 열리더니 아가씨들이 들어섰다. 이곳은 마담이 안내를 해주지 않고 저희끼리 들어온다. 방 안이 환해졌고 서동수의 얼굴에 저절로 웃음이 떠올랐다. 셋 다 미인이다.

"어, 잘 왔어."

서동수가 앞에 나란히 선 셋을 둘러보며 말했다.

"너희들이 골라 앉아라."

그러자 아가씨들이 피식피식 웃더니 거침없이 다가와 옆에 앉는다. 서동수의 옆에도 긴 생머리의 아가씨가 앉았다.

"장미나라고 합니다. 함흥에서 왔습니다."

목소리가 맑고 서울 말씨를 쓴다. 언제부터인가 신의주에서 서울 말씨가 표준어가 되어 있었다. 잔에 물을 따르면서 아가씨가 말을 이었다.

"장관님 파트너가 되어서 영광입니다."

"어? 알고 있었어?"

놀란 서동수가 묻자 아가씨가 이를 보이며 웃었다.

"그럼요. 방에 들어오기 전에 신체검사까지 받았는데요."

"미안하구나."

"천만에요."

"내가 놀러 온 것이지 조사하려고 온 게 아니니까 걱정 마."

"바깥에 있는 아저씨도 그러셨어요."

"장미나라고 했니?"

"가명이구요. 본래 이름은 장순실입니다."

"순실이가 좋다."

서동수가 장순실의 허리를 당겨 앉았다. 부드러운 살집이 잡혔고 탄력이 느껴졌다. 장순실이 서동수에게 바짝 붙어 앉으면서 물었다.

"장관님, 일본하고 전쟁이 일어납니까?"

"누가 그러더냐?"

"가게나 아파트에도 소문이 났습니다."

"그럴 리가 있나?"

"우리 위원장께서 먼저 때린다는 소문이 났는데요."

"그래?"

서동수가 이번에는 장순실의 스커트를 들치고 허벅지를 만졌다. 앞에 앉은 둘은 제각기 파트너와 이야기 중이었는데 이쪽으로는 시선이 오지 않는다. 이쪽에서 불이 나더라도 쳐다보지 않을 것이다.

"그거, 재미있는 소문이군. 어디, 네가 들은 대로 말해 봐라."

"혹시 저 혼내시는 거 아니죠?"

"무슨 말을 해도 된다. 약속하지."

"북한 특공대가 대마도에 기습 상륙해서 점령한다는 소문이 났습니다. 그럼 일본은 대마도를 탈환하려고 전쟁이 일어난다고 해요."

"그렇군."

"놀라시지 않는 걸 보니까 그런가 보네."

눈을 크게 뜬 장순실이 귀여웠으므로 서동수의 손길이 팬티 위를 더듬었다. 그때 장순실이 제 손으로 팬티를 끌어내리고는 다시 앉았다. 이제 음부가 다 드러났다. 다리까지 벌려서 만지기 좋은 자세가 되었다. 숨을 들이켠 서동수가 장순실의 골짜기를 손끝으로 부드럽게 쓸었다. 습기를 띤 골짜기가 꿈틀거렸다.

"그 소문 언제부터 난 거냐?"

"며칠 되었어요. 그리고……"

"말해 봐."

"남조선 정부하고 공동작전이라는군요. 남조선이 은밀하게 뒤에서 지원해 주고 있답니다."

"그 소문, 사람들이 믿는 것 같아?"

"믿는 것 같아요."

골짜기가 더 축축해졌고 장순실은 하반신을 비틀었다. 숨소리도 가빠졌지만 장순실은 말을 이었다.

"남자들은 한번 전쟁이 일어나면 좋겠다고도 해요. 특히 북조선 남자들은 그래요. 전쟁 연습만 오래 해왔거든요."

히데요시가 남는 군사를 조선 침략용으로 썼다고 했던가?

"말도 안 되는 소리요."

대통령 한대성의 얼굴에 쓴웃음이 떠올랐다. 한대성이 머리까지 저으면서 앞에 앉은 국정원장 박기출을 보았다.

"우리가 북한의 대마도 습격을 돕는다니. 아니, 북한의 대마도 공격조차 있을 수 없는 일이오."

"예, 그렇습니다."

일단 긍정을 해놓고 박기출이 머리를 들어 한대성을 보았다. 청와대의 대통령 집무실 안이다. 원탁에 둘러앉은 사람은 셋, 한대성과 박기출, 비서실장 양용식이다.

"대통령님, 신의주 북한 주민들 사이에서 퍼진 루머가 인터넷을 타고 순식간에 한국으로 확산되고 있습니다. 이렇게 되면 곧 언론도 떠들 텐데 정부 차원에서 대책을 세워야 될 것 같습니다."

박기출이 말을 이었다.

"이미 일본도 상황을 파악하고 있을 테니까요."

"도대체 어디서 그런 소문이 시작된 것 같습니까?"

눈을 가늘게 뜬 한대성이 묻자 박기출이 머리를 기울였다.

"추적하고 있습니다. 신의주에서 시작된 것은 분명합니다만, 방법이 교묘해서 파악이 어렵습니다."

잠시 방 안에 정적이 덮였다. 셋 다 보통의 머리 수준이 아니다. 그 배경과 결과를 지금 맹렬히 분석하고 있는 것이다.

"대마도 점령이 가능할까?"

같은 시간, 베이징의 총리 집무실 안이다. 총리 저우커장이 외교부장 우린을 바라보며 물었다. 말투가 시를 읊는 것 같다. 얼굴에도 웃음기를 띠고 있었는데 지금 신의주의 소문 이야기를 하는 중이다.

"정보부, 해방군 측 보고를 들으면 중구난방이야. 누구는 가능하다고 하고 또 누구는 있을 수 없는 일이라고 하니."

우린은 아직 입을 열지 않았다. 저우커장이 정말로 궁금해서 물은 것이 아니라는 것을 알기 때문이다. 외교부장 정도의 고위직에 오른 인물이면 나름대로 처세의 달인이 되어 있다. 이런 경우 함부로 입을 열면 손해가 날 뿐이라는 것을 안다. 저우커장이 혼잣소리처럼 말을 이었다.

"자, 그 소문이 한국에까지 다 퍼졌다니 일본이 긴장 안 할 수가 없겠지. 미국도 마찬가지일 것이고."

"……."

"더구나 상대는 북한이야. 언제 튀어나올지를 아직도 예측할 수 없는 존재지. 자, 외교부장의 의견을 듣지."

우린을 향한 저우커장의 눈동자에 초점이 잡혔다.

"북한이 대마도를 침공할 가능성은?"

"있습니다."

우린이 바로 대답했고 저우커장도 숨 돌릴 사이도 없이 묻는다.

"한·일 간 전쟁은 일어날 것인가?"

"안 일어납니다."

"왜 그렇지?"

"중국과 미국이 적극 개입할 것이기 때문입니다."

"대마도는 한국령이 될 것인가?"

"될 것입니다."

"침략, 전쟁을 일으킨 북한에 대한 제재는?"

"핵포기로 상쇄시킬 것입니다."

그러고는 우린이 덧붙였다.

"북한이 그렇게 공언했으니까요."

"으음."

저우커장의 꾹 다문 입에서 신음이 터졌다.

"그렇다면 이 소문은 북한 정부에서 의도적으로 퍼뜨린 것이군."

"그렇습니다. 일본에 너희들의 좋은 시절은 다 갔다는 경고일 수도 있습니다. 지금까지 미국 등에 업혀 왔지만, 상황이 터졌을 때를 미리 상상해 보라는 고차원적 경고입니다."

아베의 얼굴은 굳어 있다. 옆에 앉은 관방장관 이케다, 방위상 나카무라의 표정도 마찬가지다. 오전 10시 반, 테이블 앞쪽에는 미국 부통령 바이든과 국무장관 헤이스, 백악관 안보특보 제임스 우드가 앉아 있다. 미·일 정상회담 격이다. 바이든이 오바마 대리로 온 것이다. 바이든은 요즘 동맹국인 한·일 관계 때문에 10년은 감수할 지경이다. 며칠 전 중국을 방문하고 나서 지금은 일본 지도부를 만나고 있다. 바이든은 1942년생이니 올해 74세, 29세 때 당시 미 의회에서 최연소 상원의원이 된 후에 2008년까지 35년간 상원의원으로 재직하면서 상원 외교위원장을 지낸 외교 전문가다. 오바마의 러닝메이트로 부통령이 된 지도 6년, 산전수전 다 겪은 바이든의 얼굴도 지쳐 보였다. 바이든이 입을 열었다.

"요즘 북한의 대마도 침공설이 떠도는 것도 압니다. CIA의 보고로는 이것도 북한의 공작이라고 하던데요."

바이든이 눈을 가늘게 뜨고 아베를 보았다. 저우커장을 만나고 나서 바이든은 국무성 관리들과 회의를 다섯 번이나 했다.

오바마도 참석한 대책회의를 세 번 했으며 바이든은 한·일 관계에 대한 역사학자의 증언도 들었다.

"미국 측의 입장을 말씀드리지요."

바이든의 말에 일본 측은 긴장했다. 통역의 얼굴도 굳어 있다.

"만일 한·일 간 전쟁이 일어나면 미국은 개입하지 않습니다."

한마디씩 분명하게 말한 바이든이 통역의 말이 끝나기를 기다렸다가 이었다.

"중국도 개입하지 않을 것입니다."

"예상하고 있었습니다."

아베가 바로 말을 받았으므로 바이든은 외면했다. 헤이스와 우드도 마찬가지다. 아베가 눈을 치켜떴다.

"일본은 단 1미터의 영토도 건드리지 못 하게 할 것이며 침략자에게 천 배, 만 배의 대가를 치르도록 할 것입니다."

통역의 말이 끝났을 때 바이든이 옆에 앉은 헤이스를 보았다.

"이건 마치 북한 측의 성명 발표를 듣는 것 같군. 안 그래?"

"그렇군요."

입맛을 다신 헤이스가 아베에게 말했다.

"총리각하, 전면전이 되면 안 됩니다. 무슨 말씀인지 아시지요?"

통역의 말을 들은 아베의 어깨가 부풀려졌다.

"압니다, 헤이스 장관."

"북한은 핵을 사용할 가능성이 있다는 것을 말씀드렸을 텐데요."

"우리는 그 백 배, 천 배로 갚아줄 것이라고도 말씀드렸는데요."

아베가 이 사이로 말했다.

"놈들의 공갈에 넘어가지 않습니다."

"북한이 이번에는 공갈 같지가 않습니다."

이번에는 안보특보 우드가 나섰다.

"우리가 개입하지 않을 것을 알고 있을 테니까 말입니다."

"아니, 일·미 동맹은 이럴 때를 위해서 체결된 것이 아닙니까?"

관방장관 이케다가 참지 못하겠다는 표정을 짓고 소리쳤다.

"동맹국이 공격을 받았는데 방관하다니요? 그러면 앞으로 어느 국가가 미국을 믿겠습니까?"

"이건 경우가 다릅니다."

헤이스가 차분한 얼굴로 말을 이었다.

"미국이 극동방위선을 설정할 때 소련의 태평양 진출을 억제하려는 의도가 있었지만, 지금은 상황이 달라졌습니다. 중국은 이미 태평양에 나왔고 남북한은 곧 연방이 되어서 강력한 힘을 보유하게 될 테니까요."

그때 바이든이 결론을 말했다.

"우리는 남북한 연방과의 유대가 중요합니다."

바이든의 행보(行步)는 거침없이 이어졌다. 중국이 김동일 위원장을 방문한다는 발표를 내고 일정을 조정하는 사이에 신의주로 날아왔다. 아베를 만난 다음 날이다. 서동수는 공항까지 나가 바이든을 영접했다.

"하늘에서 보니 굉장하군요."

곧장 행정청으로 달려가는 리무진 안에서 바이든이 말했다. 바이든이 웃음 띤 얼굴로 옆에 앉은 서동수를 보았다.

"이렇게 만들어 놓고 물러나실 작정입니까?"

"그럼요, 모든 일엔 물러날 때가 있는 법입니다. 그때를 어떻게 선택하느냐에 따라서 인생이 바뀐다고 생각합니다."

서동수가 영어로 대답하자 바이든이 활짝 웃었다. 리무진의 마주보는 앞좌석에 앉은 헤이스와 우드도 따라 웃는다. 바이든이 머리를 끄덕였다.

"난 기회를 놓친 것 같습니다. 나이 들어서 순발력이 떨어진 것 같아요."

"하지만 그만큼 쌓은 경험으로 순발력 부족을 충분히 만회하실 수 있을 겁니다."

"김 위원장을 신의주에서 만날 수 있을까요?"

불쑥 물었던 바이든이 서동수의 시선을 받고 빙그레 웃었다.

"서 장관께서 초청하시면 김 위원장이 오시리라고 생각합니다만."

"물론 비공식이겠죠?"

서동수가 묻자 앞쪽의 헤이스와 우드까지 셋이 일제히 머리를 끄덕였다. 대답은 바이든이 했다.

"예, 하지만 중국은 물론 일본 측도 다 알겠지요. 촉각을 곤두세우고 있을 테니까요."

호흡을 고른 서동수가 바이든을 보았다. 이것은 북·미 정상회담이나 같은 것이다. 중·일뿐만 아니라 세계의 촉각이 집중될 것이었다. 비공식이라고 했지만 정상회담이다. 이윽고 머리를 든 서동수가 바이든을 보았다.

"전해 드리지요. 그런데 회담 내용을 뭐라고 할까요?"

"최근의 대마도 사태."

바이든이 먼저 말을 꺼내자 헤이스가 뒤를 이었다.

"그리고 전반적인 한·일 관계에 대해서 상의하고 싶습니다."

"일본 입장도 들어야 됩니까?"

서동수가 묻자 이번에는 우드가 머리를 저었다.

"일본 입장은 듣고 왔습니다. 여기서 김 위원장과 회담을 마치고 일본 측과 다시 조정을 할 것입니다."

그때 바이든이 헛기침을 하더니 결말을 맺는다.

"서 장관께서는 옵서버 자격으로 회담에 참석해 주셨으면 고맙겠습니다."

그러고는 바이든이 다시 웃었다.

"물론 저희와 먼저 현안에 대한 이야기를 나누고 나서 말입니다."

시스템으로 움직이는 것이 몇 분 동안의 대화에서도 드러났다. 제 소관 업무는 소신 있게 나서고 지휘를 따르는 것이다. 차가 신의주의 유흥구를 지나고 있다. 화려한 외관이 홍콩이나 상하이 같다. 밖을 내다보던 바이든이 혼잣소리처럼 말했다.

"제가 요즘 한반도 역사 공부를 좀 했습니다."

바이든이 서동수를 보았다. 이제는 정색하고 있다.

"수천 년간 중국과 일본에 침략과 정복을 당하기만 했던 역사더군요. 그런데도 끈질기게 살아남았습니다."

차 안이 조용해졌고 바이든의 목소리가 이어 울렸다.

"남북 연방이 되면 이제 중국과 일본을 위협할 강국이 되겠지요. 그래서 견제가 심할 수밖에 없습니다."

"장관의 의견을 듣겠습니다."

장관실에 둘러앉았을 때 바이든이 말했다. 참석자는 미국 측 셋, 신의주 측도 서동수와 특보 안종관, 비서실장 유병선 셋이다. 서동수의 시선을 받은 바이든이 빙그레 웃었다.

"남북한의 중심에 신의주가 있습니다. 신의주를 기반으로 남북한이 공존 상태로 진입했으며 그것은 곧 연방국이 될 것이기 때문입니다. 그리고"

어깨를 부풀렸다가 내린 바이든이 말을 이었다.

"이 모든 과정에 장관님의 영향력이 미치고 있다는 것을 우리는 압니다."

서동수가 따라 웃었다.

"동북아의 새로운 질서, 새로운 체제가 필요하다고 생각합니다."

미국 측이 긴장했고 서동수의 말이 이어졌다.

"미국의 동북아 정책은 110년 전인 1905년의 가쓰라-태프트 조약, 65년 전인 1950년의 애치슨 라인 발표 때와 대동소이합니다. 한 발짝도 발전되지 않았습니다."

서동수의 목소리에 열기가 실렸다.

"미국은 그 대가로 1941년 진주만 침공을 받았으며 1950년 6·25전쟁이 발발한 계기를 만든 것입니다. 그로 인해 수백만의 미국인이 살상되었는데도 또다시 일본을 의지하고 있단 말입니까?"

바이든이 헤이스를, 헤이스가 우드를, 우드가 다시 바이든을 보았다. 그들이 역사를 모를 리가 없다. 서동수가 말을 이었다.

"미국이 또다시 일본에 의지하는 실수를 반복하면 안 됩니다. 지금 일본은 미국의 등에 붙은 혹입니다. 일본 때문에 미국은 아시아에서 고립될 수 있습니다."

"대안이 있습니까?"

불쑥 바이든이 묻자 서동수가 바로 대답했다.

"한국입니다."

방 안이 조용해졌고 누군가의 목구멍에서 침 넘어가는 소리가 들렸다.

"남북한 연방이 대안입니다."

두 마디의 말로 결론을 내린 서동수가 입을 꾹 다물었다. 미국 측 대표 세 명 모두 서동수보다 학식이나 경륜 면에서 월등한 사람들이다. 그 의미를 모르겠는가? 이윽고 바이든이 입을 열었다.

"잘 알겠습니다, 장관님."

헤이스와 우드는 거들지 않았다. 그러나 서동수의 시선을 받자 제각기 잘 들었다는 듯이 머리만 끄덕여 보였다.

김동일이 신의주에 도착했을 때는 다음날 오전 10시경이다. 이번에도 헬기 편으로 날아온 김동일이 헬기장에 마중나간 서동수의 손을 잡으며 웃었다.

"자주 오다 보니까 여기에 별장을 하나 만들어야겠어요."

"그러시지요."

둘은 바로 호텔 헬기장에서 김동일의 숙소로 내려갔다. 숙소 회의실에 앉았을 때 김동일이 먼저 물었다.

"바이든이 뭐라고 하던가요?"

"제 입장을 물었습니다."

서동수가 바이든과의 상담 내용을 말해주자 김동일이 활짝 웃었다.

"잘 하셨습니다."

배석자가 여럿 있었기 때문에 김동일이 주위를 둘러보며 말을 이었다.

"제 생각하고 똑같습니다."

"일본이 태평양을 독차지하게 만들 수는 없지 않습니까?"

서동수가 부채질하듯 말했다. 지리적 여건으로 일본 뒤쪽은 태평양이다. 그것 때문에 미국이 아시아 대륙의 방파제 역할을 맡기다가 계속 뒤통수를 맞지 않았던가? 미국은 이제 등에 붙은 혹을 떼어내야 한다. 김동일이 머리를 끄덕였다.

"대마도도 꼭 찾아와야 됩니다."

신의주 고려호텔 최상층인 27층의 프레지던트룸에서 조·미 정상회담이 열렸다. 비공식이어서 언론사는 모이지 않았지만, 이미 세계 각국은 촉각을 곤두세우고 있다. 북한 대표단은 통치자인 국방위원장 김동일과 호위총국 사령관 겸 국방위 부위원장 박영진, 그리고 외무상 이수용이다. 옵서버로 참석한 서동수는 특보 안종관과 둘이 ㄷ자형 테이블의 받침대 부분에 자리하였다. 오후 2시, 인사를 마친 회의실 분위기는 부드럽다. '화기애애'라는 표현까지는 못 되어도 가끔 웃음소리도 들렸다. 바이든이 가벼운 농담을 했기 때문이다. 농담 상대는 서동수, 그래서 옵서버가 필요했던 것 같다. 조·미 정상회담이 역사상 처음으로 열리는 터라 겉은 태연했지만 속으로는 긴장하고 있던 김동일의 얼굴에도 웃음이 떠올랐다. 이번 회담 주제는 당연히 '대마도'였으며 경직된 한반도와 일본 관계였기 때문이기도 했다. 이윽고 바이든이 본론을 꺼내었다.

"위원장 각하, 대마도 문제는 한국이 꺼냈는데 북한이 도맡아버린 상황이 되었습니다. 왜 그러십니까?"

서동수는 숨을 들이켰다. 과연 외교의 전문가답다. 부드럽고 간결하다. 요점만 물었는데 거부감이 들지 않는다. 통역을 통했다면 분위기가 바뀔 수 있었겠지만 김동일은 영어에 유창하다. 바이든의 말을 바로 알아듣고 웃었다.

"대마도는 한국령이기 때문이지요. 다시 말하면 한반도 영토입니다."

바이든이 웃음 띤 얼굴로 다시 물었다.

"소문대로 대마도를 침공하시지는 않겠지요?"

"그런 말씀 드릴 수가 없는데요."

"침공하시면 미군이 자동으로 참전하게 됩니다. 알고 계시지요?"

"그럼요."

김동일이 머리를 끄덕였다. 아직 얼굴의 웃음기는 지워지지 않았다.

"그렇게 되면 중국군이 우릴 돕게 될 겁니다, 참 안타까운 일이지요."

"뭐가 안타까우십니까?"

"일본이나 우리가 강대국 등에 업혀 다니는 꼴이 말입니다."

미리 준비를 했는지 김동일의 영어는 술술 이어졌다.

"특히 일본이 미국 등에 업혀서 노는 꼴이 가관이지 않습니까?"

"그렇습니까?"

"미국은 1950년 일본군의 진주만 기습을 받고 태평양 함대가 전멸했지요? 벌써 그것을 잊었습니까?"

바이든이 머리만 끄덕였을 때 이수용이 김동일에게 한국어로 낮게 말했다.

"위원장 동지, 1941년입니다."

그때 박영진이 이수용을 꾸짖었다.

"동무, 닥치라우! 연도가 무시기 상관이야! 분위기 깨지 말고 가만 있어!"

그때 김동일의 말이 이어졌다.

"미국이 일본을 지원하면 아시아 대륙 전체를 적으로 삼는 것이나 같습니다. 하지만 한반도하고만 동맹관계를 유지하면 아시아의 균형이 잡힐 것입니다."

말을 마친 김동일이 어깨를 펴고 바이든을 똑바로 보았다. 어느덧 얼굴의 웃음이 사라졌고 정색한 얼굴이다. 서동수는 소리죽여 숨을 뱉었다. 감동한 것이다.

"잘 들었습니다."

바이든의 목소리가 귀를 울렸으므로 서동수가 시선을 들었다. 부드러운 표정을 짓고 바이든이 김동일을 보았다.

"한반도라면 남북한 연방을 말씀하시는 것이지요?"

"예, 부통령 각하."

김동일의 목소리가 이어 울렸다.

"남북한 연방이 조정자 역할을 해야만 아시아가 평온해질 것입니다."

"미국은 평화적 해결을 바랍니다."

바이든의 말은 원칙론이었지만 설득력이 있다. 오후 3시 반, 바이든이 회의를 마치면서 마지막 발언을 했다.

"그리고 미국과 한국이 혈맹이듯이 남북한 연방도 그 관계를 유지하기를 바랍니다."

의미심장한 발언이다. 그것을 김동일이 모를 리가 없건만 커다랗게 머리를 끄덕이며 공감을 표시했다. 만찬 때 다시 만나기로 하고 회의를 끝냈을 때 김동일이 숙소로 서동수를 불러들였다.

"어떻습니까?"

소파에 앉았을 때 김동일이 웃음 띤 얼굴로 물었다. 방에는 둘뿐이다. 맑은 날씨여서 베란다 창밖으로 신의주의 전경이 내려다보였다. 홍콩이나 싱가포르 같다. 서동수가 탁자 위에 놓인 생수병을 들면서 대답했다.

"내 조국에 대한 자부심을 느끼도록 해주셨습니다."

"그렇습니까?"

김동일이 활짝 웃었다.

"그건 형님이 은연중에 가르쳐주신 겁니다. 신의주와 남북한 연방의 나갈 길을 말씀입니다."

눈을 크게 뜬 김동일의 목소리에 다시 열기가 더해졌다.

"이제 남북한 연방이 되면 한반도의 국력은 5000년간 중국 대륙과 일본 열도에 부대껴온 때와는 달라지지 않습니까? 나는 그것을 바이든한테 알려주고 싶었던 겁니다."

"바이든도 알아들었어요."

"미국의 한반도 정책, 아니, 아시아 정책이 바뀌어야 됩니다."

"그렇지요."

"안 바꾸면 큰코다치지요."

"그렇습니다."

"우리가 대마도를 먹어도 일본놈들은 덤비지 못합니다."

서동수가 대답 대신 숨을 들이켰다. '이것은 얼마 만에 듣는 소리인가?'하는 감동이 솟구쳤기 때문이다. 만날 중국 대륙과 왜놈들로부터 침략과 정복을 당해오던 내 조국, 한반도의 지도자 입에서 이런 소리가 나오다니, 아마 역사상 처음인지도 모르겠다. 그때 김동일이 말을 이었다.

"중국도 마찬가지입니다. 남북한 연방을 주무르려고 신의주에 적극 개입했지만 지금은 당황하고 있을 겁니다."

"그렇지요."

"북조선을 조선성으로 삼으려는 생각도 해 보았겠지요. 하지만 앞으로는 헤이룽장성, 지린성이 한반도에 흡수될까 걱정해야 될 겁니다."

어깨를 부풀렸던 서동수가 다시 길게 숨을 뱉었다. 머릿속에 광개토대왕의 그림이 떠올랐고 왕관 밑의 얼굴이 바로 김동일이다. 머리를 든 서동수가 김동일을 보았다.

"위원장동지, 대마도를 치실 겁니까?"

"그러자는 동무들이 많습니다."

생수병을 들어 병째로 두 모금을 삼킨 김동일이 얼굴을 펴고 웃었다.

"하루면 점령한다는 것입니다."

"……."

"누워서 떡 먹기라는군요."

물병을 내려놓은 김동일이 서동수를 보았다.

"만일 대마도 때문에 전쟁이 일어나면 아예 북조선군은 일본 본토를 점령해버릴 테니까요. 오늘 만찬 때 바이든한테 그 이야기도 해줘야겠습니다."

"바, 바이든한테 말입니까?"

"예. 그러고 나서 미국하고 다시 동맹을 맺자고 말입니다. 그럼 되는 것 아닙니까? 더 강력한 동맹국이 되는 것이지요."

미국 측에서는 오히려 그게 낫지 않을까? 서동수의 머리가 혼란스러워졌다.

새 세상

회의를 마친 다음 날 오전, 서동수와 김동일이 공항에서 바이든 일행을 배웅했다. 다른 곳 같았다면 수백 명의 기자와 카메라맨이 운집해 있겠지만 신의주는 다르다. 비공식 회담이기도 한 터라 철저히 통제를 해서 10여 명의 승인을 받은 언론사가 사진을 찍었을 뿐이다. 바이든을 배웅한 서동수와 김동일이 차로 달려간 곳은 신의주 남서쪽의 바닷가 지역이다. 광활한 대지 위에 공장이 건설되고 있었는데 연건평 20만 평과 40만 평짜리 2개의 공장이다. 공장 건설본부에 들어선 둘은 현장소장으로부터 브리핑을 받는다. 서동수는 공장 현황에 익숙한지 소장의 보고에 이어서 김동일에게 보충 설명까지 해주었다. 공장 명은 '조선자동차'와 '조선항공'이다. 각각 30억 달러와 50억 달러가 투자될 예정으로 신의주 남서부와 평안남도 지역까지 공장 부지를 확보하고 있어서 완공된다면 단숨에 세계 10대 자동차와 비행기 제작회사 안에 들 것이다. 완공 연도는 2년 후, 시제품 생산과 첫 상품 출시는 3년 후로 계획되었는데 이곳이 신의주지역에 투자된 최대 규모의 공장이다. 브리핑을 듣고 난 둘은 현장을 둘러보았다. 너무 넓어서 승용차로 현장을 달려야 한다.

"굉장합니다."

김동일은 잠자코 브리핑을 듣기만 했는데 TV에서 보던 때와는 전혀 다르다. 차에 타고 나서야 김동일이 서동수에게 말한 것이다. 김동일의 두 눈이 흥분으로 번들거리고 있다.

"공장 규모가 대단하군요, 감동했습니다."

"부지 면적으로는 세계 제1이니까 제2, 제3 공장도 건설할 수가 있지요."

서동수가 말을 이었다.

"위원장께서 각별히 신경을 써주셔야 되겠습니다."

"그래야지요."

김동일이 머리를 끄덕였다.

"수시로 브리핑을 받겠습니다."

'조선자동차', '조선항공'이 바로 김동일이 투자한 공장인 것이다. 지난번 서동수에게 사업을 하겠다고 약속한 후에 자동차와 비행기 제작을 시작한 것이다. 물론 김동일의 사업 대리인은 서동수다. 서동수가 투자한 것으로 되어 있지만 실제 사주는 김동일이다.

"조선자동차가 세계 각국의 도로를 달리는 상상을 하면 가슴이 뜁니다."

창밖의 건설 현장을 보면서 김동일이 말을 이었다.

"하늘에는 조선항공에서 만든 비행기가 날아가고 말입니다."

"기업가는 회사 임직원을 먹여 살리는 것에 자부심을 느끼게 되지요."

서동수가 거들었다.

"회사가 망하면 임직원인 가족까지 굶어 죽는다는 것을 생각하면 정신이 번쩍 듭니다."

"국가를 통치하는 것보다 더 현실감을 느낄 것 같다는 생각이 들어요."

머리를 끄덕이며 김동일이 말을 받았다.

"난 북남 연방이 성사되면 연방 대통령에 집착하지 않을 겁니다."

순간 숨을 죽인 서동수가 앞쪽을 보았다. 감히 마주 볼 용기가 나지 않았기 때문이다. 김동일이 혼잣소리처럼 말을 이었다.

"권력욕이라는 것이 무서워요. 중독이 되면 놓지를 못하는 것 같습니다."

"……."

"내 조부도, 내 부친도 마찬가지였던 것 같습니다. 한편으로 생각하면 두 분의 입장도 이해가 되지요, 솔직히 두 분 아니었으면 조선은 망했으니까요."

김동일이 머리를 돌려 서동수를 보았다. 웃음 띤 얼굴이다.

"나는 젊어요, 아직 중독된 것 같지 않습니다."

대통령 한대성은 문득 대한민국 역사상 지금처럼 국가의 위상이 높아진 적이 없었던 것 같다는 생각을 했다. 미국 부통령 바이든과의 회담을 시작하기 직전에 떠오른 생각이다. 이곳은 청와대 대회의실, 정면에 앉은 바이든이 웃음 띤 얼굴로 바라보고 있다. 바이든은 일본과 신의주를 거쳐 이곳에 온 것인데 아베와 김동일을 차례로 면담했다. 신의주장관 서동수로부터 낱낱이 보고를 받은 터라 이쪽 준비는 다

해놓았다. 남북한이 연합하면 어떤 위력(威力)이 생기는지, 어떤 시너지 효과가 있는지 지금 한대성은 피부로 체험하는 중이다. 미국 측의 태도도 이제는 3개월 단위로 달라진다고 외교부에 소문이 났다고 한다. 지금도 그렇지 않은가? 대마도 침공설까지 나도는데도 미국은 강경 모드로 가지 않는다. 전(前) 같으면 그렇지, 신의주가 없었을 때 같으면 한국은 고립되었을 것이다. 그때 바이든이 입을 열었다. 웃음 띤 얼굴이다.

"아베 총리한테 통보했습니다. 대마도 문제는 한·일 양국이 처리하라고 말씀입니다."

그것은 동맹국 간의 분쟁엔 상관하지 않겠다는 말이다. 한대성이 웃음 띤 얼굴로 화답했다.

"대한민국은 미국의 혈맹입니다. 피로 맺어진 동맹국이죠……."

한대성은 노련한 정치인이다. 할 말이 더 있는 것처럼 입을 열었다가 마지못한 듯 닫았는데 그 뒷말을 바이든도 이을 수가 있을 것 같았다.

"하지만 일본은 아니죠. 바로 2차 세계대전 때 진주만을 기습했고 수십 만 미군을 살상해서 피를 흘리게 한 적국 아닙니까? 지금은 난데없이 동맹국이 되었지만 말입니다."

바로 이것이다. 머리를 끄덕인 바이든이 말을 이었다.

"김 위원장을 만났더니 미국의 아시아 정책을 재편해 달라는 요청이 있었습니다. 상당히 현실적이었고 아시아의 미래를 위해서도 도움이 될 것 같아서 대통령께서도 적극 검토하시겠다는 말씀이 있었습니다."

"감사합니다."

어깨를 편 한대성이 똑바로 바이든을 보았다. 심장박동이 거칠어졌지만 어금니를 악물고 참았다. 무언가 가슴에서 치밀어 올랐는데 잘못하면 울음이 터져 나올 것 같았기 때문이다. 옆에 앉은 외무장관 김경석은 숨을 참고 있었기 때문에 얼굴에 점점 피가 몰려와 붉어지는 중이다. 그때 한대성이 어깨를 늘어뜨리면서 입을 열었다.

"잘 아시겠지만 한국은 물론 북한에서도 대마도 탈환 운동이 걷잡을 수 없이 일어나고 있습니다. 일본 정부가 종전 직후처럼 무시하고 넘어갈 수는 없을 것 같습니다."

"우리도 대마도에 대한 자료를 확인했습니다."

국무장관 헤이스가 대신 대답했다.

"한국 측의 요구가 타당성이 있다고 생각합니다, 대통령 각하."

그때 바이든이 결론을 내었다.

"말씀드렸다시피 미국은 아시아 정책을 재고하겠습니다. 그동안 한·일 간의 대마도 분쟁 문제는 양국 간 평화적으로 해결하기를 바란다는 미국 정부의 입장을 전해드립니다."

한대성은 바이든이 한·일 간이라고 말한 것에 주목했다. 대마도를 점령하겠다고 나선 것은 북한이다. 북한은 놔두겠단 말인가? 매사에 용의주도한 늙은 여우 바이든이 북한을 언급 안 하다니, 방금 김동일을 만나고 왔으면서. 한대성의 얼굴에 웃음이 떠올랐다. 미국은 우방이다.

아베의 얼굴이 굳어져 있다. 지금까지는 계획했던 대로 이끌어온 셈이다. 중국과 한국이 여름밤의 모기처럼 가끔 신경을 건드렸지만 대일본(大日本)의 전진에 방해가 되지는 않았다. 대동아공영(大東亞共

譽)을 추구하던 대일본제국시대의 위세가 미국과의 적극적인 동맹을 통해 되살아났다. 그야말로 1000년 전 몽골의 침략을 막아낸 가미카제(神風)가 다시 불어온 것이나 마찬가지다. 그만큼 일본은 축복받은 국가인 것이다. 보라, 100년 전 한반도를 제압하여 식민지로 삼고 중국 대륙을 무력으로 휩쓸었으니 도요토미 히데요시(豊臣秀吉)의 야망을 300여 년 만에 실현시켰다. 중국 대륙은 물론, 싱가포르, 동남아까지 휩쓴 1900년대의 대일본군(大日本軍)의 위세, 이어서 1941년 12월 7일에는 진주만을 기습, 미국 태평양함대를 궤멸시키고 선전포고를 했다. 대일본의 질풍노도와 같은 전진, 대동아공영, 대일본인의 기개와 영광, 제2차 세계대전의 패배와 항복은 생각하고 싶지가 않다. 그러나 아베의 눈빛이 강해졌다. 전후의 참담한 미군 점령군시대는 3년도 되지 않아서 종결되었다. 수천 년간 '호구'의 땅이었던 한반도에서 전쟁이 일어났기 때문이다. 이번에도 한반도가 일본의 '먹이'가 되었다. 3년 동안 전쟁 물자를 생산하면서 일본 경제가 도약한 것이다. 그것이 일본 재건의 원동력이 되었다. 그리고 보라, '호구'는 한반도에 그치지 않았다. 중국도 '호구' 노릇을 했다. 중국 대륙이 공산화되면서 공산세력에 대한 방파제 역할로 미국이 일본을 동맹으로 끌어들인 것이다. 이것이 전후 70년, 일본을 재건하고 다시 대일본을 건설하게 된 행운의 역사다. 그런데 갑자기 이게 무슨 꼴인가? 남북한 연방의 대두, 난데없는 대마도 반환 청구, 대마도 침공 소문, 미국의 은근한 뒷걸음질, 중국의 웃는 소리가 들리는 것 같다. 이윽고 아베가 어깨를 펴고 앞에 앉은 방위상 나카무라를 보았다.

"나카무라 씨, 대마도가 점령당할 가능성은 있소?"

나카무라가 어깨를 펴고 아베를 보았다.

"예, 있습니다."

주위의 시선이 모였고 방안 분위기가 무거워졌다. 이곳은 총리실 안이다. 안에는 관방장관 이케다와 총리실 정보책임자 도쿠가와까지 넷이 둘러앉았다. 극비회의인 셈이다. 육상자위대 사령관 출신인 나카무라가 말을 이었다.

"부산에서 쾌속정으로 30분 거리입니다. 해공군이 경계를 하겠지만 1개 대대만 상륙해도 방어가 힘듭니다."

"영토를 침입하면 바로 격침시키면 되지 않습니까?"

이케다가 묻자 나카무라는 머리를 저었다.

"그렇다면 모든 선박의 대마도 입출항을 금지시켜야지요. 일·한 간 선박 운행도 차단시켜야 됩니다."

"당분간은 그래야지요."

"그건 전시 상황입니다. 양국이 선전포고라도 해야……."

이케다가 입을 다물었으므로 방 안이 다시 정적에 덮였다. 아베의 시선이 도쿠가와에게 옮겨갔다.

"도쿠가와 씨, 북한 동향은?"

"특이한 동향은 없습니다. 하지만……."

도쿠가와의 이맛살이 찌푸려졌다.

"군부의 선전 활동이 심해졌습니다. 특히 반일(反日) 구호와 선전이 증가했습니다."

아베가 심호흡을 했다.

"내가 미 상·하원 합동 연설을 하게 되니까 남북한, 중국까지 열을 받는 모양이군. 내가 일·미 동맹을 강조하면서 침략자는 반드시 대가를 받게 될 것이라고 강조할 거요."

전후 70년 만에 일본 총리가 미 상·하원 합동 연설을 하게 된 것이다. 이것도 아베의 업적이다.

"참, 웃기는 놈이군."

대통령 한대성이 말하자 양용식이 숨을 들이켰다. 한대성은 상대방을 비하하지 않는 사람이다. 더구나 욕을 한 적도 없었기 때문이다. 지금 한대성에게 욕을 얻어먹은 당사자는 일본 총리 아베다. 물론 이곳은 대통령 집무실이지만 양용식과 둘이 있다. 둘이 사담을 나누는 것이나 같다. 한대성이 말을 이었다.

"아베가 세상에 좋은 일을 한 가지 하고 있기는 해, 그것이 무엇인지 알아?"

"뭡니까?"

"잊힐 뻔했던 일본의 과거 행적을 기억에서 되살려 주고 있는 거."

"과연."

양용식의 얼굴에 웃음이 떠올랐다.

"그렇군요. 하마터면 100년 전, 70년 전의 일본을 잊을 뻔했습니다."

"잊고 있었던 과거의 처참한 기억들이 망령처럼 이곳저곳에서 떠오르고 있어."

"아베 덕분이죠."

"100년 전, 일본 군국 시대에도 이런 식으로 국민을 끌고 갔을까?"

"글쎄요. 그것은……."

"아베는 미국의 배경을 믿고 이러는 거야. 무슨 짓을 해도 미국이 밀어준다고 말이야."

"안타깝습니다."

오후 3시 반, 오늘은 한대성이 안보회의를 마치고 참석자들과 점심을 한 후에 방으로 양용식을 부른 것이다. 이제 4년 연임 법안이 통과된 데다 연임은 확정적이었으므로 정권은 가장 안정된 상태가 되어 있다. 임기가 5년 몇 개월이 남아 있는 셈인 것이다. 한 모금 커피를 삼킨 양용식이 한대성을 보았다.

"이것도 아베 덕분인데 일본이 과거 호전적인 지도자의 영향이나 지시를 받아서 그런 일을 저질렀다고 생각하지 않습니다."

한대성의 시선을 받은 양용식이 말을 이었다.

"간토대지진 때 간토지방의 조선인 수만 명이 학살당했습니다. 일본 정부에서 성난 민심을 조선족이 방화, 강간, 살인을 했다고 꾸며 일본인을 선동한 때문이지요."

"……."

"지금도 인터넷을 클릭하면 그때의 참상이 다 나옵니다. 난징대학살과 비슷하지요. 아니, 이것은 일본 민간인들이 자경단을 조직해서 조선인들을 학살한 것이라 난징대학살보다 더 심각합니다."

"……."

"이것을 고려 말 기록으로 1년에 360여 회나 왜구가 침략해서 백성을 죽이고 노략질을 했다는 것과 연결시킬 수가 있지요. 고려는 왜구 때문에 망한 것이나 같습니다."

"거기에다 임진왜란과 한일병합에 의한 식민지, 기가 막힌 역사 아닌가?"

말을 받은 한대성이 쓴웃음을 지었다.

"도대체 731부대를 기억하게 하는 전투기에 탑승한 선전 사진을 찍고 자위대법을 고치고 야스쿠니 신사를 참배해서 전범을 추모하는 그

행태로 아베가 얻는 것이 무엇일까?"

"일본 국민의 지지도가 높습니다."

한 모금 커피를 삼킨 양용식이 가라앉은 시선으로 한대성을 보았다.

"그런 말이 있지 않습니까? 그 지도자가 국민의 수준이라고 말입니다."

"그렇지."

머리를 끄덕인 한대성이 혼잣소리처럼 말했다.

"아베가 등장하기 전만 해도 나는 일본이 우리의 우방이며 미국 다음가는 동맹국이라는 생각을 했어."

머리를 든 한대성이 양용식을 보았다.

"그건 나뿐만이 아닐 거야. 이제 일본은 적국이 되어가고 있어. 아베 때문에."

그때 양용식이 말했다.

"하지만 예전의 한반도가 아닙니다."

"일본이 경제 제재를 하면 한국 경제가 위험해집니까?"

김동일이 물었으므로 서동수가 머리를 들었다. 신의주의 장관실 안이다. 오늘도 김동일이 헬기로 날아와 조선항공과 조선자동차를 둘러보고 온 길이다.

"아니, 누가 그럽니까?"

둘이 있을 때는 형님 동생 하기로 했지만 서동수가 정중하게 묻자 김동일이 피식 웃었다.

"저도 소식통이 많습니다."

"그럴 수가 있나요? 경제는 서로 얽혀 있는 데다 규정이 있어서 한쪽이 일방적으로…….”

“전쟁이 일어나면 그렇게 되겠지요?”

다시 불쑥 김동일이 묻자 서동수는 어깨를 늘어뜨렸다.

“그거야…….”

“바이든 부통령은 북남한 연방과의 동맹에 관심을 보였지만 일본을 무시할 수는 없겠지요?”

이제 서동수는 머리만 끄덕였다. 바이든과 약속한 것도 없다. 남북한 연방과 미국과의 관계도 운만 떼었을 뿐이다. 아직도 미국과 일본은 엄연한 동맹국이며 일본 본토에는 대규모의 미군이 주둔하고 있다. 오후 5시 반이 돼가고 있다. 오늘 밤 김동일은 신의주에서 머물 예정이어서 서동수는 연회 준비까지 해 놓았다. 김동일이 말을 이었다.

“대마도 관계나 위안부 문제, 기타 보상 문제는 한·일 간 알아서 하라는 것으로 결론이 난 것 같은데, 그렇지요?”

“그렇습니다.”

요즘처럼 남북한 대화 소통이 잘되는 시기는 없었다. 바이든이 한대성을 만나고 간 후에 한국에서는 즉각 북한으로 특사를 파견했다. 한국 측이 바이든과의 회담 내용을 낱낱이 알려준 것이다.

“그런데.”

어깨를 부풀렸다가 내린 김동일이 서동수를 보았다.

“우리가 대마도 문제로 일본의 독도에 대한 주장을 희석한 효과도 있지만 그동안 간과하고 있었던 일이 있지 않습니까?”

서동수는 숨을 들이켰다. 그렇다. 김동일은 주제를 잊지 않았다. 일본의 과거에 대한 진심 어린 반성과 그에 따른 행동이다. 아베는 대마도 반환설로 길길이 뛰면서 오히려 국민들을 선동, 야스쿠니 신사 참배를 계속했고 위안부 문제를 덮었다. 일본의 극우 세력은 매일 혐한 운동을 증가시키며 아베의 기를 세워주고 있다. 김동일이 말을 이었다.

"거기에다 아베가 미국 상·하원 합동 연설을 하게 되면 미·일의 동맹을 재확인하는 셈이 되겠지요. 일본인들의 기가 살아나고 말씀입니다."

"……."

"미국놈들은 믿을 것이 못 됩니다, 형님."

정색한 김동일이 서동수를 보았다.

"한국전쟁 때 남한을 도와주긴 했습니다만, 지금은 아닙니다. 중국을 막기 위해서는 일본을 끼고 있을 겁니다. 일본도 철저하게 그것을 이용하고 말입니다."

서동수가 잠자코 커피 잔을 들었다. 이것이 현실이다. 국익을 위해서는 어제의 원수도 친구가 되고 어제의 친구가 원수로 변하는 것이다. 의리, 약속, 조약 따위가 휴지처럼 버려져도 국민은 환호한다. 한 모금 커피를 삼킨 서동수가 입을 열었다.

"그러고 보면 한국인들이 대단해. 이 틈바구니에서 이렇게 성장해 왔다니."

그때 김동일이 바로 말을 받았다.

"위대한 지도자들이 있었기 때문이죠. 이승만, 박정희, 그리고……."

말을 잇기가 거북한 듯한 호흡을 하고 나서 김동일이 작심한 듯 말했다.

"제 조부, 그리고 제 부친까지 말씀이오."

대마도는 상, 하도로 나뉘었으며 면적이 709㎢로 제주도보다 작고 거제도보다는 크다. 하지만 리아스식 해안이라 해안선 길이가 915㎞나 된다. 253㎞인 제주도 해안보다 세 배 가깝게 긴 것이다. 대마도 인구는 약 4만 명이며 본섬 2개와 98개의 작은 섬으로 구성되어 있다. 본섬의 남북 길이는 82㎞, 동서는 약 18㎞이며 산지(山地)가 92%여서 주민 30%가 수산, 양식업에 종사한다. 이곳도 젊은이는 대개 떠나고 노인들이 남아 있는데 낮에 대마도를 돌아다니는 남녀 대부분이 한국 관광객이다. 비자가 필요 없는 데다 부산에서 사스나항까지 49.5㎞여서 쾌속선으로 한 시간도 안 걸리기 때문이다. 대마도 히다카스에서 가장 가까운 일본 본토의 후쿠오카까지는 147㎞로 부산보다 두 배 정도 멀다. 또한 대마도 하도 서남 해안에는 한반도에서 조류를 타고 흘러온 쓰레기가 쌓인다.

백제 시대부터 조류를 타고 흘러온 유민이 대마도에 정착한 이유가 된다. 대마도민도 수난의 역사를 피하지 못했다. 임진왜란 때는 대마도인이 조선어와 일본어에 능숙했기 때문에 왜국의 통역, 향도로 5000명이나 끌려가 3000여 명이 희생당했다. 조선 세종 2년 때 대마도주 종정성(宗貞盛)의 아들 종성직(宗成織)이 종일품 판중추원사 겸 대마도주제사에 봉해지고 경상도에 배속된 후로 170년이 지나 임진왜란을 맞은 것이다. 그 밖에 대마도가 한반도 부속 도서였다는 증거는 수없이 많다. 일제가 조선사편찬위원회를 설치하여 대마도에 들어가 자료를 말살시켰는데도 그렇다. 대마도에는 신사(神寺)가 29개나 세워져 있다. 그런데 그 신사들은 모두 한반도를 향해 세워져 있는 것이다. 이것은 한반도에서 건너간 한민족이 신사를 세웠기 때문이며 대마도가 한반도령이라는 또 다른 증거다. 조선사편찬위원회는 신사까지 허물지는 못했다.

그날 밤, 서동수와 김동일이 장관 공관의 접견실에서 술을 마시고 있다. 소파 앞쪽 탁자에 술과 안주가 가득 놓였고 방 안에는 둘뿐이다. 김동일의 부탁으로 아직 여자도 부르지 않았다. 북한산 인삼주는 알코올 도수가 50도나 되지만 향이 좋고 부드러웠다. 김동일이 가져온 술이다. 한 모금 술을 삼킨 김동일이 서동수를 보았다.

"형님, 미국 측이 은밀하게 내 의사를 물어왔습니다. 핵 폐기 약속을 하면 대마도 문제는 중립을 지키겠다는 겁니다."

"중립이라니?"

술맛이 좋아서 연거푸 마셨더니 서동수의 눈 주위가 붉어져 있다. 정색한 서동수의 얼굴을 본 김동일이 풀썩 웃었다.

"글쎄, 우리가 쳐들어가도 가만있겠다는 말 아닙니까?"

"핵부터 폐기하고 나서 대마도를 가져가라는 건가?"

"그럼 안 되지요. 대마도부터 먹고 핵을 내놓아야 합니다."

한 모금 술을 삼킨 김동일이 소파에 등을 붙였다.

"그래야 일본놈들이 손을 못 쓰지요."

"그, 그렇군."

"순식간에 대마도를 점령하고 나서 일본놈들이 공격해 오면 핵을 쏘겠다고 해야 할 테니까요."

서동수가 심호흡을 했다. 김동일이 날아온 이유가 이것이다. 뜸을 들였다가 마침내 본론을 꺼낸 것이다. 소문대로 북한군이 대마도를 점령할 것인가? 그리고 과연 핵을 폐기할 것인가? 그때 일본, 그리고 중국 측의 반응은? 아니, 이것을 한국 정부는 어떻게 받아들일 것인가? 한국 정부하고는 상의라도 했나? 머리가 뒤죽박죽된 서동수가 다시 술잔을 쥐었다. 이렇게 역사가 만들어지는가?

"이것 참, 뭐라고 해야 할지."

대통령 한대성이 난감한 표정을 지었지만 곧 웃었다. 청와대의 대통령 집무실 안이다. 오후 3시 50분, 테이블에 다섯 명이 둘러앉았다. 한대성과 방금 신의주에서 날아온 서동수, 그리고 국무총리 조수만과 국정원장 박기출에다 비서실장 양용식이다. 한대성이 관계 장관과 수석비서관을 모으라고 했더니 양용식이 총리하고 자신이 대표로 참석하면 된다고 했기 때문이다. 국정원장 박기출은 정보총책이다. 어느 회의건 꼭 참석시킨다. 한대성은 방금 서동수로부터 어젯밤 김동일이 한 이야기를 들은 것이다. 김동일은 서동수를 통해 한국 측과 상의를 하려는 의도였다고 봐야 옳다. 한대성이 말을 이었다.

"김 위원장이 대마도를 점령하고 나면 핵을 폐기할 의도는 있는 것 같습니까?"

"믿을 수 있습니다."

서동수가 예상하고 있었다는 듯이 바로 대답했다.

"김 위원장은 약속을 지킬 것입니다."

"그것, 참."

입맛을 다신 한대성이 주위를 둘러보았다. 다시 정색한 얼굴이다.

"대마도는 북한 측 입장으로 보면 당장의 이득이 없는 패인데, 그것을 대가로 핵을 내놓다니요."

"남북 연방 입장에서 보는 겁니다."

서동수가 대답했다.

"김 위원장이 크게 멀리 보신다고 생각하시지요."

"그렇군."

머리를 끄덕인 한대성의 시선이 박기출에게 옮겨졌다.

"미국 측은 지금 서 장관이 이곳에 오신 것도, 그 이유도 다 알고 있겠지요?"

"예, 일본 측도 촉각을 곤두세우고 있을 것입니다."

"아베 씨가 곧 미 의회에서 연설을 하게 될 텐데……."

말끝을 흐린 한대성이 다시 서동수를 보았다.

"김 위원장은 어떤 식으로 대마도를 점령할 계획이지요?"

"그건 잘 모르겠습니다."

"잘못되면 엄청난 결과가 초래될 겁니다."

미간을 좁힌 한대성이 말을 이었다.

"한국도 책임을 피할 수가 없지요."

"김 위원장은 중국 측에도 사전 양해를 받아놓을 것이라고 했습니다."

방 안이 다시 조용해졌다. 처음에는 선전용 멘트 정도로 알았다가 시간이 지날수록 현실이 되어가고 있다. 이제 한국 내에서는 대마도 수복운동이 열기를 품고 있다. 거기에는 수없이 대마도 탈환 궐기대회가 열렸고 국민들은 대마도가 그려진 붉은색 리본을 가슴에 달고 다닌다. 대마도 붐이다. 그리고 이 상황에서 북한군이 대마도를 탈환하면 김동일 위원장은 영웅이 된다. 아베가 일본에서 우익활동으로 얻어내는 인기는 비교도 되지 않을 것이다. 그때 서동수가 손목시계를 보면서 말했다. 오후 4시가 되었다.

"곧 김 위원장이 대통령께 연락을 해올 것입니다."

그때 테이블 위에 놓인 흰색 전화기가 울렸다. 모두 숨을 죽였고 한대성이 전화기를 들고 귀에 붙였다.

“대통령님, 김동일 위원장님이십니다.”

한대성이 교환의 말에 응답했을 때 곧 연결이 되었다.

“여보세요, 한대성입니다.”

한대성의 목소리가 스피커를 통해 방에 울렸다. 그때 김동일이 말했다.

“대통령 각하, 안녕하십니까? 대마도 문제로 상의드릴 것이 있어서요. 아무래도 시기가 되었다는 생각이 듭니다만.”

방 안이 조용해졌다. 그 시기가 무엇이겠는가?

“알겠습니다, 위원장님.”

마침내 한대성이 입을 열었다. 이 전화는 일본은 물론이고 미국, 중국, 러시아까지 듣고 있을 것이다. 그것을 알면서도 김동일이 전화를 한 것이고 도청하는 인간들도 그것을 의식하고 있으리라. 이것은 간접 통고 내지는 발표다.

“그럼 여기 신의주 장관이 와 계시니까 신의주에서 회담을 하기로 하지요. 바로 대표를 보내겠습니다.”

“저희도 대표를 보내겠습니다. 사흘 후면 어떻습니까?”

“좋습니다. 사흘 후에 신의주에서 대표회담을 하십시다.”

“알겠습니다.”

남북한 정상의 합의는 일사천리로 이루어졌다. 사흘 후에 신의주에서 대마도 관련 남북한 대책회의가 열리는 것이다. 통화가 끝났을 때 집무실 안은 잠깐 정적에 덮였다. 서동수는 이것이 대세(大勢)라는 느낌을 받는다. 한민족의 기운이 솟구치도록 새로운 기운이 뻗치는 것 같다. 남북한이 연합하면 이런 시너지가 솟아오르는 것이다. 대마도를 수복하지 않더라도 이 기세라면 절대로 외세에 밀리지 않는다. 청와대를 나온 서동수가 그날 저녁, 남산의 한강호텔 라운지로 들어섰다. 오후 8시, 18층의 라운지에서는 한강과 건너편 강남의 야경이 내려다 보인다. 수행한 최성갑이 입구 근처에 자리 잡았고 서동수는 안쪽으로 다가갔다. 창가 좌석에 앉아 있던 남녀가 일어섰는데 남자는 서동수의 고교동창 강정만이었고 여자는 처음 보는 얼굴이다.

"바쁜데 용케 시간 내는구나."

대뜸 강정만이 말했다. 이렇게 말해주는 인간도 강정만이 유일할 것이다. 쓴웃음을 지은 서동수의 시선이 옆에 선 여자에게로 옮겨졌다. 미인이다. 어둑한 로비 안이었지만 이목구비가 선명했고 몸매가 늘씬하다. 파마를 한 머리가 어깨 위까지 덮였고 원피스 차림이어서 둥근 어깨의 선과 엉덩이의 볼륨이 그대로 드러났다.

"여긴 이하영 씨, 이쪽은 서 장관."

강정만이 그렇게 소개했다. 여자가 웃음 띤 얼굴로 머리를 숙였다. 서동수도 머리만 끄덕여 보이고는 앞쪽에 앉았다.

"내가 네 친구라고 했더니 믿지를 않는 거야. 그러더니 인터넷에서 이것저것 뒤져본 모양인지 나중에 연락이 오더라."

강정만이 옆에 앉은 이하영을 흘겨보며 말했다. 이하영은 웃음만 띠었고 서동수는 받은 명함을 보았다.

'신한정보 대표 이하영.'

이하영은 이른바 헤드헌터 회사를 운영하고 있는 것이다. 강정만에게 인재를 고용하도록 헤드헌터 회사를 소개해 달라고 했더니 이하영을 데려왔다. 다가온 종업원에게 커피를 시킨 서동수가 이하영을 보았다. 나이는 30대 중후반쯤 되었을까? 말이 없는 편이어서 그냥 웃기만 한다.

"대규모 인력이 필요해요."

서동수의 시선을 받은 이하영이 머리만 끄덕였다.

"최고 경영자급에서 실무자까지, 아마 수백 명이 될 건데."

"네 회사야?"

강정만이 끼어들었다.

"장관 그만두고 회사 늘리려고?"

강정만을 무시한 서동수가 이하영에게 물었다.

"회사 소개를 보았더니 이사장께서 미국계 헤드헌터 회사에 오래 계셨더군요."

"네, 13년 근무했습니다."

이하영이 말을 이었다.

"그리고 작년에 귀국해서 한국에 회사를 차렸지요."

서동수는 이하영의 시선을 받고 숨을 들이켰다.

셋은 곧 로비 안쪽의 밀실로 옮아갔는데 조명이 밝다. 모두 저녁을 먹은 후여서 서동수는 술과 안주를 시켰다. 소파에 등을 붙이고 앉은 서동수가 이하영을 보았다.

"인력이 필요한 회사를 말씀드리지요. 신의주에서 건설하고 있는 조선자동차와 조선항공입니다."

그 순간 이하영이 숨을 들이켜는지 어깨가 조금 솟았다가 내려갔다. 언론에서 발표되지는 않았지만 조선자동차와 조선항공은 김동일이 투자한 회사라는 소문이 퍼져 있었기 때문이다. 그때 강정만이 나섰다.

"이야, 그렇다면 대규모 프로젝트가 되겠군. 이 대표가 이번 오더를 따시면 단숨에 기반을 굳히시겠어."

이하영의 얼굴이 조금 상기되었다. 불빛을 받은 두 눈이 반짝이고 있다. 서동수가 말을 이었다.

"지금은 공장을 건설 중이지만 필요한 인력은 확보해 놓아야 합니다. 그래서 일단 신의주에 오셔서 현황을 보고 결정을 합시다."

그러고는 이하영이 말을 잇기 전에 덧붙였다.

"참고로 인력회사 두 곳이 더 있습니다. 신한정보까지 세 곳이 되었는데 그중 한 곳을 선정해서 맡길 계획이지요."

"알겠습니다."

이하영이 선선히 머리를 끄덕였다.

"참가하겠습니다."

"그럼 두 군데가 더 있다는 말이군."

강정만이 눈을 가늘게 뜨고 서동수를 보았다.

"그 오더를 따려면 너한테 뇌물 같은 거 바치면 안 되겠지?"

"같은 조건이라면 뇌물 먹은 업체가 유리하겠지."

"내가 대신 전해주면 받을 거냐?"

"얼마나?"

"대규모 프로젝트인데 수수료의 10% 정도, 예를 들어서 인력업체가 100억을 받았다면 10억."

"내 회사에 인력 공급을 받고 그 수수료에서도 10%를 먹는단 말이지?"

"세금 안 내도 되는 돈이야. 그 돈으로 넌 애인한테 집을 사줄 수도 있어."

강정만이 정색하고 말을 이었다.

"그리고 그 회사가 김동일 위원장 소유라는 것을 다 안다. 이럴 때 체면 차리지 말고 리베이트 먹어."

"역시 내가 가르친 보람이 있군."

"먹을 거냐?"

그때 서동수가 술잔을 들면서 이하영을 보았다.

"먼저 술부터 먹고."

웃기만 하던 이하영도 술잔을 쥐었으므로 서동수가 물었다.

"이 대표는 미국에서 오래 살았습니까?"

"네, 미국에서 태어났지만 중·고등학교 6년은 한국에서 살았습니다."

서동수의 시선을 받은 이하영의 얼굴에 다시 웃음이 번졌다.

"아버지가 조국에서 중·고등학교 시절은 지내야 한다고 하셔서요."

"이유가 뭡니까?"

"사춘기 시절을 조국에서 보내야 한다고 생각하신 것 같아요. 덕분에 실컷 왕따를 당했지만요."

이제는 이하영이 술술 말을 잇는다.

"하지만 저로서는 조국을 가슴에 심어두는 효과가 있었지요. 내 조국이 이곳이라는 의식 말씀입니다."

"요즘 대마도 문제는 어떻게 생각합니까?"

"미국과 중국에 끼어 있는 한반도의 입장을 국민들에게 보여준 효과가 있는 것 같습니다."

이하영의 두 눈이 다시 반짝였다.

"잊고 있었던 일본과의 관계도요."

"자, 마십시다."

술병을 든 서동수가 이하영의 잔에 술을 채웠다.

"지금까지는 한반도가 열강의 제물 노릇을 했지. 하지만 앞으로는 그렇게 안 될 거요."

이하영의 시선을 받은 서동수가 빙그레 웃었다.

"중국도, 일본도, 미국은 말할 것도 없고 한반도를 함부로 대하지 못할 거요."

"모두 서동수 덕분이지."

자작으로 술을 따라 마신 강정만이 붉어진 얼굴로 말을 이었다.

"서동수가 신의주를 일으키고 남북한을 연결했기 때문이야."

어깨를 부풀린 강정만이 눈을 부릅떴다.

"서동수가 연방 대통령이 되어야 하는데 말이야. 신의주 장관도 곧 그만둔다니 내가 살맛이 안 난다."

"정말이세요?"

정색한 이하영이 물었으므로 서동수는 입맛부터 다셨다.

"아, 그럼. 다 보도되었는데 나도 직접 이야기했고."

"왜 그만두세요?"

그때 서동수가 이하영에게 물었다.

"결혼했지요?"

"이혼했어요."

서동수의 시선을 받은 채 이하영이 말을 이었다.

"중3짜리 딸이 있습니다."

“나도 딸을 키웠는데, 물론 어머니하고 형수가 키워 주셨지만.”

“알고 있습니다.”

이하영의 얼굴에 다시 웃음이 떠올랐다.

“장관께선 언론에 자주 나오시는 편이어서요.”

“내 여자관계도 다 알고 계시겠군.”

“옳지” 하고 강정만이 끼어들었다.

“이제야 이야기가 재미있어지는군. 자, 이제 리베이트 이야기가 나와야지.”

그러더니 강정만이 자리에서 일어섰다.

“잠깐, 화장실.”

강정만이 방을 나갔을 때 서동수가 이하영을 보았다.

“사흘 후에 신의주에서 남북한 대표 회담이 열릴 테니 나흘 후에 봅시다.”

“네, 장관님.”

“초청장이 발급될 겁니다.”

“감사합니다.”

“천만에.”

술잔을 든 서동수가 쓴웃음을 지었다.

“강 사장은 계산하고 돌아갔을 겁니다.”

이하영이 웃기만 했으므로 서동수가 말을 이었다.

“고등학교 동창은 이래서 편하지. 그놈하고는 체면 차릴 것이 없으니까.”

서동수가 이하영의 잔에 술을 채웠다.

“자, 긴장만 하고 살 수는 없지.”

"고맙습니다."

술잔을 든 이하영이 한 모금에 위스키를 삼켰다. 긴 목이 드러났고 붉은 입술은 물기에 젖어 번들거린다. 이하영의 얼굴은 눈매가 날카롭고 입술이 얇아서 전체적으로 차가운 분위기다. 그러나 웃음을 띠면 눈이 가늘어지면서 다른 인상이 된다. 술잔을 내려놓은 이하영이 서동수를 보았다.

"전 접대에 서툴러요."

서동수는 눈만 크게 떴고 이하영이 말을 이었다.

"여긴 접대문화가 발달했더군요. 그래서 애를 먹었어요."

머리를 끄덕인 서동수가 술잔을 들었다.

"내가 접대에는 선수였죠. 리베이트 먹고 뇌물 주는 것에는 도사급이었고."

한 모금 술을 삼킨 서동수가 이하영을 보았다. 그 순간 목구멍이 좁아지는 느낌이 들었다. 이것이 얼마 만인가?

눈을 뜬 서동수가 머리를 돌려 옆을 보았다. 깊은 밤, 옆자리에 누워 있는 여자의 얼굴이 보였다. 베개에 머리칼을 어지럽게 흩어놓은 채 잠이 든 여자는 한수정이다. 한수정의 경성건설은 지금 신의주에서 조선자동차 건설 공사를 맡는 바람에 주가가 25%나 상승했다. 벽시계가 오전 1시 반을 가리키고 있다. 이하영과 헤어져 안가에 도착했을 때는 오후 10시 반이다. 오는 길에 한수정에게 연락을 한 것이다. 만족한 섹스를 마치고 잠이 든 한수정의 얼굴은 평화롭다. 시트로 하반신 한쪽만 가려져 있어서 풍만한 젖가슴과 아랫배가 그대로 드러나 있다. 시트 위에 걸쳐진 발에는 검정 매니큐어가 칠해져 있다. 이윽고 침대에서 일어난 서동수가 냉장고로 다가가 생수병을 꺼내 들었다. 조심스럽게 일어났지만 기척에 한수정이 잠에서 깬 것 같다. 병째로 물을 마시는 서동수의 뒤에서 한수정이 물었다.

"주무시지 않았어요?"

"아니, 조금 전에 깼어."

서동수가 물병을 내밀자 한수정이 머리를 저었다. 한수정이 다가오는 서동수의 알몸을 보면서 웃었다.

"오빠, 오랜만에 보니까 흥분돼."

"그러니까 불륜이 더 자극적이라는 거다."

침대에 오른 서동수가 한수정의 어깨를 당겨 안았다. 한수정이 가슴에 안기면서 한쪽 다리를 서동수의 하반신을 감듯이 걸쳤다.

"누가 불륜이야? 우리가?"

손을 뻗어 서동수의 남성을 감싸 쥔 한수정이 웃었다. 열기 띤 두 눈이 불빛을 받고 반짝였다.

"오빠는 이제 결혼 안 할 거지? 중국 여자 장치는 물 건너간 거지?"

"누가 그래?"

"소문이 났어. 장치의 시효가 지났다고."

"무슨 소문?"

그때 한수정이 문지르던 남성이 단단해졌다. 서동수가 몸을 붙이면서 한수정의 골짜기를 쓸어 올렸다. 한수정이 대답했다.

"신의주가 이제는 기반이 굳어졌고 남북한 연방이 확실해진 상황에 중국 공주를 받아들일 이유가 없다는 거야."

한수정의 숨소리가 거칠어졌다. 이제 눈동자의 초점이 멀어졌고 자꾸 하반신을 서동수의 몸에 비벼대는 중이다.

"오빠, 난 됐어. 시작해."

한수정이 서동수의 남성을 움켜쥐고 가쁜 숨을 뱉으며 말했다.

"나 미치겠어."

서동수는 한수정의 입에 입술을 붙였다. 서둘지 않는 것이다. 한수정이 서동수의 목을 팔로 감아 안더니 혀를 내밀었는데 숨소리에 벌써 신음이 섞였다. 서동수는 한수정의 몸 위에 올랐다. 그렇다. 장치는 요즘 연락도 없다. 애인이 생겼기도 했지만, 서동수가 신의주 장관을 그만두겠다는 것을 중국 당국이 믿기 때문일 것이다. 신의주 장관을 떠난 서동수는 기업가일 뿐이다.

"아아."

몸이 합쳐진 순간 한수정이 신음을 뱉으면서 다리를 활짝 열었다. 자극을 더 넓게 받으려는 무의식적인 행동이다. 그것이 사랑스러웠으므로 서동수는 다시 한수정의 입을 맞췄다.

"오빠 사랑해."

그 순간 한수정이 입을 떼더니 가쁜 숨을 뱉으며 말했다. 갑작스러운 서동수의 입맞춤에 감동을 한 것이다. 서동수가 이제는 한수정의 눈에 입을 맞췄다.

"아아아."

한수정의 신음이 격렬해졌다. 두 다리가 펄떡이며 뛰는 것이 마치 금방 물에서 건져 올린 생선 같다. 방 안은 다시 뜨거운 열기와 신음으로 덮이고 있다.

신의주 장관실 옆 회의실에 둘러앉은 남북한 대표는 여덟. 한국 측은 전권대표로 국무총리 조수만이 참석했고, 북한 대표는 호위사령관 겸 국방위 부위원장 박영진이다. 박영진은 북한 쿠데타 진압 후에 최측근 겸 2인자의 위치가 굳어졌다. 서동수는 이번에도 옵서버 자격이었지만 비중은 무겁다. ㄷ자형 테이블의 세로 쪽에 자리 잡았는데 좌우에 비서실장 유병선과 특보 안종관을 거느렸다. 오전 11시 정각, 세계의 이목이 집중된 가운데 '남북한 대표 대마도 대책회의'가 열렸다. 먼저 입을 연 것은 박영진이다. 어깨를 편 박영진이 옛날 남측 대표를 호령하던 기세로 말했다.

"미국은 북남한과 일본이 이 문제를 해결하라고 분명히 말했습니다. 그리고 실제로 대마도 문제에 미국이 개입할 명분도 없습니다. 따라서"

숨을 가눈 박영진이 조수만을 쏘아보았다.

"미국과 동맹국인 남조선의 입장을 이해합니다. 그러니 대마도 문제는 북조선 측에 일임해주실 것을 요구합니다."

어깨를 편 박영진이 말을 이었다.

"이번 회담이 끝나면 먼저 북남한 양국대표가 북남한 양국의 합의에 의하여 대마도 처리 문제는 북조선 측에 일임한다는 성명을 발표하는 것입니다."

박영진의 시선을 받은 조수만이 천천히 머리를 끄덕였다. 조수만 또한 산전수전, 공중전에다 언론전, 청문회전까지 다 겪은 정치인 출신이다. 생존력으로 따지자면 박영진의 두 배는 될 것이다.

"좋습니다. 저도 대통령님의 허락을 받고 왔습니다. 그렇게 하시지요."

"100t급 이상의 선박이 최소한 3,000척이 필요합니다."

박영진이 앞에 놓인 서류를 눈으로 가리키자 뒤쪽에 배석해 있던 보좌관 둘이 일어나 남측 대표단과 옵서버단에게도 서류를 나눠 주었다.

"서류에 필요한 내용이 적혀 있습니다. 선박은 임대하는 것입니다. 작전이 끝나면 반환하겠지만 보험은 남조선 측이 들어주시길 바랍니다."

"그러지요, 보험금이 꽤 나가겠지만 큰 부담은 아닙니다."

"수시로 진행 상황은 보고드리겠지만 신의주에 연락사무소를 설치할 것을 제의합니다."

"동의합니다. 이번 회담이 끝나는 즉시 설치하고 한국 측 대표와 실무자를 파견하겠습니다."

"앞으로 대마도 관련 사항은 신의주 장관을 북남한 대리인으로 선정, 장관이 대외 발표 및 중개 역할을 하도록 제의합니다."

"동의합니다."

조수만이 대변에 대답하고는 의자에 등을 붙였다. 역사상 남북한 회담은 물론이고 이렇게 일사천리, 화기애애, 의기상합하게 진행된 회담이 있을 것인가? 그때 마무리 멘트는 조수만이 했다.

"그럼 이번 합의사항을 양측이 기록해서 발표하기로 하지요."

"알겠습니다."

박영진도 의자에 등을 붙이더니 눈을 가늘게 뜨고 앞쪽의 조수만을 보았다. 무언가 생각하는는지 눈동자의 초점이 멀다.

"비슷한 예인지 모르겠지만 문득 왜구(倭寇) 생각이 나는군요."

조수만의 묻는 시선을 받은 박영진이 빙그레 웃었다.

"고려 말, 조선 초에 왜구가 사방에서 거머리처럼 한반도에 달려들었지 않습니까? 수백, 수천 척의 배로 말이지요."

"……."

"역사는 돌고 돈다는 말이 있지요. 우리가 왜구처럼, 아니, 그 이상으로 달려들 겁니다. 이지스가 아니라 구지스, 십지스 함이 있더라도 떼어놓지 못할 겁니다."

"이런 개 같은."

눈을 치켜뜬 아베가 방위상 나카무라를 보았다. 아베는 손에 서류를 쥐고 있었는데 얼핏 보면 드라마 대본 같다. 대화가 그대로 적혀 있고 '웃음 띤 목소리' 또는 '긴장된 표정'도 있다. 오후 4시 반, 지금 아베는 집무실에 앉아 오전 11시에 신의주에서 열렸던 '남북한 대표 대화록'을 읽고 있다. 아베는 막 '구지스, 십지스가 있더라도 떼어 놓지 못 한다'는 대목까지 읽었다.

"나카무라 씨, 구지스, 십지스가 뭐요?"

"예, 그것이…."

이미 읽었던 나카무라가 심호흡부터 했다. 번역사는 구(九)지스, 십(十)지스로 정확하게 번역을 했지만 아베한테는 처음 보는 단어였다.

나카무라가 설명했다.

"예, 그것은 이지스보다 몇 배 더 위력이 있는 함정이 있더라도 문제없다는 뜻으로 이지스의 '이'가 한국어로 이(二)라는 말과 비슷하기 때문에…."

"개새끼들."

어깨를 부풀린 아베가 나카무라의 말을 자르고 옆에 앉은 관방장관 이케다를 보았다.

"미국 측도 이 내용을 알고 있겠지요?"

"당연하지요, 총리 각하."

금방 대답은 했지만 이케다는 시선을 받지 않았다. 미국의 감청 기술은 일본보다 낫다. 이미 다 들었을 것이다. 그런데 어쩔 것인가? 미국은 대마도 문제는 너희가 알아서 하라는 입장이다. 아베는 이제 생애 최대의 시련이 닥쳐왔다는 것을 깨달았다. 눈을 치켜뜬 아베가 앞쪽을 응시했지만 초점이 멀다. 생각에 잠겨 있는 것이다. 아베는 문득 황야에 서 있는 자신을 보았다. 습기 찬 바람이 분다. 무릎까지 닿는 잡초가 바람에 흔들렸고 머리칼이 날린다. 피부에 빗방울이 부딪치면서 비릿한 물 냄새가 났다. 피비린내 같다. 하늘이 흐리다. 비바람을 피할 곳이 없다. 주위를 둘러보던 아베는 어금니를 물었다. 조금 전까지 든든한 건물 안에 있었던 것이다. 그런데 갑자기 다 사라졌다. 그때 가까운 곳에서 짐승의 으르렁대는 소리가 들려왔다. 굶주린 짐승이다. 이런 비바람 속에서 짐승을 맞다니, 아베가 문득 손에 쥔 것을 내려다보았다. 고구마 줄기 같다. 아닌가? 아니다. 대마도다. 대마도를 쥐고 있다. 아베의 머릿속에 손에 쥔 대마도를 내던지고 달아나고 싶은 충동이 일어났다. 그 건물 안에는 오바마가 있다. 오바마가 건물주인 것이다.

"각하, 성명서를 검토하시지요."

관방장관 이케다가 말하는 바람에 아베는 생각에서 깨어났다. 탁자 위에는 이케다가 발표할 성명서가 놓여 있는 것이다. 오늘 오후 2시에 남북한 양국은 신의주에서 성명서를 발표했다. '대마도 관련 남북한 양국 성명서'로 한국 국무총리 조수만과 북한 군사위 부위원장 박영진이 공동으로 발표했다. 그것은 두 가지로 요약되었다. 첫째, 대마도는 한국령이며 앞으로 대마도 관련 '대처'는 남북한 양국의 합의에 따라 북한에 일임한다는 것이고 둘째, 신의주 장관 서동수가 양국의 대리인 역할로 앞으로 대외 발표 및 중개 역할을 한다는 것이었다.

"배를 3,000척 빌린단 말이지?"

성명서를 건성으로 읽던 아베가 다시 머리를 들고 나카무라를 보았다. 조금 전에 본 '대본'에 쓰여 있던 말이다. 아베의 시선을 받은 나카무라가 입맛을 다시면서 대답했다.

"예, 총리 각하."

"그래, 그 어선 3,000척으로 대마도를 침공하겠단 말인가? 해적 떼처럼 말이요."

"예, 내용은 그렇습니다."

여기서 나카무라가 웃어주기를 기대했던 아베의 가슴이 또 무거워졌다. 나카무라의 표정이 수심에 잠긴 것 같았기 때문이다. 그렇다면 가능성이 있단 말인가? 왜구처럼?

미 제7함대의 모항(母港)인 요코쓰카항 안에는 기함 블루리지호가 정박하고 있다. 오늘은 7함대 사령관 로버트 토머스 제독이 승선해 있었는데 블루리지뿐만 아니라 요코쓰카항 전체가 긴장감으로 덮여 있다. 오후 4시 40분, 아베가 머릿속에서 3,000마리의 거머리를 떠올리는 시간에 토머스는 블루리지호 상황실에서 일본 해상자위대 사령관 후나다 에이이치 사령관과 마주앉아 있다. 후나다가 비공식 방문을 한 것이다. 갑자기 헬기로 날아왔지만 토머스는 잠자코 받아들였다. 엄중한 상황이었기 때문이다. 미·일 동맹은 그 어느 때보다 강력하게 단결되었고 양국과의 관계도 최상이었다. 그런데 갑자기 틀어져 버렸다.

대마도 문제가 대두되면서 미국이 정략적으로 발을 빼버린 것이다. 1950년 1월, 에치슨의 극동방위선 발표 이후로 65년간 지속되던 아시아 태평양 방위선의 핵 일본이 이런 식으로 미국으로부터 무시당하다니, 후나다 또한 65년간 의지하고 살다 남편한테 하루아침에 버림받은 것 같은 기분을 지울 수가 없다. 이윽고 후나다가 입을 열었다.

"사령관 각하, 3,000척 이야기 들으셨습니까?"

"들었습니다."

후나다는 심각하게 물었지만 토머스의 얼굴에는 쓴웃음이 떠올라 있다.

"도청한 대화를 양국 군(軍) 수뇌부가 이야기 주제로 올리는 것이 어색합니다, 후나다 씨."

"심각한 상황입니다, 토머스 사령관 각하."

후나다가 부릅뜬 눈으로 토머스를 보았다. 배석한 고급 참모 넷도 숨을 죽이고 있다. 호흡을 고른 후나다가 말을 이었다.

"일·미 동맹이 세계에 웃음거리가 되고 있는 상황입니다. 만일 저 놈들의 의도가 실현된다면 세계 질서는 무너지지 않겠습니까?"

"글쎄요."

입맛을 다신 토머스의 시선이 미국 측 참모들을 스치고 지나갔다. 이쪽도 네 명이었는데 아무도 토머스와 시선을 마주치지 않았다. 토머스가 말을 이었다.

"아시다시피 우리는 대통령 명령을 받았습니다. 이번 일·한 간 대마도 분쟁에는 나서지 않습니다."

"이건 일·미 동맹의 파기로서……."

"한국도 미국의 동맹국이지요."

어깨를 들었다가 내린 토머스의 목소리가 가라앉았다.

"중국은 또 북한의 동맹국입니다."

후나다의 시선을 받은 토머스가 천천히 머리를 저었다.

"지금 이 상황에서 미국이 전쟁에 휩쓸려 들어갈 수는 없지요. 미국 정부는 물론 국민들도 그것을 바라고 있지 않습니다."

"좋습니다."

마침내 어깨를 부풀린 후나다가 얼굴을 일그러뜨리며 웃었다.

"그 해적단을 모두 몰살시켜 주지요. 그렇다면 그놈들이 우리한테 자비를 빌어도 개 한 마리 남겨두지 않을 테니까요."

토머스가 머리만 끄덕였으므로 후나다의 기가 더 살아났다.

"북한은 물론 한국군도 몰살시킬 수가 있습니다. 잘 아시겠지만 말입니다."

토머스가 다시 머리를 끄덕였을 때 후나다는 헛기침을 했다.

"전쟁 시에 미군이 참전은 하지 않더라도 정보 교환은 지속되겠지요? 지금처럼 말씀입니다."

후나다가 온 목적은 이것 때문인 것 같다. 다시 모두 긴장했고 토머스가 입을 열었다.

"미국 정부는 대마도에 관련된 일에는 중립을 지킬 것입니다. 군(軍) 또한 마찬가지입니다. 이것이 미국 정부의 방침입니다."

후나다는 어금니를 물었지만 말꼬리를 잡지는 않았다. 그쯤은 예상하고 있었기 때문이다. 그러나 정보는 샌다. 또한 그동안 인적 관계가 깊어져 있다. 두고 보자.

"보실 것이 있습니다."

오후 6시, 집무실로 들어선 유병선이 서동수 앞에 서류 한 장을 놓았다. 창문 밖으로 신의주 중심부가 보였다. 비스듬한 햇살을 받은 건물 윤곽이 선명하게 드러났다. 서동수가 서류를 집었다. 여론조사 보고서다. 유병선은 여러 곳의 여론조사를 모아 한눈에 볼 수 있도록 만들었다. 서류를 보는 서동수에게 유병선이 설명했다.

"먼저 한국 측 여론조사인데 일본과 대마도 수복 전쟁이 발발했을 때 참전하겠다는 비율이 89.5%입니다."

서동수는 서류만 보았고 유병선의 말이 이어졌다.

"북한은 3개 여론조사기관이 1만 명을 상대로 조사를 했는데……."

숨을 들이켠 서동수가 쓴웃음을 지었다. 100%다. 입을 열었다가 닫은 서동수를 향해 유병선이 말을 이었다.

"다음은 일본입니다. 마이니치, 요미우리 등 4개 조사기관의 자료 통계입니다."

자료를 본 서동수가 숨을 멈췄다. 성인 5,000여 명을 전국 각지에서 뽑아 조사한 통계로 정확도는 96±3%인데 '전쟁 반대가 75%, 성인 남자의 참전하겠다는 비율이 38%'였던 것이다. 그리고 또 있다. 이 전쟁 상황의 원인이 무엇이라고 생각하느냐의 질문에 대한 대답으로, '한국과 북한의 억지, 호전성이 35%, 아베의 군국주의적 자세가 55%'였던 것이다. 머리를 든 유병선의 얼굴에 쓴웃음이 떠올라 있다.

"아베에 대한 비판이 증가하는 추세라고 조사기관이 발표했습니다. 이대로 가면 전쟁 직전에는 아베에 대한 비난이 폭등할 것입니다."

서류를 내려놓은 서동수가 천천히 머리를 끄덕였다.

"이제는 히틀러나 일본 군국주의 시대의 아베가 존경했던 인물들이 통하지 않는 시대가 된 것이지."

"한마디로 군국주의 망령에 사로잡힌 지도자 때문에 이런 상황까지 오게 되었다는 것을 일본 국민들이 알게 된 것입니다."

"지금이 어떤 시대인가를 잊었던 것인가?"

서동수가 혼잣소리처럼 묻자 유병선이 정색했다.

"제 생각입니다만, 이대로 밀어붙였으면 좋겠다는 생각이 듭니다."

"……."

"장관께서 말씀하신 대로 아베는 착각을 하고 있었습니다. 그것은 시대가 변했다는 것보다도 일본과 한반도의 상황이 그렇게 만들어 주었다는 생각이 듭니다."

"……."

"일본은 패전 후 70년 동안 미국의 우산 밑에서 안주했습니다. 그러더니 정한론, 대동아공영의 향수를 간직한 아베라는 인물이 나와 패전 전의 대일본제국을 꿈꾼 것이지요."

서동수의 시선을 받은 유병선이 빙그레 웃었다.

"아베가 착각한 것이 있습니다. 한반도가 100년 전의 조선이 아니라는 것을 모르고 있었던 것입니다. 70년 동안 남북한이 어떻게 성장했습니까? 일본이 미국 우산 밑에서 아양을 떨고 있을 때 남북한은 처절한 전쟁을 치렀고 70년 동안 분단되어 지금까지 준전시 상태였지요. 항상 전쟁 준비를 하고 있었던 것입니다."

그때 심호흡을 한 서동수가 말을 받았다.

"남북한의 연합이 아베의 계산기에는 들어가 있지 않은 항목이었지. 어쨌든 아베는 지금까지의 대가를 치르고 한·일 관계를 정상으로 되돌려 놔야 할 거야."

유병선의 시선을 받은 서동수도 빙그레 웃었다.

"한국에서는 벌써 배가 2,000척이나 모였다는군."

오후 7시 반, 서동수가 방으로 들어서자 식탁에 앉아 있던 이하영이 일어섰다. 오늘은 크림색 투피스 차림이었는데 진홍색 루주를 칠한 입술이 눈에 띄었다.

"신의주를 보신 소감은?"

자리에 앉으면서 서동수가 묻자 이하영이 눈웃음을 지었다.

"동북아의 홍콩 같았어요. 제가 홍콩에 자주 갔기 때문인지 자꾸 그쪽과 비교가 되네요."

"누구는 상하이하고 비교를 하지요."

서동수가 지그시 이하영을 보았다. 아름답다. 밝은 불빛 아래에서 보니 다른 분위기가 느껴진다. 중3짜리 딸을 둔 43세의 원숙한 육체, 지금도 30대 중·후반으로 보이긴 한다. 종업원이 들어와 주문을 받아 갔다. 이곳은 신의주 유흥구에 위치한 한정식당 '춘향'의 밀실 안이다. 이하영은 어제 신의주에 도착해 조선항공, 조선자동차의 현장 방문까지 마쳤다. 이하영이 입을 열었다.

"조선항공, 조선자동차 공장 규모가 대단했어요. 솔직히 공장 견학은 처음이라 압도당했어요."

"완공되면 더 볼 만하겠지요."

"일을 맡고 싶어요."

이하영이 웃음기가 가신 얼굴로 서동수를 보았다.

"세계 제1의 회사에 맞는 인력을 공급할 자신이 있어요."

"자신감이 중요하죠. 물론 능력이 바탕에 깔려 있어야겠지만."

"경험도 중요하죠."

서동수의 시선을 받은 채 이하영이 말을 이었다.

"로비만 남았어요. 이렇게 저를 만나 주신 건 그럴 기회를 만들어 주시는 것이라고 믿어도 되죠?"

"어떤 식으로 로비를 하실 건데요?"

"강 사장님이 말씀하신 리베이트 10%는 농담으로 들렸습니다."

"농담 속에 뼈가 있던데."

이하영은 입을 다물었고 서동수가 혼잣말처럼 말했다.

"자격을 갖춘 다음 로비를 하는 것이 정상이지요. 로비만으로 오더를 따내면 꼭 사고가 났습니다."

그때 종업원들이 요리를 날라 왔으므로 대화가 끊겼다. 한식당 '춘향'의 손님 대부분이 관광객이다. 홀에서 울리는 악극 음악 소리가 문이 열렸을 때 쏟아져 들어왔다가 곧 끊겼다. 수저를 든 서동수가 지그시 이하영을 보았다. 그동안 이하영의 신상 조사를 시켰고 조금 전에 보고서를 읽고 온 것이다. 이하영은 13년 전 미국에서 이혼하고 딸과 둘이 살았다. 딸은 16세, 중3이다. 현재 김창무란 대준상사 기조실 상무와 만나는 중인데 김창무는 유부남이다. 1년 전 이하영이 대준상사 용역을 받아 10여 명의 간부급 사원을 공급해준 일이 있다. 그때부터 김창무를 사귀게 된 것이다. 인력 공급은 성공적이어서 지금까지 대준상사와의 거래는 계속되고 있다. 조사를 의뢰받은 전문업체는 이하영과 김창무의 만남을 '치밀하고 은밀한 만남'으로 표현했다. 감성적인 문장을 쓰지 않는 것이 조사기관의 통례인 터라 서동수는 호기심이 일었다. 그만큼 조심하고 있다는 의미일 것이다. 용의주도한 성격인가? 국을 삼킨 서동수가 이하영을 보았다. 이하영은 프로젝트를 위해 모든 것을 다 내놓은 것 같다.

"만나는 남자 있습니까?"

불쑥 물은 서동수가 천천히 심호흡을 했다. 그러고는 시선을 떼지 않은 채 다시 물었다.

"친구나 애인, 있어요?"

그때 이하영이 바로 대답했다.

"없어요, 남자 안 만난 지 오래됐어요."

"전쟁이 일어나면 일본이 패합니다."

TV 화면에 나온 전(前) 미 육군 중장 데이비드 맥킨지가 말했다. 맥킨지는 일본에서도 근무한 적이 있다고 자막에 소개되어 있다. CNN의 긴급 인터뷰 방송이다. 그 이유를 묻는 앵커에게 맥킨지가 정색하고 대답했다.

"일본은 자위대의 화력과 신무기를 내세우지만 그것은 전쟁을 모르고 하는 말입니다. 일본이 지금도 큰소리를 치는데 얼른 남북한 양국에 사과하고 대마도를 넘겨주는 선에서 해결이 되어야 합니다."

그러자 앵커가 긴장된 표정으로 물었다.

"그 이유가 뭡니까? 맥킨지 씨?

"일본은 전쟁 준비가 되어 있지 않아요."

맥킨지의 쓴웃음이 클로즈업되었다.

"일본은 전후 70년 동안 미국의 등에 업혀 살았습니다. 자위대?" 하면서 맥킨지가 다시 웃었다.

"그건 경찰이 신무기를 갖춘 수준이죠. 하지만 상대편 진용을 보십시오."

맥킨지의 주름진 얼굴이 긴장으로 굳어졌다.

"남북한 양국의 현역병이 200만입니다. 예비군까지 합하면 2,000만 수준이에요. 그리고 가장 중요한 것이 두 가지가 있습니다."

어깨를 부풀렸다가 내린 맥킨지가 말을 이었다.

"첫째로 남북한 양국이 70년 동안 서로 전쟁 연습만 해왔다는 것입니다. 양국은 국방을 국민의 의무 조건으로 해서 남한은 2년, 북한은 10년 동안 군 생활을 해야 남자 대접을 받습니다. 그런데 일본은 아니죠. 자위대는 자원병이었고 군 경력자는 몇 십만에 불과합니다."

앵커가 가만있었는데도 맥킨지가 제가 묻고 제가 대답했다.

"일본 해공군의 신무기가 압도적이라고요? 웃기는 소리죠. 북한의 핵 한 방이면 모두 셧업(닥쳐) 수준이 됩니다."

"그렇군요."

앵커가 입맛을 다셨다.

"북한의 핵이 이럴 때 유용하게 쓰이겠군요. 진작 핵을 없앴어야 했는데."

"남북한이 연합할 줄은 아무도 예상하지 못했죠."

"그 두 번째 이유가 뭡니까?"

앵커가 묻자 맥킨지는 정신을 가다듬는 듯 심호흡을 했다.

"국민들의 분위기죠. 보십시오. 어제만 해도 한국의 여론조사는 이번에 대마도전에 참전하겠다는 비율이 89%였다가 94%로 뛰었습니다. 북한은 계속 100%고요."

그때 화면에 여론조사 도표가 펼쳐졌고 맥킨지의 열띤 목소리가 이어졌다.

"일본은 전쟁 반대가 75%에서 87%로 뛰었습니다. 참전하겠다는 성인 남자의 비율이 38%에서 24%로 내려갔고요."

한숨을 내쉰 맥킨지가 머리를 저었다.

"전쟁 원인이 아베의 무모한 군국주의적 자세 때문이라는 비율이 55%에서 75%로 급상승했습니다. 이건 이미 진 전쟁입니다. 이런 상황에서는 자위대가 1,000만 명이 있더라도 집니다."

그때 포항 바닷가에 모인 3,000여 척의 배로 화면이 바뀌었다. 장관이다. 고깃배도 있고 유람선, 상선, 유조선까지 모여 있어서 바다를 배로 메운 것 같다. 북한에 임대해 줄 배인 것이다. 앵커가 그 화면을 가리키며 한숨을 내쉬었다.

"맥킨지 씨, 장관이군요. 어떻게 생각하십니까?"

"저 배 1척당 북한군 50명씩만 태운다고 해도 15만이 되겠죠, 아마 저 배들로 대마도까지 다리를 만들 수가 있겠네요. 가까우니까 말입니다."

앵커가 눈만 껌벅였고 맥킨지의 말이 이어졌다.

"전쟁이 나면 저 배들이 대마도만 가겠습니까?"

"그만 합시다."

공명당 당수 이시다가 불쑥 말했으므로 아베와 아소가 머리를 들었다. 밤 10시 반, 총리 공관 안이다. 이시다가 찾아오겠다고 해서 아베는 아소까지 불러 기다렸던 참이다. 둘의 시선을 받은 이시다가 심호흡을 하고 나서 말했다.

"공명당은 자민당과의 연정에서 탈퇴하겠습니다. 동시에 중의원을 해산하고 재선거를 할 것을 당을 대표해서 제의합니다."

제의가 아니라 통고다. 아베와 아소가 서로의 얼굴을 보았다. 공명당은 지난 2014년 12월의 선거에서 35석을 획득, 290석을 차지한 아베의 자민당과 함께 연립하여 제3기 연립정부를 발족시켰던 것이다. 중의원 의석수가 480석으로 과반(3분의 2)인 320석을 넘어, 325석이 되었기 때문이다.

"이것 보세요, 이시다 씨."

아소가 입을 떼었지만 이시다가 손을 들어 말을 막았다. 굳어진 얼굴이다.

"당신들한테 휩쓸려서 동사(同死)하기는 싫습니다. 아니, 도대체 여론은 보지도 않습니까?"

그때 아베가 헛기침을 했다.

"여론은 여름날 소나기 같은 겁니다. 큰 정치를 하려면 여론에 흔들려서는 안 됩니다."

그러나 50대 초반의 이시다가 물끄러미 아베를 보았다. 항상 겸손했고 고분고분했던 이시다의 이런 모습은 처음이다.

"여보세요, 총리."

눈도 깜박이지 않은 채 이시다가 말을 이었다.

"당 내부에서 총리가 100년 전의 환상에 빠진 것 같다는 말이 나오던데 그 말이 사실인 것 같군요. 현실을 직시하시기 바랍니다."

"이봐요, 이시다 씨."

마침내 아베의 목소리가 높아졌다.

"말씀 삼가시오. 우리는 공명당이 아니더라도 유신당이나 민주당 일부하고도 연합할 수가 있어요."

"모르시는 모양이군요."

자리를 고쳐 앉은 이시다의 얼굴에 희미하게 웃음이 번졌다.

"내가 알기로는 곧 자민당 내부에서도 반란이 일어날 것 같습니다.

그리고 민주, 공산, 유신당까지 곧 총리 불신임 합의를 추진하게 될 겁니다."

그러고는 이시다가 자리에서 일어났으므로 아베는 어금니를 물었다. 이시다가 방을 나갔을 때 아소가 입을 열었다.

"당 내부가 흔들리는 건 사실이요, 총리."

"아니, 누가 그럽니까?"

"이젠 나도 한물 간 모양이요. 정보가 옛날보다 늦어요."

그것은 권력중심에서 한 걸음 물러났다는 의미다. 그때 방문이 열리더니 총리실 정보책 도쿠가와가 들어섰다. 언제나 무표정한 도쿠가와의 얼굴이 오늘은 상기된 것처럼 보였다. 도쿠가와가 다가서더니 아베와 아소의 중간 부근에다 시선을 두고 말했다.

"하시모토 씨가 계파 의원 46명과 곤도 씨의 34명, 다무라 씨의 26명을 모았습니다."

아베와 아소가 동시에 숨을 들이켰다.

자민당은 8개 계파로 이루어져 있었는데 아베와 아소 또한 계파 수장이다. 따라서 자민당 내의 총재 경선에서 승리한 자가 집권 여당의 총리가 되는 것이다.

"이놈, 하시모토."

아베가 이 사이로 말했지만 노회한 아소는 벌써 외면하고 있다. 하시모토가 2개 계파까지 모았다면 벌써 106명이다. 그것만 해도 집권 자민당은 양분된다. 그때 도쿠가와가 시선을 돌려 아베를 보았다. 눈동자가 번들거리고 있다.

"총리 각하, 지금 이 시점에서 의회를 해산하고 새 내각을 세울 수는 없습니다. 그러면 최악의 상태가 됩니다."

아베와 헤어진 아소가 승용차에 올랐을 때는 밤 11시 반이다. 76세의 노장인 터라 아소의 어깨는 피로 때문에 늘어져 있다. 차가 총리 관저를 빠져나갔을 때 앞좌석에 앉은 비서 혼다가 몸을 돌려 아소를 보았다. 굳어진 표정이다.

"부총리 각하, 노무라 증권의 마쓰모토 회장한테서 전화가 왔습니다. 기다리고 있겠다는데 받으시겠습니까?"

"연결해."

정색한 아소가 말하자 혼다는 서둘러 전화를 연결시켰다. 곧 아소는 혼다가 건네주는 핸드폰을 귀에 붙였다. 노무라 증권의 마쓰모토는 경제계의 거물이며 아소의 최측근이다. 또한 아베 정권의 경제교사이기도 한 것이다.

"아, 마쓰모토 씨, 납니다."

아소의 목소리를 들은 마쓰모토가 굳어진 목소리로 말했다.

"부총리 각하, 큰일 났습니다."

"뭐가 말씀이오?"

이맛살을 찌푸린 아소가 핸드폰을 고쳐 쥐었다. 짜증이 난 얼굴이다. 그때 마쓰모토가 대답했다.

"내일 주식시장이 공황상태가 될 것 같습니다. 지금 증권가의 소문과 동향을 보면 내일 터집니다."

"무슨 말씀을 하시는 거요?"

"오늘 오후까지는 주식시장이 별일 없었지만 저녁에 포항 바닷가에 모인 배가 전 세계로 방영된 후부터 뉴욕, 상하이, 유럽 증시에서 일본 관련 주식이 폭락했습니다. 그 영향이 내일 도쿄 증시로 밀려옵니다."

"아니, 도대체. 그따위 화물선 따위를……."

"한국 관련 주식이 폭등하고 있습니다."

"……."

"곧 전쟁이 난다는 소문이 퍼지면서 미국이 일·한 간의 문제에는 간섭하지 않는다는 발표가 결정적으로 영향을 끼친 것입니다."

"……."

"뉴욕, 파리, 베를린의 정보원 보고를 받으면 만일 전쟁이 일어나면 일본은 패한다고 소문이 퍼졌습니다. 그리고 남북한에 몇 조 달러를 배상금으로 지급하게 될 거라는 말까지 나온다고 합니다."

"이런 개 같은."

"부총리 각하, 이제 도쿄 증권가도 이 쓰나미를 뒤집어쓰게 되었습니다. 내일부터 증시가 폭락하면 우리는……."

"막을 수 없어요?"

"이대로 가면 전쟁이 일어나기 전에 경제가 파탄 납니다. 닷새를 견디기 힘들 것 같습니다."

아소가 눈을 치켜뜨고 앞쪽을 보았다. 1940년생이니 아소는 5세 때 패전을 맞았다. 그러나 아소탄광 소유주의 자식이어서 굶주림을 겪지는 않았다. 아직 실감하지 못하는 아소에게 뼈가 저릴 만큼 혹독한 어린 시절을 겪은 80대의 마쓰모토가 말을 이었다.

"부총리 각하, 그렇게 되면 당장 내일부터 사재기 폭동이 일어나고 물가가 몇 배로 뛸 것입니다."

"……."

"주식시장이 공황에 빠지면 경제가 마비되는 것과 같습니다. 더구나 전쟁에 패배할 것이라는 분위기가 덮칠 테니 수습하기가 불가능할 것입니다."

"여보세요, 마쓰모토 씨. 당신은 과장이 심해요."

"한국은 잃을 것이 없습니다. 그걸 아셔야 합니다."

그 순간 숨을 들이켠 아소가 핸드폰을 귀에서 떼더니 이쪽을 바라보고 있는 혼다에게 말했다.

"차를 돌려, 총리께 간다. 그리고 총리께 내가 간다고 말씀드려."

아소의 눈동자는 초점이 멀다.

오전 5시 30분 대마도 최북단의 히다카쓰(比田勝)항, 여객터미널은 두 부분으로 나뉘어 있는데 안쪽이 하카타행이고 바깥쪽이 부산행 국제터미널이다. 국제터미널 안쪽 항에는 어제저녁에 들어온 고속선 한 척이 떠 있을 뿐 앞쪽은 비었다.

요즘에는 대마도 관광이 금지된 터라 고속선은 후쿠오카에서 온 전세선이다. 마키가 대합실 문을 열고 밖으로 나왔을 때 고양이 한 마리가 재빠르게 앞을 가로질러 갔다.

"저런, 빌어먹을. 재수 없게."

투덜거린 마키가 허리를 펴고 앞쪽 항을 보았다. 올해 68세인 마키는 히다카쓰항 터미널에서 근무한 지 올해로 35년이 된다. 전에는 이즈하라항에서 근무했으니 항구 관리사무실에서 한평생을 보낸 셈이다.

"젠장, 전쟁이 일어나려나?"

아직 어둠이 덮여 있는 항구와 건너편 해상보안서 건물을 바라보면서 다시 마키가 혼잣말을 했다. 혼자 사는 마키는 어젯밤도 관리실 숙소에서 잤다. 동료 소노다 대신으로 숙직 근무를 해준 것이다. 새벽

잠이 없는 터라 5시에 일어나 터미널을 돌면서 아침 운동을 하는 중이다.

"하긴 한국령이 되면 대마도가 시끄럽긴 하겠다."

한국 관광객을 떠올리면서 마키가 두 팔을 벌리고 숨쉬기 운동을 했다. 해상보안서의 불빛이 환했다. 예전에는 건물 한두 곳만 불이 켜져 있었는데 요즘 일·한 간 대마도 소동이 일어난 후부터 해상보안서는 불을 환하게 켜놓았다.

"에이그, 누가 대마도 주인이 되건 상관없다."

이제 허리 돌리기 운동을 하면서 마키가 시모노세키에서 살고 있는 외아들 사이토를 떠올렸다. 나이 40세가 된 사이토는 3년 전 이혼하고 여덟 살 난 딸 나오미와 둘이서 산다. 마키가 바라는 것이 있다면 식당 종업원으로 일하는 사이토가 대마도로 돌아와 손녀하고 셋이 사는 것이다. 그러려면 사이토가 일할 곳이 있어야 한다. 대마도가 누구 차지가 되건 간에 사이토가 일할 직장만 있으면 된다. 대마도 태생인 마키는 한 번도 본토에서 살아본 적이 없는 것이다. 이번에는 목운동을 시작한 마키가 다시 혼잣말을 했다.

"대마도 국민 70%가 백제계라며? 나도 조선계인지도 몰라."

그때였다. 건너편 해상보안서가 갑자기 환해지더니 불기둥을 뿜으며 어두운 하늘로 솟아올랐다. 폭발한 것이다. 건물이 산산조각이 되어서 하늘로 솟아오른다. 다음 순간 폭발음이 울렸다.

"꽈꽈꽝!"

엄청난 폭음이다. 혼비백산을 한 마키가 얼어붙었다가 몸을 돌려 대합실로 뛰어들었다. 그러나 문 받침대에 발이 걸려 빈 대합실에 뒹굴었다.

"꽈꽈꽝!"

다시 폭음이 울리면서 해상보안서의 불빛이 항구를 비추었다.

"아이고, 전쟁이다."

마키는 이제 해상보안서가 불길에 덮인 것을 보았다. 한국군이 쳐들어온 것이다. 그때 옆쪽에서 발걸음 소리가 들리더니 경비원 아오모리가 달려왔다. 아오모리는 모자도 쓰지 않았다.

"마키 씨! 전쟁이요!"

아오모리가 소리치면서 주위를 둘러보았다. 그러나 빈 대합실에는 그들 둘뿐이다.

"포격을 한 것 같아."

겨우 진정한 마키가 말했을 때다.

"꽈꽈꽝!"

다시 폭음이 울렸는데 이번에는 뒤쪽이다. 뒤쪽은 시내인 것이다.

"히다카쓰의 해상보안서, 파출소, 그리고 토요포대(豊砲台)가 폭파되었고 불이 번져 주변 민가 14채가 전소되었습니다."

오전 8시 30분, 총리실에 모인 긴급장관회의에서 총리실 정보책임자 도쿠가와가 보고했다. 눈에 핏발이 선 도쿠가와가 상황판에 비친 현장 사진을 가리키며 말을 잇는다.

"또한 이즈하라의 미나미 경찰서와 검찰청, 시내의 파출소가 폭파됐는데."

말을 그친 도쿠가와가 감정이 솟구친 모양인지 질끈 어금니를 물고 어깨를 부풀렸다가 내렸다. 두 눈이 번들거렸다.

"여기선 주민 피해가 큽니다. 이즈하라 파출소가 폭파되면서 주변 민가로 불길이 번져 민간인 45명이 살해되었습니다."

도쿠가와는 살해라는 표현을 썼다. 둘러앉은 장관들의 시선이 상황 스크린으로 옮겨졌다. 이즈하라 시내가 불타고 있다. 파출소는 흔적도 없어졌고 주변 민가 수십 채가 불길에 싸여 있는 것이다. 앞쪽 경찰서와 검찰청 건물의 잔해는 더 처참하게 보였다. 모두 이를 악물고 눈에서는 불이 뿜어져 나오는 것 같다. 그때 아베가 갈라진 목소리로 물었다.

"피해는?"

"사망 275명, 부상 422명입니다. 그중 민간인 피해자가 사망 124명, 부상 277명입니다."

도쿠가와가 외면한 채 말했을 때 총무상 신도 요시타카가 주먹으로 테이블을 쳤다. 얼굴이 붉게 상기되어 있다.

"당장 개전해야 됩니다!"

신도 요시타카가 누구인가? 미국에 세워진 위안부 기념비를 역사에 반(反)하는 것이라고 주장하며 철거를 요구했고 독도가 일본령이라면서 독도를 방문하려고 방한했다가 공항에서 입국을 금지당한 인물이다. 신도 또한 아베처럼 위대한(?) 외조부가 있다. 신도의 외조부는 제2차 세계대전 때 이오지마 수비대 사령관이었던 구리바야시 중장인 것이다. 신도에게 시선을 준 아베가 다시 묻는다.

"폭파범에 대한 단서는?"

"추적 중입니다만, 한국군 특공대일 가능성이 가장 많습니다."

어깨를 편 도쿠가와가 말을 이었다.

"쓰시마 지역 정보에 정통한 데다 CCTV 위치까지 파악하고 있었습니다. 또한 폭발물이 한국군에게 익숙한 미군용 K2 폭약이고, 대마도 침공에 방해가 되는 기관과 군 시설을 목표로 삼았습니다."
"미리 선제공격을 한 것입니다."
다시 신도가 소리치듯 말했을 때 아베의 시선이 방위상 나카무라에게 옮겨졌다.
"한국군 동향은?"
"포항에 이제 선박이 4,000척 가깝게 모여 있습니다. 그러나 군(軍) 이동은 없습니다."
주위를 둘러본 나카무라가 헛기침을 했다.
"그러나 북한군은 원산에 1개 특공사단, 1개 산악여단, 1개 병참연대를 집결시켰고 동부전선에서 군 이동이 활발해졌습니다."
아베는 어금니를 물었다. 주위에 둘러앉은 장관들도 잠깐 입을 다물었다. 침공에 대비한 준비는 완벽하게 해놓았다. 이지스함 6척 중 5척이, 구축함 20척과 공군까지 동해상에 집결한 상황이다. 화물선과 어선이 1만 척이라고 해도 상관없다. 전력만으로 비교하면 남북한을 합친 것보다 일본의 해·공군은 압도적으로 우세하다. 이윽고 아베가 입을 열었다.
"한국 측의 도발이 분명한 이상 대국민 성명을 발표해야 되겠습니다."
모두 당연하다는 표정을 지었고 아베의 말이 이어졌다.
"전시 비상계엄을 당분간 실시합니다."
아베의 시선을 받은 모두가 머리를 끄덕였다. 국회에서도 만장일치로 가결될 것이다.

<3권 계속>